徐尚衡 編著

中國成語

中華教育

目錄

安步當車　　　　　　016

按圖索驥　　　　　　017

暗度陳倉　　　　　　019

拔苗助長　　　　　　020

百步穿楊　　　　　　022

百尺竿頭，更進一步　024

百聞不如一見　　　　025

半面之交　　　　　　026

半途而廢　　　　　　028

包藏禍心　　　　　　029

抱薪救火　　　　　　030

杯弓蛇影　　　　　　032

背水一戰　　　　　　033

逼上梁山　　　　　　035

比肩繼踵　　　　　　036

鞭長莫及　　　　　　038

別無長物　　　　　　039

賓至如歸　　　040

兵不厭詐　　　042

兵貴神速　　　043

不恥下問　　　045

不得要領　　　046

不寒而慄　　　048

不翼而飛　　　049

才高八斗　　　050

滄海桑田　　　052

車水馬龍　　　053

車載斗量　　　055

程門立雪　　　056

赤膊上陣　　　057

出爾反爾　　　059

出人頭地　　　060

初出茅廬　　　061

脣亡齒寒　　　062

大筆如椽　　　　　　064

大義滅親　　　　　　066

待價而沽　　　　　　068

得隴望蜀　　　　　　069

得心應手　　　　　　070

得意忘形　　　　　　072

東窗事發　　　　　　073

東山再起　　　　　　075

東施效顰　　　　　　076

東食西宿　　　　　　077

東塗西抹　　　　　　079

對牛彈琴　　　　　　080

對症下藥　　　　　　081

咄咄逼人　　　　　　083

咄咄怪事　　　　　　084

放虎歸山　　　　　　085

分道揚鑣　　　　　　087

分庭抗禮　089

奉公守法　090

釜底游魚　092

覆水難收　093

改過自新　094

甘拜下風　096

高山流水　097

狗尾續貂　098

刮目相看　100

鬼斧神工　102

害羣之馬　103

汗流浹背　104

鶴立雞羣　106

後來居上　107

後生可畏　108

囫圇吞棗　110

狐假虎威　111

畫龍點睛　　　　　113

畫蛇添足　　　　　114

淮橘為枳　　　　　116

黃粱美夢　　　　　117

雞鳴狗盜　　　　　119

既往不咎　　　　　120

家徒四壁　　　　　122

價值連城　　　　　124

漸入佳境　　　　　125

江郎才盡　　　　　127

狡兔三窟　　　　　128

結草銜環　　　　　130

金屋藏嬌　　　　　132

錦囊妙計　　　　　133

盡善盡美　　　　　134

噤若寒蟬　　　　　136

驚弓之鳥　　　　　137

井底之蛙　　　　139

酒池肉林　　　　140

舉案齊眉　　　　142

開門揖盜　　　　143

刻舟求劍　　　　145

空中樓閣　　　　146

口蜜腹劍　　　　147

胯下之辱　　　　149

困獸猶鬥　　　　150

濫竽充數　　　　152

狼子野心　　　　153

老馬識途　　　　155

老牛舐犢　　　　156

樂不可支　　　　158

樂不思蜀　　　　159

樂此不疲　　　　161

樂極生悲　　　　162

離羣索居　　　　163

利令智昏　　　　164

勵精圖治　　　　166

兩袖清風　　　　167

論功行賞　　　　169

馬革裹屍　　　　170

馬首是瞻　　　　172

芒刺在背　　　　173

盲人摸象　　　　175

毛遂自薦　　　　177

每況愈下　　　　179

門可羅雀　　　　180

靡靡之音　　　　182

名落孫山　　　　183

目不識丁　　　　185

目無全牛　　　　186

沐猴而冠　　　　188

南柯一夢　　　　　189

南轅北轍　　　　　191

囊螢映雪　　　　　192

嘔心瀝血　　　　　194

拋磚引玉　　　　　195

鵬程萬里　　　　　196

破釜沉舟　　　　　198

七步之才　　　　　199

其貌不揚　　　　　201

奇貨可居　　　　　202

騎虎難下　　　　　204

千變萬化　　　　　205

千金買骨　　　　　207

前倨後恭　　　　　209

黔驢技窮　　　　　210

請君入甕　　　　　212

求田問舍　　　　　213

曲高和寡　　　　　　215

人面獸心　　　　　　216

人人自危　　　　　　217

日暮途窮　　　　　　219

如火如荼　　　　　　220

如魚得水　　　　　　222

如坐針氈　　　　　　223

阮囊羞澀　　　　　　225

塞翁失馬　　　　　　226

三顧茅廬　　　　　　227

三令五申　　　　　　229

三人成虎　　　　　　231

三紙無驢　　　　　　232

上下其手　　　　　　234

甚囂塵上　　　　　　235

生吞活剝　　　　　　236

聲色俱厲　　　　　　238

尸位素餐　　　　　　239

拾人牙慧　　　　　　241

束之高閣　　　　　　242

數典忘祖　　　　　　244

雙管齊下　　　　　　245

水滴石穿　　　　　　246

司空見慣　　　　　　248

死灰復燃　　　　　　249

四面楚歌　　　　　　251

四體不勤，五穀不分　　252

貪小失大　　　　　　253

談虎色變　　　　　　255

彈冠相慶　　　　　　256

螳臂當車　　　　　　257

天下無雙　　　　　　258

天衣無縫　　　　　　260

投筆從戎　　　　　　262

投鞭斷流　　　263

圖窮匕見　　　265

推心置腹　　　267

退避三舍　　　268

完璧歸趙　　　270

玩火自焚　　　272

亡羊補牢　　　273

網開一面　　　275

望梅止渴　　　276

望洋興歎　　　277

危若累卵　　　279

為虎作倀　　　280

未能免俗　　　282

臥薪嘗膽　　　283

蕭規曹隨　　　284

小鳥依人　　　286

小時了了　　　287

笑裏藏刀 289

行將就木 290

虛與委蛇 292

懸梁刺股 293

學富五車 294

言過其實 295

言必信，行必果 297

掩耳盜鈴 298

葉公好龍 299

一不做，二不休 300

一飯千金 302

一鼓作氣 304

一箭雙雕 305

一毛不拔 307

一鳴驚人 309

一竅不通 310

一人得道，雞犬升天 312

一網打盡　　　　　313

一葉障目　　　　　315

一字千金　　　　　316

衣不解帶　　　　　318

依樣葫蘆　　　　　319

以卵擊石　　　　　321

以貌取人　　　　　322

亦步亦趨　　　　　323

迎刃而解　　　　　324

庸人自擾　　　　　325

優孟衣冠　　　　　327

有名無實　　　　　328

餘音繞梁　　　　　330

愚公移山　　　　　331

與虎謀皮　　　　　332

與人為善　　　　　334

越俎代庖　　　　　335

鑿壁偷光 336

債台高築 337

招搖過市 339

昭然若揭 340

朝三暮四 341

鄭人買履 342

之乎者也 344

紙上談兵 345

紙醉金迷 347

指鹿為馬 348

中流擊楫 349

終南捷徑 351

壯士斷腕 352

捉襟見肘 353

走馬看花 355

坐懷不亂 356

安步當車

安：不慌忙；步：走，步行；當：當作。慢慢地走，當作坐車。比喻安貧樂道。

有一天，齊宣王接見名士顏斶。他進了王宮，齊宣王說：「顏斶，走到我這裏來。」顏斶站着沒動，也說了聲：「大王，走到我這裏來。」

齊王的左右大臣說：「反了！反了！你怎麼能這樣跟大王說話？」

顏斶說道：「要是我走上前去，就是我畏懼權勢；要是大王迎了上來，就是大王親近賢士。與其讓我畏懼權勢，不如讓大王親近賢士。」

齊宣王強壓着怒火，說：「你說說看，是國王尊貴，還是賢士尊貴？」

顏斶回答道：「當然是賢士尊貴。從前秦齊兩國交兵，秦軍攻入齊國境內，秦王下令道：『有誰膽敢在柳下惠墳地周圍五十步範圍內砍伐樹木，處死罪。有誰得到齊王的腦袋，封萬戶侯。』由此看來，活着的國王的腦袋，還不如死去的賢人的墳頭。」

聽了這些話，齊王頓時啞口無言。過了好一會兒，齊王自言自語地說：「哪能侮辱賢士啊，今天我是自取其辱。」

齊王客客氣氣地接見了顏斶，請顏斶到朝廷裏做官。顏斶說：「我是山村裏的人，過慣了自由自在的生活。肚子餓了吃飯，就跟吃肉一樣有滋有味；沒事時慢慢地步行，就跟坐車一樣舒服；安安穩穩地生活，就跟享受富貴一樣。大王還是讓我回去吧。」

| 出處 |●●●●●●●●●●●●●●●●●●●●●●●●●●●●●●●●●●●●●●

《戰國策·齊策四》：「晚食以當肉，安步以當車，無罪以當貴。」

| 例句 |●●●●●●●●●●●●●●●●●●●●●●●●●●●●●●●●●●●●●●

李原《水城威尼斯》：「遊客乘火車或駕駛汽車到橋頭就要下車，即使是國家元首也要棄車入市，或安步當車，或搭上每10分鐘一班的公共汽船……遨遊水城。」

按圖索驥

 釋義　索：尋求；驥：駿馬。按照圖樣去尋找駿馬。比喻辦事機械、死板，也比喻按照線索去尋找要找的人或事。

漢代的梅福，是一位著名學者。他很有才學，卻不被重用。有一次，他上書給漢成帝，提了許多整頓朝政的建議。在選拔人才這個問題上，他認為：時處漢代，卻仍然沿用夏商周時選拔人才的辦法，這就好像按照伯樂畫的圖樣到市場上去買千里馬一樣，是不能選拔出優秀人才的。

伯樂，本是天上的一顆星的名字，據說，伯樂負責掌管天上的神馬。

春秋時，有個名叫孫陽的人，他能根據馬的長相，判斷出馬的好壞。大家非常佩服孫陽的本領，稱他為「伯樂」。

有一次，伯樂路過虞坂這個地方，看到一匹千里馬，拖着笨重的鹽車在爬坡。那馬累得口吐白沫，不停地喘着粗氣。伯樂走上前，一邊撫摸着牠，一邊流着眼淚，暗暗歎息：馬主人不知道這是匹千里馬，讓牠幹這樣的粗重活，真是太可惜了！

伯樂年老的時候，根據自己多年積累的經驗，寫了一本《相馬經》。這本書仔細說明了馬的體貌特徵，供後人學習參考。

他的兒子看了這本書，花了好長的時間把千里馬的額頭、眼睛、身架、蹄子等特徵背下，然後按照書上所說的形狀去找千里馬。有一天，他興高采烈地從外面跑回來，向他父親嚷道：「我可把千里馬找到了！」

伯樂要他說說，找到的究竟是甚麼樣的好馬。他兒子說：「這匹千里馬的長相不錯，額頭、眼睛、身架跟《相馬經》上寫的一樣，就是蹄子有點兒毛病，不怎麼像。」說完，從口袋裏掏出個癩蛤蟆。

伯樂知道兒子笨，也沒責怪他，說：「你找來的這匹馬喜歡跳，可牠駕不了車啊。」

| 出處 |

《漢書 · 梅福傳》：「今不循伯者之道，乃欲以三代選舉之法取當時之士，猶察伯樂之圖求騏驥於市，而不可得，亦已明矣。」

| 例句 |

北村《傷逝》：「她從張九模的通訊錄上查到一個外貿系統的離休幹部，姓陳，她按圖索驥找到了老幹部的家。」

暗度陳倉

陳倉：地名，在今陝西寶雞東。暗地裏繞道到陳倉。比喻聲東擊西的作戰計謀，也比喻暗地裏進行某種活動。也作「暗渡陳倉」，常和「明修棧道」連用。

公元前206年，劉邦率先領兵攻進秦國首都咸陽，接着，項羽率領各路人馬趕到。當時，項羽的力量最強大，他自封為西楚霸王，做天下諸侯的首領；分封了十八個諸侯，要他們都聽從他的指揮。

項羽對劉邦最不放心，所以把西南邊遠地區分封給他，封他為漢王，又在劉邦封地的東面封了雍王章邯、塞王司馬欣和翟王董翳，堵住他向東發展的去路。

劉邦確實有獨霸天下的野心，對項羽的做法很不滿意，但是項羽的力量強大，他毫無辦法，只得率領部下前往自己的封地。

古時候，把在山嶺險峻的地方用木材架設的通道叫「棧道」。劉邦採用了張良的計謀，在前往封地的途中，走過一段棧道便燒毀一段，這樣，既可以防止其他諸侯的侵犯，又可以麻痺項羽，使他認為自己只想守住封地，不想向東與他爭奪地盤。

這一招果然起了作用，項羽放鬆了對劉邦的戒備，把注意力集中在其他不聽從指揮的諸侯身上。

這一年的六月，劉邦採用了韓信的計謀，一方面派人大張旗鼓地修復棧道，擺出一副即將向東進軍的架勢；一方面與韓信率領大隊人馬，繞道從艱險的小路直插陳倉。

時刻戒備着劉邦的章邯得到漢軍修理棧道的消息，「哈哈」大笑，說：「誰要你把棧道燒毀！你自己斷了出路，現在又來修理，看

你哪年哪月才能修好！」

不久，章邯得到緊急軍情報告，說漢軍已經進攻陳倉，守將陣亡。章邯吃驚不小，棧道還沒有修好，漢軍是從哪裏飛來的？他急急忙忙領兵前去抵抗，哪裏還抵擋得住？連打了幾次敗仗以後，章邯山窮水盡，被迫自殺。塞王司馬欣和翟王董翳得到章邯自殺的消息，嚇破了膽，不敢抵抗漢軍，連忙投降。

從此以後，戰局發生了變化，劉邦向東挺進，與項羽爭奪天下的決戰拉開了帷幕。

| 出處 | ●
《史記·高祖本紀》。

| 例句 | ●
元·無名氏《氣英布》第一折：「孤家用韓信之計，明修棧道，暗渡陳倉。」

拔苗助長

釋義　把幼苗拔起來讓它快點兒成長。比喻違反客觀規律強求速成，反而把事情搞壞。也作「揠苗助長」。

有一天，公孫丑問孟子：「老師最擅長哪一方面的事？」

孟子說：「別人說的話是甚麼意思，我能透徹了解。我還善於培養自己的浩然之氣。」

公孫丑接着問：「請問甚麼是浩然之氣？應該怎樣培養呢？」

孟子說：「甚麼是浩然之氣，一下子很難說清楚。它最偉大、最堅強，需要用正義培養它。這種浩然之氣是日積月累產生的，做一兩次善事不可能成就。」

接着，孟子講了個故事，說明這個道理。

從前有個宋國人，種了一塊地，插下秧苗之後，希望它快快生長。他今天去看看，秧苗這麼高，明天去看看，秧苗還是這麼高。幾天過去了，他非常着急，暗暗想道：一定要想個辦法，讓秧苗快快長高。

有一天，那個宋國人想出了一個辦法。他彎下身子，把秧苗一棵棵往上拔。看到秧苗一下子就長高了，他的心裏可高興了。

回家以後，他對家裏人說：「今天可把我累壞了，我幫禾苗長高了。」他兒子感到有點奇怪，怎麼能幫秧苗一下子長高呢？跑到田裏一看，禾苗全都枯死了。

| 出處 | •

《孟子·公孫丑上》：「宋人有閔其苗之不長而揠之者，芒芒然歸，謂其人曰：『今日病矣，予助苗長矣！』其子趨而往視之，苗則槁矣。」

| 例句 | •

嚴文井《為了人間》：「阻止種子的發芽，或者摧殘嫩芽，或者拔苗助長，都是不對的。」

百步穿楊

 釋義 在百步之外能射穿指定的柳葉。形容射術極其高超。

戰國時，有個勇士叫養由基，臂力過人，練就了一身好武藝，他的射術特別高超，別人稱他「神箭養由基」。

另外有個射手，名叫潘虎，聽別人稱養由基為「神箭手」，很不服氣，心裏想道：要說射術，數我天下第一，我去跟養由基比試比試，讓他們長長見識。

潘虎跟養由基比賽的那一天，賽場上人山人海。潘虎打算給養由基一個下馬威，故意問養由基：「是你先射，還是我先射？」養由基笑了笑說：「潘壯士先請。」

靶子設在五十步外，當中有一個小紅心，潘虎拿起弓，搭上箭，「嗖」的一聲把箭射了出去。場地上立刻爆發出雷鳴般的喝采聲，原來那枝箭不偏不倚，釘在了靶子中心的小紅心上。潘虎看看養由基，洋洋得意，隨即又抽出第二枝箭，「嗖」的一聲又射了出去，立時，場地上又爆發出喝采聲。潘虎也不言語，迅速抽出第三枝箭，瞄也沒瞄就射了出去，這一次的喝采聲更加響亮了，原來第三枝箭跟前兩枝箭緊緊地攢在一起，箭與箭之間幾乎沒有間距。潘虎原地轉了一圈，向大家施禮致謝，然後向養由基拱拱手，說了一聲「請」。

養由基笑了笑說：「這種射法是練習射術，看不出真本事。」潘虎以為他說大話，故意問道：「這裏只有靶子好射，難道射兔子不成？」旁邊人聽了，一起哄笑起來。

養由基環視一周，說：「靶子太大，比不出真本事。」他用手指着百步開外的柳樹說：「我用箭射柳樹上的柳葉。」潘虎聽了「哈哈」

大笑，說：「樹上那麼多樹葉，一箭射過去總能射下幾片來！」養由基等他止住笑，指着那棵柳樹說：「我們先在柳葉上做上記號，我就射做好記號的柳葉。」聽了養由基的話，潘虎倒吸了一口冷氣，一下子說不出話來。

看熱鬧的人連忙跑過去，選定三片柳葉，並用紅色在上面做好記號，然後跑過來喊道：「記號做好了！」

養由基走到柳樹前，看清做了記號的柳葉，然後退回來，拿起弓，抽出箭，「嗖」「嗖」「嗖」射了出去。奇怪呀，怎麼柳葉不掉下來？大家正在納悶，跑上前仔細察看的人歡呼起來：「快來看哪，箭從柳葉當中穿過去啦！」大家一窩蜂跑上前，歡呼聲響成一片。

從此以後，潘虎對養由基佩服得五體投地，再也不敢吹噓自己的射術高超。

| 出處 | ●

《戰國策·西周策》：「楚有養由基者，善射，去柳葉者百步而射之，百發百中。」

| 例句 | ●

明·羅貫中《三國演義》第五十三回：「雲長吃了一驚，帶箭回寨，方知黃忠有百步穿楊之能。」

百尺竿頭，更進一步

釋義 原為佛家語，比喻道行、造詣雖高，仍需修練提高。後比喻已經取得很大成績，仍需努力繼續提高。

景岑禪師是唐朝時湖南長沙人，師從南泉普願和尚，法號「招賢」，世人稱他「長沙和尚」。

有一天，景岑派小和尚去問話。回來之後景岑問他：「你見到南泉和尚時他在幹甚麼？」小和尚不說話。他再問那個小和尚一遍，小和尚說：「南泉和尚坐在那裏沒動。」景岑禪師聽了小和尚的回答，作了一偈語：「百尺竿頭不動人，雖然得入未為真；百尺竿頭須進步，十方世界是全身。」意思是：站立在百尺竿頭上巍然不動，可以說是入了佛門了，但是在百尺竿頭上仍然需要再往上走一步，到了十方空靈世界那才算修成了正果、得到了真諦。

另外還有一則故事：景岑和尚因為造詣高，經常被請去傳道。有一天，他應邀到一佛寺講經，有個和尚請他解答「十方世界」的問題。「十方世界」是佛家的最高境界，絕非三言兩語能夠講清，就是明白了其中的一些道理，仍需自己去參悟。景岑和尚於是作一偈語：「百尺竿頭不動人，雖然得入未為真；百尺竿頭須進步，十方世界是全身。」

| 出處 |
宋·釋道原《景德傳燈錄·長沙景岑禪師》：「百尺竿頭不動人，雖然得入未為真；百尺竿頭須進步，十方世界是全身。」

|例句| ●

劉白羽《第二個太陽》：「過去，看不到勝利盼勝利，現在勝利在握了怕勝利，百尺竿頭，更進一步，每個人都不能背勝利這個包袱。」

百聞不如一見

釋義 聽說一百次，不如親眼看一看。

　　羌族是我國古代西北地區的一個遊牧民族。匈奴強大時，羌族依附匈奴。漢武帝派張騫出使西域，張騫聯合羌族，孤立匈奴，於是羌人逐漸內遷，與漢人雜居。

　　公元前63年，先零羌首領提出請求，希望朝廷允許他們渡過湟水放牧。朝廷認為羌人有詐，拒絕了他們的要求。但是羌人強行渡過湟水，佔據了漢朝邊郡一些地區。

　　公元前61年春，漢宣帝決定派軍隊平定羌人叛亂。這時趙充國已經七十三歲，說：「無論派誰去，都沒有派我合適。」宣帝問他：「羌人目前的勢力究竟有多大？要帶多少兵去？」趙充國說：「聽到許多說法，不如自己去看一看來得實在。軍事上的事難以遙測，我希望先到金城（今蘭州市西北）去察看一下情況，然後提出作戰方略。」宣帝聽他這麼一說，含笑答應了他的請求。

　　趙充國帶領一隊人馬出發。隊伍渡過黃河，遇到羌人的小股軍隊。趙充國下令立即出擊，一下子就把羌人打敗，抓到不少俘虜。官

兵們準備乘勝追擊，趙充國阻止說：「長途跋涉到此，不可遠追。如果遭到敵兵伏擊，那就要吃大虧了！」

到了金城，趙充國觀察了那裏的地形，又從俘虜口中得知敵人內部的情況，制定出屯兵把守、整治邊境、分化瓦解羌人的策略，上奏給宣帝。

漢宣帝基本上採用了趙充國的方略，西北地區漸趨安定。過了幾年，趙充國覺得自己的年紀實在太大，做事往往力不從心，於是告老請退。他於公元前 52 年病逝，享年八十六歲。

| 出處 |••

漢・劉向《說苑・政理》：「耳聞之，不如目見之。」《漢書・趙充國傳》：「充國曰：『百聞不如一見。兵難隃度，臣願馳至金城，圖上方略。』」

| 例句 |••

清・吳趼人《二十年目睹之怪現狀》第三十六回：「誰知到得觀前，大失所望，真是百聞不如一見。」

半面之交

釋義 只見過對方半張臉的交往。形容沒有甚麼交往，只是見過面而已。

東漢時，有個人叫應奉。他自幼聰慧，記憶力極強。別的孩子要花好多時間才能背下的書，他看一遍就能記住了；幾個月前發生的

事，要是忘了日子，就去問應奉，他準能說出準確的時日。

　　應奉曾在郡裏做官，去過郡中所有的縣，各縣的囚犯加起來，不下千數。郡守問起囚犯的情況，他都能一一做出回答，甚至哪個犯人多大年齡、犯的甚麼罪、判的甚麼刑，他都記得清清楚楚。

　　有一次，應奉前去拜訪彭城郡守袁賀，正好袁賀外出不在。他正準備回去，有個人從門縫裏露出半張臉，打量了應奉一眼。二十年以後，應奉在路上遇見他，竟然馬上就把他認出來，上前跟他打招呼。那人見到應奉，不認識他是誰，當場愣住，聽應奉一說，這才想了起來。原來那人是袁賀家的車匠，曾經在袁賀家幹過活，那天正好在門口，只是因為好奇，在門內看了他一眼。

| 出處 | ●

《後漢書・應奉傳》李賢注引謝承《後漢書》：「造車匠於內開扇出半面視奉，奉即委去，後數十年於路見車匠，識而呼之。」

| 例句 | ●

茅盾《子夜》第十六章：「我知道趙伯韜肯放款子，就可惜我這『紅頭火柴』徒負虛名，和這位財神爺竟沒有半面之交。」

半途而廢

釋義 廢：終止。沒到目的地就不走了。比喻做事有始無終。

這個成語本出自《禮記》。《後漢書》書上有則更有教育意義的故事，這則故事的題目叫「樂羊子妻」。

有一天，樂羊子在路上行走，撿到一塊金餅。他非常高興，趕快跑回家把金餅交給妻子。妻子看了看金餅，對樂羊子說：「有志氣的人即使渴了也不喝『盜泉』裏的水，喝了『盜泉』水的人品德就要變壞。廉潔的人不接受別人施捨的東西，接受了就顯得沒有志氣。別人丟失的金餅，你把它撿回來，這是圖謀私利，玷污了自己的品行！」

聽了妻子的話，樂羊子非常慚愧，把金餅扔到了野外。他決定外出尋師，提高自己的學識，培養自己的高尚品德。

一年之後，樂羊子回到家中。妻子見他回來了，問他是不是學有所成。樂羊子搖搖頭，說：「在外面待久了，心裏非常想念你。」

妻子聽了他的話，拿起剪刀走到織機前，說：「這些絲織品都是用蠶絲織成。一根一根蠶絲累積起來，才有一寸；一寸一寸累積起來，才有一丈、一匹。如果我現在把織機上的絲織品剪斷了，以前的工夫就全都白費。你在外面學習，每天都要問自己：今天學到了哪些知識？哪些方面還不夠？這樣日積月累，才能把知識學好，成就自己的美德。你中途就回來了，跟我剪斷織機上的絲織品有甚麼不同呢？」

聽了妻子的話，樂羊子深受教育，他立即動身回到老師那裏，繼續努力學習。

包藏禍心

釋義　　禍心:害人之心。肚子裏藏着害人的主意。

　　春秋時,楚國公子圍到鄭國去訪問,並且迎娶公孫段家的女兒為妻。伍舉作為副使,率領大隊人馬,隨同公子圍前往。

　　當時,楚國是大國,國富民強,兵強馬壯,而鄭國是個小國,國力遠不如楚國。這次公子圍前往鄭國,美人也要,江山也要,只要有機會,便準備順手牽羊一舉把鄭國拿下。

　　公子圍一行浩浩蕩蕩到了鄭國都城外,鄭國的禮賓官子羽已在城外等候多時。子羽拜見公子圍,說:「敝國都城城池狹小,容納不下公子帶來的眾多人馬。我國國相子產已經作了安排,請公子在城外舉行婚禮。子產生怕公子有所不便,特地要我在這裏給公子幫忙,公子需要甚麼,只管吩咐,我立即去辦。」

　　甚麼,不許進城?公子圍哪裏肯依,他讓伯州犁對子羽說:「公子圍前來迎娶之前,已經到宗廟裏向先祖作了祭告,現在在野外迎娶

新人，我們實在沒臉回去。再說，其他諸侯知道了這件事，豈不要笑話！」

話雖然說得沒錯，可是讓這麼多全副武裝的人馬進城也不行。子羽狠了狠心，把話直說了：「國家小不是罪過，對大國沒有防備才是罪過。鄭國打算依靠大國的力量使自己安定，卻害怕大國肚子裏藏着害人的壞意。」

公子圍暗暗想道：鄭國已經有所防備，拿下鄭國江山的打算只得作罷；可鄭國的美人總得娶回去呀，不然的話豈不要給天下人落下笑柄！最後，雙方都做出讓步，鄭國允許楚國的大隊人馬進城，楚國的人馬在進城前解除武裝。這麼一來，總算解除了一場危機。

| 出處 |••••••••••••••••••••••••••••••••••••

《左傳・昭公元年》：「小國無罪，恃實其罪。將恃大國之安靖己，而無乃包藏禍心以圖之。」

| 例句 |••••••••••••••••••••••••••••••••••••

余秋雨《遙遠的絕響》：「這次的絕交信寫得極其悲憤，怒斥呂巽誣陷無辜，包藏禍心。」

抱薪救火

> **釋義** 薪：柴火。抱着柴火去救火。比喻救災的方法不對，反而使災害擴大。也作「負薪救火」。

戰國末年，秦國為了完成統一大業，不斷地向鄰國發起進攻，佔領了大片土地。魏國三次遭到秦國的大規模進攻，屢戰屢敗，損失慘重。

公元前273年，秦國又一次向魏國發起強大攻勢，鋒芒直逼魏都大梁。魏王得到消息後坐立不安，連忙把臣子們召來議事。一提起秦軍大兵壓境，魏國的臣子個個膽戰心驚，過去一次次慘敗的教訓，使他們再也不敢提「抵禦」二字。大多數臣子認為，既然無力抵抗秦軍，不如割讓土地，向秦國求和。

蘇代聽了大家的議論，冷冷地笑了幾聲。別人問他為甚麼冷笑，他說：「只是因為大家膽小怕死，所以才希望大王賣國求和。大王的土地是有限的，而秦王的慾求是無限的，以魏國有限的土地，去滿足秦王無限的慾望，那是不可能的。這就好比是抱着柴火去救火，不但不能救火，反而使火勢越燒越旺。」

雖然蘇代把道理講得很清楚，但是膽小的魏王依然不肯聽從。魏王割讓了大片土地，換得眼前的太平。不出蘇代所料，魏國的疆域越來越小，力量越來越弱。到了公元前225年，秦國又向魏國發起了進攻，魏國終於滅亡。

| **出處** | ●

《史記‧魏世家》：「且夫以地事秦，譬猶抱薪救火，薪不盡，火不滅。」

| **例句** | ●

黃曉玲《重陽》：「用錢去打點，弄不好是抱薪救火呢。」

杯弓蛇影

釋義 把倒映在酒杯中的弓影當作蛇影。比喻疑神疑鬼，妄自驚懼。

　　漢代的應郴，曾為汲縣（今河南新鄉）縣令。有一天，他請縣主簿杜宣喝酒。宴席設在大廳裏，廳堂的北牆上掛着一張弓，由於光線折射的緣故，酒杯裏倒映着弓的影子，杜宣看見了，以為是一條小蛇在裏面蠕動。應郴是他的頂頭上司，他不敢聲張，應郴向他敬酒，他也只好硬着頭皮喝下去。僕人斟上第二杯，他又看見一條小蛇，應郴請他再喝，他藉口身體不適，起身告辭。

　　杜宣回去之後，覺得肚子疼，心裏暗暗想道：莫非是喝下去的那條小蛇在肚子裏作怪？他越想越害怕，肚子也越疼越厲害。

　　家裏人見他一下子病倒了，連忙請醫生來診治，幾帖藥服下去，一點兒也不見效。他的肚子疼一陣、好一陣，疼得厲害的時候，好像蛇在肚子裏要把腸子咬斷。

　　應郴幾天沒有見到杜宣，便到他家裏去看望。杜宣聽說縣令來了，掙扎着讓人攙扶着走了出來。應郴見了他大吃一驚，怎麼幾天沒見，便成這個模樣？細細問他生的甚麼病，他吞吞吐吐地把酒裏有蛇的事說了出來。

　　回去之後，應郴越想越奇怪，好端端的酒，裏面怎麼會有蛇？他在大廳裏踱來踱去，無意間看到那張弓。應郴若有所悟，連忙坐在那天杜宣坐的座位上，斟上一杯酒之後，果然看見酒杯裏有弓的影子，那影子一晃一晃，就像一條小蛇在裏面游動。

　　應郴連忙讓人用車子把杜宣請來，讓他坐在原來的座位上。應郴

給他斟上酒以後，問道：「你看看酒杯裏有沒有東西？」杜宣看了一眼，嚇得臉色煞白，結結巴巴地說：「裏面有條小蛇。」應郴把北牆上的弓取下，說：「你再看看，酒杯裏有甚麼沒有？」杜宣小心地看了一眼，有點兒奇怪，說：「裏面的蛇沒有了。」應郴又把弓掛上，說：「你再看看。」這一次杜宣看到應郴把弓掛上去，甚麼都明白了，肚子也頓時不疼了。病因找到了，還要治甚麼？杜宣的病一下子就好了。

| 出處 | •

漢·應劭《風俗通義·世間多有見怪》：「時北壁上有懸赤弩，照於杯，形如蛇，宣畏惡之，然不敢不飲。」

| 例句 | •

蔡東藩《民國演義》第六十一回：「為眾所棄，杯弓蛇影，處處籌防。」

背水一戰

 釋義　背靠大河決一死戰。泛指與敵人決一死戰。

公元前204年，韓信接受漢王劉邦的命令，率領一萬多人馬攻打趙國。趙王親自率領二十萬人馬守在險要之處，阻擊韓信率領的漢軍。

趙軍不僅人馬眾多，在數量上佔有壓倒優勢，而且搶先佔據了有利地形，坐等韓信領兵到來。漢軍處處被動，處於非常不利的地位。

韓信清楚地知道，硬打硬拚是贏不了的，只有出奇兵，才能取得這場戰鬥的勝利。

決戰的前一夜，韓信挑選了兩千騎兵，讓他們每人帶上一面紅旗，從小路悄悄爬上敵人大營後面的小山埋伏下來，命令他們：「等到敵人全體出動衝向我們的時候，你們迅速攻進敵人的大營，拔掉趙軍的旗幟，換上我們的紅旗。」韓信自己率領一萬人馬，背靠着滾滾大河，擺開了陣勢。

天亮決戰時，趙王看到韓信擺開的陣勢，忍不住「哈哈」大笑起來：這是佈的甚麼陣，簡直是找死！

趙軍蜂擁衝殺過來，漢軍官兵只得拚命抵禦。前面是強敵，後面是大河，不拚命殺敵，只有死路一條。趙軍人馬雖多，也久久不能取勝。趙王命令大營裏的趙軍全體出動，準備一舉殲滅漢軍。

大營裏的趙軍立即出動，奔向河邊的戰場。埋伏在山上的兩千騎兵飛一般衝下山，攻進趙軍的大營。他們迅速把趙軍的旗幟拔掉，大營裏到處都飄起漢軍的紅旗。

河邊的趙軍見大營裏都是漢軍的旗幟，以為漢軍的援兵到了，一個個驚恐萬分，一下子就亂了陣腳。韓信指揮軍隊趁機猛攻，兩千騎兵又從大營裏衝出來，前後夾擊，把趙軍徹底擊敗。

戰鬥結束以後，有人問韓信，為甚麼要背水佈陣。韓信回答說：「這叫『置之死地而後生』。只有這樣，才能消除官兵們的僥倖心理，為求取生存而奮勇殺敵。不然的話，怎麼能以一萬多人馬擊敗二十萬趙軍！」

| 出處 | •

《史記‧淮陰侯列傳》。

逼上梁山

 釋義 被官府逼得無路可走，只好上了梁山參加起義軍。比喻被迫進行反抗或為情勢所逼不得不做某事。

豹子頭林沖，是北宋京城汴梁（今河南開封）的八十萬禁軍教頭。他武藝高強，為人正直，安分守己，不求富貴，只打算過安安穩穩的日子。但是林沖想安穩也安穩不了，災難還是降臨到了他的頭上。

有一天，林沖帶着妻子到廟裏去燒香，不料遇上了高俅的義子高衙內。高衙內見林沖的妻子生得美貌，便肆無忌憚地調戲她。林沖得知後抓住他要打，發現歹徒是自己頂頭上司的兒子。高衙內的幫兇知道自己不是林沖的對手，連忙趕來勸開。高俅知道後袒護自己的義子，設計陷害林沖，林沖遭到誣陷，被判刑發配滄州。

為了讓義子達到霸佔林沖妻子的目的，高俅買通押送林沖的差人，要他們在半路上將林沖殺害。到了野豬林，四處沒有人煙，差人正準備下手，卻被魯智深將林沖救下，高俅的殺人計劃落空。

林沖到了滄州，被派去看守草料場，高俅派人前去火燒草料場，

打算把林沖燒死。那天正好下大雪，林沖出去買酒解寒，失火時不在，僥倖逃脫一死。當他聽到高俅的心腹得意洋洋地談論謀害他的計劃時，再也無法抑制心頭的怒火，便將高俅的心腹全部殺死。林沖被迫得無路可走，只好投奔梁山參加了起義軍。

| 出處 | ⋯⋯⋯⋯⋯⋯⋯⋯⋯⋯⋯⋯⋯⋯⋯⋯⋯⋯⋯⋯⋯⋯⋯

明・施耐庵《水滸全傳》第十一回。

| 例句 | ⋯⋯⋯⋯⋯⋯⋯⋯⋯⋯⋯⋯⋯⋯⋯⋯⋯⋯⋯⋯⋯⋯⋯

趙景琛《我的自學經驗》：「1923 年，我 21 歲，到長沙岳陽中學教國文，教的是舊制中學三年級，但是很多東西我也沒有學過，無法可想，只好『逼上梁山』，臨時從頭自學，『現炒現賣』。」

比肩繼踵

 釋義　比：挨着；踵：腳後跟。肩挨着肩，腳挨着腳。形容人多擁擠。

齊國上大夫晏嬰是個小矮子。人不可貌相，這個小矮子卻與管仲齊名，被人尊稱為晏子，備受《史記》作者司馬遷推崇。

有一次，晏子出使楚國。楚王為了侮辱齊國、羞辱晏子，特地讓人在都城大門邊開了一個小門，要晏子從那兒進去。晏子站在那裏沒動，說：「出使狗國，才從狗洞裏進去。現在我出使的是楚國，怎麼能從狗洞裏進去呢？」

楚王聽了稟報，後悔不已，本來想侮辱晏子，現在反而讓晏子得了便宜。他連忙叫引賓官改換路線，領着晏子從大門進去。

晏子見了楚王，楚王說：「齊國真是沒人了，只好派了個矮子做使者。」

晏子說：「大王，這樣說可不對。齊國都城居民上萬戶，要是大家一起張開袖子，能把太陽都遮住；要是一起拂灑汗水，就像足下雨。街上行人肩挨着肩，腳挨着腳，怎麼能說齊國沒有人？」

楚王說：「既然如此，為甚麼讓你這麼個人當使者？」

晏子說：「齊國派遣使者，根據不同的情況派遣不同的人。有才有德的人，派遣到有才有德的國君那裏去；無才無德的人，派到無才無德的國君那裏去。我最沒有才能，品德也最不好，所以只好出使楚國了。」看看，楚王又是自找沒趣。

成語「揮汗成雨」，也出自這裏，意義和「比肩繼踵」相同。另外，「比肩繼踵」也可說成「肩摩踵接」「摩肩接踵」。

| 出處 |・・・・・・・・・・・・・・・・・・・・・・・・・・・・・・・・・

《晏子春秋・雜下》：「臨淄三百閭，張袂成陰，揮汗成雨，比肩繼踵而在，何為無人！」

| 例句 |・・・・・・・・・・・・・・・・・・・・・・・・・・・・・・・・・

石三友《金陵野史・歲頭年尾雜憶》：「遊人比肩繼踵，有賣花燈、氣球、空竹，各種雜耍……」

鞭長莫及

釋義 原意是即使鞭子很長，也打不到馬肚子，比喻不應當這樣做。後比喻力量達不到。

公元前 595 年，楚莊王派申舟出使齊國。楚莊王依仗自己的力量強大，吩咐申舟說：「你只管前往，不必向宋國借路。」申舟說：「不借路就從他們那裏走，他們一定會殺了我。」楚莊王說：「要是他們敢殺你，我就攻打他們為你報仇。」

申舟路過宋國時，被宋國扣留。大臣華元對宋文公說：「楚國使者從我們境內走，連個招呼都不打，實在是太狂妄了。這是把我們國家看成是他們的邊疆地區，我們不能再容忍下去。我們寧可戰敗而亡，也不能屈辱而亡。」於是把申舟殺了。

消息傳到楚國，楚莊王立即出兵攻打宋國，一下子就把宋國的首都包圍。宋軍同仇敵愾，奮力抵抗，楚軍攻打了幾個月，也沒能攻下宋都。宋國派樂嬰齊到晉國，請求晉國出兵援助。晉景公想馬上出兵，卻被大臣伯宗阻止，說：「不行，現在不能派兵！古話說：『即使鞭子很長，也打不到馬肚子。』現在楚國正處於強盛之時，不能跟它爭鋒，晉國雖然強大，也不能夠違背天意。等到楚國力量削弱以後，才能去攻打它。」晉景公聽從了伯宗的意見，沒有出兵援救。但對宋國總得應付一下，於是派解揚前往宋國，騙宋國人說：「晉國大軍已經出發，很快就會到達。」

雖然沒有晉國軍隊援助，宋國軍隊依然奮力抵抗。又是幾個月過去了，宋國解不了圍，楚軍也攻不進去。後來宋人與楚人談判，定下和約。從此以後，宋國與晉國斷絕了來往，歸附了楚國。

| 出處 | ‧‧‧‧‧‧‧‧‧‧‧‧‧‧‧‧‧‧‧‧‧‧‧‧‧‧‧‧‧‧‧‧

《左傳‧宣公十五年》:「宋人使樂嬰齊告急於晉。晉侯欲救之。伯宗曰:
『不可。古人有言曰:「雖鞭之長,不及馬腹。」天方授楚,未可與爭。』」

| 例句 | ‧‧‧‧‧‧‧‧‧‧‧‧‧‧‧‧‧‧‧‧‧‧‧‧‧‧‧‧‧‧‧‧

鄭文光《火刑——紀念喬爾丹諾‧布魯諾》:「在阿爾卑斯山北面的那些城
市,羅馬教皇是鞭長莫及了。」

別無長物

釋義

別:另外;長物:多餘的東西。另外就沒有多餘的東西
了。指除此之外,空無所有。

王恭出身名門,生活節儉,節操清高,深得大家讚譽;他又是個
美男子,面容清秀脫俗,身體挺拔如柳。

有一次,王恭跟隨父親到會稽(今浙江紹興)遊玩,帶了一張竹
蓆回來。有一天,王忱去拜訪王恭,看到王恭的座蓆很漂亮,對王
恭說:「你從會稽來,那裏盛產竹蓆,你要是有多餘,就送一張給
我吧。」

當時王恭沒說甚麼,等到王忱離開後,讓人把自己坐的竹蓆送到
王忱那裏,自己沒了竹蓆,就坐在草蓆上。

王忱知道後非常吃驚,急急忙忙登門道歉:「沒料想你給了
我,自己坐草蓆。」王恭笑着說:「你不了解我,我平生沒有多餘的
東西。」

身為皇上的大舅子（王恭的妹妹是皇后），生活如此儉樸，真是令人敬佩。

| 出處 | ···
南朝·宋·劉義慶《世說新語·德行》：「丈人不悉恭，恭作人無長物。」

| 例句 | ···
明·凌濛初《二刻拍案驚奇》卷三十九：「其家乃是個貧人，房內只有一張大几，四下一看，別無長物。」

賓至如歸

 釋義 賓：客人。客人來到這裏，就像回到家裏一樣。形容待客周到、熱情。

子產是春秋時期鄭國的大夫。有一年，他跟鄭簡公一起到晉國去朝貢。鄭國是小國，夾在晉、楚兩個大國之間，日子實在不好過。為了求取安寧，鄭國常常向晉國進獻禮物。

這一次前往晉國，正好遇上魯襄公去世。按理說，別國諸侯到了晉國，晉國國君要隆重接待，可是晉平公打心眼裏看不起鄭簡公，便以要為魯襄公致哀為藉口，將鄭簡公冷落在賓館裏。

這哪像賓館，跟奴隸住的屋子差不多。人是勉強住下來了，可是帶去的禮物沒有地方放。放在外面吧，實在不安全。子產認為晉平公做得太過分了，要手下把賓館的圍牆拆了，將裝載禮物的馬車駛進賓

館。手下本來就窩着一肚子火，聽了子產的吩咐，渾身都是勁，「乒乒乓乓」一陣忙，片刻之間就把圍牆拆了。

晉平公很快就知道了這件事，心裏直冒火。這還得了，鄭國人居然到晉國拆牆扒屋了！晉平公派大夫士文伯責備子產：「晉國是盟主，有責任保衛來賓的安全，你把圍牆扒了，其他賓客的安全還要不要？」

子產回答道：「我們鄭國是小國，大國一開口向我們要東西，我們立即四處搜羅，千方百計把禮品置備齊整送來。誰知正碰上大王沒有空閒，又不知道甚麼時候才能見到大王，這些東西不能放在外面日曬雨淋，只好找個地方遮風避雨。過去晉文公做盟主，情願自己住在狹小的地方，也要把大的地方讓給來賓們住。來賓一到，就把各個方面安排妥當。賓客們不用擔心有人偷盜搶劫，更不用擔心帶來的東西沒有地方安置，賓客來到這裏，就跟回到自己家裏一樣。現在呢，來賓不知道甚麼時候能見到大王，大王也不向來賓說明甚麼時候接見。我們現在帶來的禮物，已經是大王的東西了，假如弄壞了，就是我們的責任。等到見到大王獻上了禮物之後，我們願意修好了圍牆再走。」

士文伯把子產的回答向晉平公稟告，晉平公也覺得自己理虧。他很快接見了鄭簡公一行，禮儀比任何一次都隆重。

| 出處 | ●

《左傳·襄公三十一年》：「賓至如歸，無寧災患，不畏寇盜，而亦不患燥濕。」

| 例句 | ●

張長《門鏡》：「進得竹樓，主人不在，自己可以拉過小篾凳坐下，撥開火塘燒開水沏茶，拿過火塘上的小籱筐捲毛煙抽，幸許竹筒裏還有酒，也可以倒一杯來喝，總之，真正的『賓至如歸』。」

兵不厭詐

釋義 厭：嫌棄；詐：欺騙。用兵打仗要儘量用計謀來迷惑敵人。

春秋五霸之一的齊桓公去世以後，齊國漸漸衰落。南方的楚國和北方的晉國一天天強大起來，晉、楚兩國為了爭奪霸權明爭暗鬥，公元前 633 年，兩國在城濮進行了一場大戰。

決戰前，晉文公問舅犯：「現在敵眾我寡，如何才能取勝？」

舅犯回答說：「跟講究禮儀的人打交道，不嫌忠信多；在戰場上跟敵人兵戎相見，不嫌計謀多。依我看來，必須用妙計迷惑敵人，這樣才能取勝。」

晉文公又找來雍季，向他詢問道：「現在敵眾我寡，如何才能取勝？」

雍季回答說：「焚燒樹林來打獵，得到的獵物一定多，可是以後就打不到野獸了。用欺詐的手段對付別人，能夠得到眼前的利益，以後別人就不會上當了。」

這一仗，晉文公採用了舅犯的計謀。在楚軍發動進攻時，晉軍避其鋒芒，向後撤退。楚軍緊追不捨，晉軍繼續後撤。楚軍遠道而來，長期在外作戰，疲憊不堪，又誤以為晉軍不堪一擊，放鬆了警惕。晉軍出其不意地發起進攻，把楚軍打得一敗塗地。

班師回國以後，晉文公封爵行賞，雍季得到的賞賜比舅犯多。羣臣對此不服，紛紛說道：「城濮獲勝，採用的是舅犯的計謀，現在得到的賞賜反而不如雍季，這是為甚麼？」

晉文公對臣子們說：「依靠舅犯的計謀打敗楚國，那是權宜之計。雍季說的忠信之道，那才符合長遠的利益。」

| 出處 | ●

《韓非子‧難一》:「戰陣之間,不厭詐偽。」

| 例句 | ●

李紀洪《習慣性思維——心智的枷鎖》:「兵書裏說的『兵不厭詐』,其中就有許多是利用對方的習慣性思維。」

兵貴神速

 釋義 用兵可貴的地方在於行動特別迅速。也比喻做事可貴之處在於行動快。

　　東漢末年黃巾軍起義以後,羣雄並起,軍閥的勢力更加壯大,導致了漢末的亂世。渤海太守袁紹乘機擴大自己的勢力範圍,成為當時北方最大的割據勢力。

　　北方另一股割據勢力是曹操,他為了跟袁紹爭奪地盤,於公元200年在官渡(今河南中牟境內)跟袁紹進行了一場大戰,結果曹操大獲全勝,袁紹戰敗退回冀州(今河北南部、河南東部一帶)。不久,袁紹病死,袁紹的兒子袁譚、袁熙、袁尚為了爭權奪利,哪裏還顧骨肉之情,兄弟之間打得不可開交。

　　袁氏兄弟同室操戈,曹操坐收漁利。公元205年,曹操攻破渤海郡城南皮(今河北南皮),殺死了袁譚,袁熙、袁尚走投無路,投奔了北方的踏頓單于。

　　曹操為了消除邊患，於公元 207 年親自領兵北征。兵馬未動，糧草先行，曹操的軍隊因為輜重太多，走了一個多月才到易城（今河北保定西北）。謀士郭嘉發現了問題，對曹操說：「用兵可貴的地方在於行動特別迅速，使敵人難以預料、應付。應當派出輕兵銳卒日夜兼程，迅速發動攻勢，出其不意地打擊敵人，這樣方能取勝。」

　　曹操採納了郭嘉的建議，親自率領幾千名精兵輕裝前進，直插踏頓單于的駐地。在白狼山（今遼寧建昌境內），曹軍發現了踏頓的大部隊。踏頓的幾萬大軍沒想到曹軍這麼快就到了，根本沒有防備。曹操命令張遼、許褚、于禁、徐晃各率一支人馬，分四路下山，向踏頓的大軍猛衝過去。曹軍一陣衝殺，把踏頓軍的陣腳衝亂，踏頓軍失去了指揮，四處逃竄，踏頓沒能逃脫，在亂軍中被殺死。

　　袁熙、袁尚得到消息，惶惶如喪家之犬，急急忙忙投奔了遼東的公孫康。公孫康為了自保，將袁氏兄弟殺掉。從此以後，曹操基本平定了北方。

| 出處 | ••••••••••••••••••••••••••••••

《三國志・魏書・郭嘉傳》：「太祖將征袁尚，嘉言曰：『兵貴神速。』」

| 例句 | ••••••••••••••••••••••••••••••

明・羅貫中《三國演義》第二十六回：「皆是汝等遲緩軍心，遷延日月，有妨大事！豈不聞『兵貴神速』乎？」

不恥下問

釋義

恥：以……為恥。不以向學識、地位比自己低的人請教為恥。

在孔子的七十二弟子中，子貢最為勤學好問。《論語》中記述孔子與弟子答問，以子貢最多。後世一般認為，孔子的名聲之所以能夠傳揚天下，子貢的大力傳播功不可沒。

有一次，子貢問孔子：「一個人雖然貧窮，卻不阿諛奉承；雖然富有，卻不驕傲自大，這怎麼樣？」孔子回答道：「能夠這樣當然可以了。不過，還是不如雖然貧窮卻樂於道，雖然富有卻謙虛有禮。」

子貢又問孔子：「有沒有一句話可以奉行終身？」孔子回答道：「大概就是『恕』吧。自己不想要的任何事物，都不要強加到別人身上。」

孔子要考驗一下子貢是否謙虛，問道：「你和顏回相比，誰更強些？」子貢回答道：「我哪裏能跟顏回相比呀，顏回聽到一件事可以推知十件事，我聽見一件事只能推知兩件事。」孔子聽了很高興，說：「是呀，你的能力是比顏回差一些。」

有一天，子貢對孔子說：「我不想別人騎在我頭上，我也不想騎在別人頭上。」孔子對他說：「子貢啊，你不想別人騎在你頭上，這不是你能做到的啊。」

衛國的大夫孔圉為人謙虛好學，孔圉去世後，衛國國君賜給他「文」的謚號。子貢認為孔圉沒有人們所說的那樣好，不該得到那麼高的評價。有一次，子貢問孔子，衛國國君為甚麼賜給孔圉「文」的謚號？孔子說：「孔圉聰明好學，不以向學識、地位比自己低的人

請教為恥，因此賜他為『文』。」聽了孔子的解釋，子貢終於明白過來了。

| 出處 | •
《論語・公冶長》：「敏而好學，不恥下問。」
| 例句 | •
清・劉鶚《老殘遊記》第七回：「閣下既不恥下問，弟先需請教宗旨如何。」

不得要領

 釋義
　　要：古「腰」字；領：衣領；要領：舊時衣服，提起腰和領，襟袖就平貼，比喻事物的要點、關鍵。沒有掌握事物的要領、關鍵。

　　月氏原是西域的少數民族，戰國末年，月氏的力量比匈奴還要強大，匈奴的頭曼單于只能讓太子冒頓到月氏做人質，以換取與月氏的和平相處。

　　冒頓單于時代，匈奴已經逐漸強大，向南騷擾漢王朝，向西攻打月氏。月氏打不過匈奴，節節敗退。公元前 174 年，匈奴老上單于繼位。老上單于更加兇狠，窮追猛打月氏，月氏王被殺死。老上單于割下月氏王的腦袋，用它做夜壺（一說飲酒器），它使用起來雖然不便，但目的是用以炫耀戰功，侮辱、恐嚇月氏人。

　　漢武帝時，國家實力已經強大，朝廷打算消除邊患，出兵攻打匈

奴。有人提出，月氏跟匈奴有血海深仇，聯絡月氏對匈奴進行東西夾擊，必定能大獲全勝。這個主意是不錯，可是實施起來很困難，漢朝在東，月氏在西，當中隔着匈奴，如何跟月氏人聯繫？這時候，年輕的郎官張騫毅然應募，寫下了出使西域的光輝一頁。

張騫帶領一百多人出發，穿越匈奴時被匈奴人俘獲。他被匈奴人扣留了十多年，終於找到機會逃脫。他一直往西行走，跋山涉水，穿過沙漠，歷盡千辛萬苦，才到另一個國家。向當地人一打聽，這裏不是月氏，是大宛（今費爾干納）。大宛王熱情接待了張騫，派人把他送到康居（大宛北）。張騫再從康居出發，終於來到了月氏。

當時月氏佔領了大夏（今阿富汗北部），那裏土地肥沃，人們安居樂業，月氏王（原月氏王的妻子）不想再跟匈奴人打仗。張騫百般勸說，月氏王始終沒有做出明確表示（不得要領），張騫見與月氏結不成聯盟，只得返回。

張騫這次出使西域，雖然沒能跟月氏締結盟約，卻開通了前往西域的道路，為中國同中亞和西亞各國的友好往來做出了貢獻。

| 出處 | ●
《史記·大宛列傳》：「騫從月氏至大夏，竟不能得月氏要領。」

| 例句 | ●
梁實秋《衣裳》：「無論怎樣解釋也不得要領，結果是巡捕引他從後門進去，穿過廚房，到賬房內去理論。」

不寒而慄

釋義　慄：發抖。天不冷，人卻直發抖。形容非常害怕。

　　義縱是漢武帝時的著名酷吏。義縱少年時，曾夥同他人進行搶劫。他的姐姐由於醫術高明，受到太后的寵幸。

　　一人得道，雞犬升天，義縱搖身一變，成為朝廷命官。他在任中牟（今河南中牟）縣令時，對任何人都不留情，以嚴酷的手段進行治理。豪強、盜賊誰也不敢為非作歹，朝廷考核政績時義縱名列第一。義縱因此得以升遷，先後擔任長陵令和長安令。

　　長陵、長安多權貴，他們的子弟依仗權勢為非作歹。義縱到任以後，他們算是遇上了剋星。義縱軟硬不吃，對違法者一律嚴懲不貸，就是太后的外孫犯了法，照樣將他緝捕歸案繩之以法。他的這些舉措，深得漢武帝讚賞，認為他治理有方，將他提升為河內（今河南黃河以北一帶）都尉。

　　河內郡的權貴依仗權勢為非作歹，其中以穰氏最為囂張。穰氏再狠也沒有強盜出身的義縱狠，義縱到任後立即將穰氏一家殺了個精光。為非作歹的權貴一下子就被鎮住了，河內郡的局勢迅速得以穩定。

　　這還不算狠，最狠的一次是在定襄（今山西定襄）。那時候，漢武帝對匈奴進行大規模反擊。大軍遠征，多次從定襄出塞。定襄的吏治敗壞，境內秩序十分混亂。要整頓好那裏的吏治，非要下猛藥不可，漢武帝特地將義縱調來，命他擔任定襄太守一職。

　　義縱到任以後，依然以殺人立威，先把獄中的二百餘名重罪者定為死罪，同時把私自前來探監的二百餘名親屬一併抓住，嚴刑拷打，

逼迫他們承認企圖行賄，將這四百餘人同日問斬示眾。郡中一片恐慌，個個心驚膽戰，人們只要聽到義縱的名字，就不禁全身發抖。

　　義縱在漢武帝的支持下打擊豪強，同時也枉殺了許多無辜。最後因為他的名聲太臭，漢武帝就像捻臭蟲一樣，找了個藉口把他殺了。

| 出處 |

《史記‧酷吏列傳》：「是日皆報殺四白餘人，其後郡中不寒而慄。」

| 例句 |

朱自清《執政府大屠殺記》：「現在想着死屍上越過的事，真是不寒而慄啊。」

不翼而飛

 釋義　沒有翅膀卻能飛。原指言論、消息傳播得很迅速。後多比喻東西突然不見了。

　　春秋時，齊桓公打算東遊。出發前，他問管仲：「我這次東遊，打算東起芝罘，南至琅琊。司馬對我說：『大王這次出遊，也要和先王一樣。』這是甚麼意思？」

　　管仲回答道：「君王出遊，大有講究。春天外出，推究農業生產的根本問題，這叫做『遊』；秋天外出，補助百姓生活的不足，這叫做『夕』；出遊時吃喝老百姓，這叫做『亡』；出遊時樂而忘返，這叫做『荒』。先王出遊都是『遊』『夕』，從來沒有過『亡』『荒』，司馬希

望大王能和先王一樣,所以說了那些話。」

桓公連忙後退幾步,向管仲拜謝,說:「謝謝您的指教。」

管仲接着說:「沒有翅膀卻能飛的是言語,沒有根底卻能鞏固的是感情,沒有爵位而能顯貴的是心性。大王出遊,應當鞏固和百姓的感情,說話要謹言慎語,始終嚴守高尚的心性。」

桓公聽了這席話,連忙又向管仲拜謝,說:「我一定聽從您的教誨。」

| 出處 | •

《管子·戒》:「無翼而飛者,聲也。」

| 例句 | •

李存葆《山中,那十九座墳塋》:「接崗後,兩人到白天看好的茄棵上翻找了好半天,兩個茄蛋子竟不翼而飛。」

才高八斗

釋義　文才高達八斗。比喻文才極高。

「天下的才能如果有一石,曹子建(曹植)一個人便獨佔八斗,我佔有一斗,自古至今的學子一共才佔有一斗。」說這話的人是謝靈運。

南朝的謝靈運,是東晉名將謝玄的孫子。謝家是晉朝有名的大戶,算算他們家的先輩,謝衡、謝褒、謝尚、謝弈、謝安、謝玄、謝石等,哪一個不是響噹噹的人物!藉着祖上餘蔭,謝靈運襲封康樂

公的爵位。東晉末年，他也曾擔任過一些不大的官職。

劉裕奪取了政權後，謝靈運的爵位被降了一級，變成康樂侯，之後被派去做永嘉（今浙江永嘉）太守。他常常扔下公務不管，帶着人遊山玩水，在遊覽中寫下不少山水詩，被後人稱為山水詩的「開山之祖」。

劉裕去世以後，劉義隆即位，他就是宋文帝。劉義隆對這位酗酒鬧事、恣意作樂的望族後代非常頭疼，但對他的詩歌和書法卻讚賞有加，稱這兩樣是「二寶」。有了皇上這樣的褒獎，謝靈運更加狂妄，說出了「天下才一石」那段話，在讚賞曹子建的同時，也自我吹噓了一番。

謝靈運在文學上的貢獻是巨大的，他的山水詩創作極大地豐富和開拓了詩的境界，使山水描寫從玄言詩中擺脫出來，扭轉了東晉以來的玄言詩風。從此，山水詩成為我國詩歌發展史中的一個重要流派。

| 出處 |

五代·李瀚《蒙求》：「謝靈運嘗云：『天下才共有一石，子建獨得八斗，我得一斗，自古及今同用一斗。』」

| 例句 |

唐浩明《曾國藩》第二部第六章：「左宗棠這人雖然才高八斗，器量卻不開闊。」

滄海桑田

釋義 滄海：大海；桑田：農田。大海變為農田，農田變為大海。比喻世事變化巨大。

　　從前有兩個神仙，一個叫麻姑，一個叫王遠。一次，他們約定好到蔡經家做客。

　　約定的日子到了，王遠在一批侍從的簇擁下，乘着五龍車，來到蔡經家。王遠在庭院裏降落後，五龍車和侍從便不見了蹤影。

　　王遠和蔡經寒暄了一番，便獨自坐在屋子裏等待麻姑到來。王遠等了很久，還不見麻姑的蹤影，便向空中招了招手，吩咐侍從去請麻姑。

　　過了一會兒，侍從回來向他稟報：「麻姑說有事耽誤了一會兒，特向先生致歉。她說自從上次見到先生，到現在已經有五百年了，很想跟先生見面。眼下她正在蓬萊巡視，等一會兒就過來。」

　　沒過多久，麻姑如約前來。互相施禮之後，王遠吩咐開宴。席間，麻姑對王遠說：「自從接受天命以來，至今已有五百年，在這期間，我已經三次看到東海變為桑田。剛才到蓬萊巡視，看到海水又淺了一半，看樣子，東海又要變成陸地了。」聽了麻姑的話，王遠道：「怪不得聖人們都在說，東海又要揚起塵土了。」

　　成語「東海揚塵」的出處也在這裏，意義和「滄海桑田」相同。

| 出處 | •

晉‧葛洪《神仙傳‧王遠》：「麻姑自說云：『接待以來，已見東海三為桑田。』」

車水馬龍

 釋義 　車像流水，馬如游龍。形容車馬來往很多，連續不斷。

　　東漢名將馬援有三個女兒，他特別鍾愛小女兒。父母亡故後，小女兒便操持起家務。別看她小小年紀，卻把家務料理得井井有條。

　　公元49年，她才十三歲，就被選入宮內服侍皇后。由於她家務做慣了，把皇后身邊的事料理得妥妥帖帖，皇后非常喜歡她，把她送到太子宮中服侍太子。

　　光武帝去世後，太子劉莊即位，他就是漢明帝。明帝登基不久，便冊封馬氏為貴人。太后寵愛她，明帝喜歡她，皇后自然非馬氏莫屬。馬氏一直沒有生育，明帝讓馬皇后撫養賈貴人所生的兒子劉炟，並且立他為太子。馬氏悉心撫育劉炟，母子關係非常深厚。

　　馬氏身為皇后，平易近人，生活節儉，宮中上上下下對這位德、才、貌俱全的皇后無不敬重。

　　公元75年，明帝去世，劉炟繼位，他就是漢章帝，馬皇后被尊為太后。時隔不久，章帝根據一些大臣的建議，打算給馬太后的弟兄加封爵位。馬太后遵照光武帝「后妃家族的人不得封爵」的遺訓，堅決反對這樣做。由於馬太后的反對，這件事只得作罷。

　　第二年夏天，天下大旱，有些大臣上奏皇上，說是今年大旱，全是因為去年沒有給太后兄弟加封爵位的緣故。如此一來，封爵之事舊事重提。馬太后依然堅決反對，並且為此頒發詔書。詔書中說：「大家必須記住先朝的教訓，寵幸外戚會招致顛覆的大禍。先帝不許外戚擔任要職，就是出於這個考慮。現在我的娘家人個個都很富貴，看到我穿戴儉樸，反而笑話我過於儉省。前些天我路過娘家的住處濯龍園門前，看到那裏車像流水，馬如游龍，心裏很不是滋味。他們只知道享樂，不知道為國家效力，現在還要給他們加官晉爵，我怎麼會答應！」這番話義正辭嚴，立即將「封爵」的議論壓了下去。

　　馬太后去世後，舉國哀悼。《續列女傳》稱讚她「在家則可為眾女師範，在國則可為母后表儀」。

│出處│••

《後漢書‧明德馬皇后紀》：「前過濯龍門上，見外家問起居者，車如流水，馬如游龍。」

│例句│••

汪政《澄明之境》：「我總覺得人太多，車水馬龍，熱熱鬧鬧，實在喧賓奪主。自然讓人一到，便不復再是自然。」

車載斗量

釋義 　　用車子裝載，用斗來量數。形容數量很多，不足為奇。

　　三國時期，蜀國大軍進攻東吳，消息傳來，孫權十分擔憂。蜀軍兵多將廣，又有諸葛亮運籌帷幄，東吳只怕凶多吉少。孫權和謀臣商量了一番，覺得只有向魏國求救，才能擊敗蜀國大軍。雖說東吳和魏國矛盾不少，眼下只好委曲求全，請求魏國派出援軍。

　　東吳的使臣趙咨到了魏國，魏國皇帝曹丕接見了他。曹丕一則跟東吳有過節，二則看不起孫權，打算在東吳的使者面前羞辱孫權一番。

　　曹丕從鼻子裏「哼」了一聲，不屑地問道：「吳王是個甚麼樣的國君？他平常看不看書？」

　　哎呀呀，這算說的甚麼話，孫權博學多才，怎麼會不看書！趙咨怒火直往上冒，但隨即將怒火壓了下去，他暗暗告誡自己：這次是來求救兵的，不能意氣用事。可是，吳王的尊嚴也必須維護，不能讓曹丕小覷了孫權。

　　趙咨定了定神，不亢不卑地說：「我們吳王是個有雄才大略的人。」接着，他又舉例說明孫權聰慧、明智、仁義、有謀。

　　曹丕接着問：「東吳怕不怕魏國？」

　　趙咨答道：「大國有大國可以依恃的兵力，小國有小國抵禦的良策，何況吳國有雄兵百萬，佔有長江天塹，說不上怕。」

　　曹丕聽他答得十分得體，不禁又問：「像你這樣的人東吳有多少？」

　　趙咨答道：「像我這樣的人可以用車裝、用斗量，不足為奇。」

曹丕聽他這麼回答，不由得肅然起敬，說：「出使四方，不辱使命，用這句話來讚譽先生，先生當之無愧。」他當即答應了吳國的要求，派軍隊援助吳國。

| 出處 | ⋯⋯⋯⋯⋯⋯⋯⋯⋯⋯⋯⋯⋯⋯⋯⋯⋯⋯⋯⋯⋯⋯⋯⋯

《三國志·吳志·孫權傳》：「遣都尉趙咨使魏。」裴松之注引《吳書》：「如臣之比，車載斗量，不可勝數。」

| 例句 | ⋯⋯⋯⋯⋯⋯⋯⋯⋯⋯⋯⋯⋯⋯⋯⋯⋯⋯⋯⋯⋯⋯⋯⋯

李寶嘉《文明小史》第五〇回：「一想要是單懂英文的，只要到上海去找一找，定然車載斗量。」

程門立雪

釋義 程：指程頤。侍立在老師程頤門口的雪地裏。比喻尊敬師長。

南宋時的楊時，聰慧好學，八歲時就能寫文章，被人稱為神童。長大以後潛心於經史，在經史方面有很深的造詣。

公元 1076 年，楊時考取了進士，登上了仕途。那時候，「理學」新興不久。理學講求義理、兼談性命的理論，吸引了很多讀書人。程顥、程頤兄弟都是宋代理學的代表人物，備受人們尊敬。楊時深感自己的學識不夠，便辭去官職，拜程顥為師。經過程顥的耳提面命，楊時深感受益匪淺。

　　程顥去世以後，楊時非常悲痛。他總覺得自己從師時間太短，對「理學」的理解仍然不夠，便和好友游酢商量了一番，前往洛陽拜程頤為師。那一年，他已經四十歲了。

　　初入師門不久的一天，他和游酢一起拜訪老師。到了那裏，正好遇上程頤坐在椅子上打盹。他倆不敢驚動老師，便站在門口等候老師醒來。那一天颳着狂風，下着大雪，風雪不停地打在他們的臉上，他倆一直在門外恭恭敬敬地站着，等到程頤一覺醒來，門外的積雪已有一尺多深了。

| 出處 | ‧‧‧‧‧‧‧

《宋史‧楊時傳》：「見程頤於洛，時蓋年四十矣。一日見頤，頤偶瞑坐，時與游酢侍立不去。頤既覺，則門外雪深一尺矣。」

| 例句 | ‧‧‧‧‧‧‧

李存葆《伏虎草堂主人》：「大中程門立雪，受業笑如，專習畫虎。」

赤膊上陣

 釋義　原指光着上身打仗。現多比喻做事不講策略或毫不掩飾地做某事。

　　三國時期，馬超的叔叔和弟弟被曹操殺害，馬超為了報仇，領兵攻打曹操。

曹操的部將許褚飛馬出陣，與馬超戰在一處。這一仗打得飛沙走石，天昏地暗，大戰了一百多個回合，不分勝負。兩人的戰馬都已不支，難以再戰。兩人回陣換了戰馬，繼續再打。兩人又戰了一百多回合，依然不分勝負。

許褚殺得性起，飛馬回到陣中，索性把鎧甲脫了，騎上馬，光着上身，出陣跟馬超戰在一處。雙方的官兵們從來沒有見過這種戰法，全都驚呆了，一個個瞪大了眼、張大了嘴，看他們倆廝殺。

兩人又戰了三十多回合，許褚舉刀奮力向馬超砍過去，馬超閃身躲過，趁勢一槍刺向許褚的心窩。見到這個情景，眾人不禁失聲叫了一聲。說時遲，那時快，許褚丟下大刀，把槍緊緊夾住，兩人就在馬上爭奪起槍來。許褚的力氣大，只聽到「咔嚓」一聲響，槍桿被許褚折斷。兩人各自拿着半桿槍，在馬上朝對方亂打。

曹操生怕許褚有失，命令夏侯淵、曹洪等人前去接應。馬超這邊的龐德、馬岱看到曹操的將領都出來了，揮動兩翼的鐵騎直衝過去。曹操的軍隊抵擋不住，直往後退。許褚沒穿盔甲，手臂上被亂箭射中兩箭。曹軍逃回大營，兵力損失大半。曹操對許褚讚不絕口，稱許褚為「虎痴」。

不過，後世的文學家金聖歎對許褚這種行為不以為然，許褚中箭負傷，金聖歎批評道：「誰叫你赤膊。」

| 出處 |
明・羅貫中《三國演義》第五十九回：「鬥了一百餘合，勝負未分……許褚性起，飛回陣中，卸了盔甲，渾身筋突，赤體提刀，翻身上馬，來與馬超決戰。」

| 例句 |
孫同喜《「親自」三境》：「無論是他親自出面赤膊上陣，還是以祕書、親朋或他人的名義，只要他幹了違法的勾當，便嚴懲不貸。」

出爾反爾

 釋義　爾：你。本指你如何對待別人，別人也如何對待你。現比喻說話不算數，反覆無常。

戰國時，鄒國與魯國發生邊界衝突。魯國雖小，比起鄒國來卻也大得多，結果鄒國吃了大虧，傷亡慘重。

有一天，孟子去見鄒穆公。孟子是鄒國人，鄒穆公便向他問道：「在這次爭鬥中，我國的官員犧牲了三十三個，而老百姓卻沒有一個能為此獻出自己的生命。殺了他們吧，又殺不了這麼多；饒了他們吧，又痛恨這些人眼睜睜地看着長官死去卻不去營救。你說說看，該怎麼辦才好？」

孟子回答道：「遇到災荒時，鄒國的老百姓太悽苦了。年老體弱的餓死了，屍體被拋棄在山野溝壑中；年輕力壯的無以為生，只得四處逃荒。這個時候，您的穀倉卻堆滿了糧食，庫房裏裝滿了財寶，而那些當官的誰也不來向您報告災情，他們根本不關心百姓死活。先賢曾子曾經說過：『警惕啊！警惕啊！你如何對待別人，別人也如何對待你。』這一次，老百姓總算有了報復的機會，您就不要責怪他們了。」

需要注意的是，這個成語的本義跟後世運用的意義不同。

| 出處 | ‧

《孟子‧梁惠王下》：「出乎爾者，反乎爾者也。」

| 例句 |••

南帆《論誓言》：「詞語和它的指稱物之間脫離了聯繫之後，一種語詞即可修改成另一種語詞，於是，人們可以大膽地在許諾之後言而無信，可以撕毀合同，違背盟約，出爾反爾。」

出人頭地

 釋義　高出別人一頭。比喻超出別人或高人一籌。

　　北宋初期，歐陽修是文壇的泰山北斗。公元 1057 年，朝廷舉行科舉考試，皇上指定由歐陽修擔任主考官。

　　他看到一份考卷，題目是《刑賞忠厚論》，文章寫得鞭辟入裏，字字珠璣。歐陽修看到這麼好的卷子十分興奮，打算把寫這份卷子的考生取作第一名。他又將考卷看了一遍，突然想到：「這篇文章大概是曾鞏寫的吧，別的考生好像沒有這樣的才華。」曾鞏是歐陽修的弟子，為了避嫌，歐陽修把他取為第二。

　　出榜前拆封一看，歐陽修呆住了，考卷上的名字是蘇軾。那時候蘇軾初登文壇，名氣還不大，所以歐陽修不知道有這麼一個後起之秀。他非常懊悔，後悔沒有將蘇軾取為第一。以後他又把蘇軾寫的其他文章拿來看，看了之後讚歎不已。

　　他寫信給梅堯臣，信中說：「蘇軾極富才華，將來的成就一定會超過我，我要給他讓路，讓他高出我一頭。」歐陽修提攜後進，有這麼寬闊的心胸，大家由衷地佩服這位德高望重的前輩。

| 出處 | ●

宋・歐陽修《與梅聖俞書》：「老夫當避路，放他出人頭地也。」

| 例句 | ●

陶鑄《崇高的理想》：「從前的大學生，大都是希望畢業時搞張文憑，找到職業，或者是希望在社會上能出人頭地，以至顯親揚名。」

初出茅廬

釋義

> 茅廬：茅草屋。原指剛剛出山。後多比喻初次歷事，沒有經驗。

當初，劉備和關羽、張飛結為生死之交。自從三顧茅廬請來諸葛亮之後，劉備每天跟諸葛亮在一起談論天下大事，與諸葛亮的感情日益深厚。關羽和張飛很不高興，時常表露出不滿的神色。劉備耐心地向他們解釋說：「我得到諸葛亮，就像魚兒得到了水一般，你們以後不要再說甚麼了。」

時隔不久，曹軍大將夏侯惇率領十萬大軍，向新野（今河南新野）殺來。劉備把關羽、張飛找來商量，張飛說：「為甚麼不讓『水』去禦敵？」

關羽、張飛離開以後，劉備又將諸葛亮找來商量。諸葛亮知道關羽、張飛不服，向劉備要了大印、佩劍，這才發佈命令，指揮人馬禦敵。關羽、張飛礙於劉備的情面，接受了命令。

夏侯惇哪把劉備的幾千人馬看在眼裏，領兵直往新野奔去。

那一天，天色已晚，颳着大風，曹軍行進到狹窄處，兩邊都是蘆葦。諸葛亮預先埋伏的軍隊放起火來，霎時火光沖天。曹軍頓時大亂，互相踐踏，死傷不計其數。關羽、張飛衝出來截住廝殺，把曹軍打得大敗。

關羽、張飛得勝歸來，不由得對諸葛亮非常佩服，見到了諸葛亮，連忙下馬謝罪。

這便是諸葛亮的「初出茅廬第一功」。

| 出處 | ••

明‧羅貫中《三國演義》第三十九回：「直須驚破曹公膽，初出茅廬第一功。」

| 例句 | ••

魯迅《高老夫子》：「那傻小子是『初出茅廬』，我們準可以掃光他。」

脣亡齒寒

釋義 嘴脣沒有了，牙齒就會感到寒冷。比喻雙方關係密切，利害相關。

春秋時代，晉國是北方的大國，它的南面有兩個小國，一個是虞國，一個是虢國。晉獻公想消滅這兩個國家來擴大自己的地盤，於是把大臣們召來商量。

大臣荀息獻上一條計謀，用美玉和寶馬作為禮物，送給虞國國君，向他借路攻打虢國。

晉獻公面露難色，說：「那塊美玉，是祖上傳下來的珍寶；那匹寶馬，是我最心愛的駿馬。如果他接受了禮物，卻不肯借路給我，那可怎麼辦？」

荀息說：「決不會那樣。如果他不肯借路給我們，就決不會接受我們的禮物；如果接受了我們的禮物，就一定會借路給我們去攻打虢國。我們消滅了虢國，回過頭來再打虞國，消滅了虞國，還能把東西奪回來。這就好比把寶玉從裏面的倉庫拿出來，放在外面的倉庫裏；把寶馬從裏面的馬廄裏牽出來，拴在外面的馬廄裏，大王何必擔心呢？」

晉獻公認為荀息說得有道理，就讓他帶着美玉和寶馬到虞國去。虞國國君看到了美玉和寶馬，心裏樂開了花，準備答應晉國借路的要求。

他的臣子宮之奇說：「大王，這條路借不得。我們虞國和虢國的關係，就像嘴脣和牙齒的關係一樣，嘴脣沒有了，牙齒就會感到寒冷。虢國之所以沒有滅亡，就是靠我們的援助；我國之所以沒有滅亡，也是靠虢國的支持。如果虢國早晨滅亡了，當天傍晚我國也要跟着滅亡。大王，千萬不能借路給晉國呀！」虞國國君貪圖美玉和寶馬，不聽宮之奇的勸告，收下了禮物，答應借路給晉國。

荀息帶兵攻打虢國，一舉消滅了它，軍隊返回時，順路滅掉了虞國，奪回了美玉和寶馬。回到晉國以後，荀息馬上把這兩件寶物獻上。晉獻公看了非常高興，說：「我們攻下了兩個國家，甚麼也沒有丟失。這塊寶玉還是原來那個老樣子，只是馬的年齡比以前稍微大了點兒。」

| 出處 |••
《左傳・僖公五年》：「諺所謂『輔車相依，脣亡齒寒』者，其虞虢之謂也。」

| 例句 |••
郭沫若《虎符》：「趙國和我們是兄弟之邦，趙國亡了，秦國一定要來吞滅
我們，我們不要忘記了『脣亡齒寒』的教訓。」

大筆如椽

 釋義　粗大的筆桿像椽子那麼粗。比喻文筆雄健有力或文章氣勢
恢宏。也作「如椽大筆」。

　　晉朝的王珣，出身名門，是晉初名相王導的孫子，著名書法家王
羲之的姪子。他自幼聰慧，博聞強識，長大以後，寫得一手好文章和
一手好字，得到大家的讚譽。

　　他可不是浪得虛名，就拿書法來說，他的《伯遠帖》，是問候親
友的一通信札，行筆自然流暢，俊麗秀雅，為早期行書典範之作，與
王羲之《快雪時晴帖》、王獻之《中秋帖》同列為三希堂法帖之一，是
我國書法藝術的瑰寶。

　　王珣二十歲時，就做了大司馬桓溫的主簿。桓溫整天忙於軍務，
大司馬府的文牘全都交給王珣處理。大司馬府要管理全國的軍務，文
牘繁雜，王珣年紀雖輕，卻把各項文案管理得井井有條。

　　王珣的記憶力驚人，當時來往於大司馬府的文武官員多達數萬，王珣都能記住他們的名字和相貌。有了甚麼事，他都能和別人像熟人一樣交談，氣氛十分融洽，正因為如此，他的辦事效率非常高。

　　一天夜裏，王珣做了一個夢，夢見有人給了他一枝粗如屋椽的大筆。醒來以後王珣細細思索，認為將有大事發生，許多重要的文章將要出於自己之手。

　　天亮以後，消息傳來，孝武帝突然去世。朝廷把他召去，負責喪事的全部文案。朝廷的哀冊、訃告，孝武帝的謚議，都由他一個人起草。這些文字寫得華麗得體，充分體現了皇家風範，深得大家好評。有人說，他的文章寫得這麼好，就是因為得到了上天賜予的如椽大筆。

| 出處 | ••••••••••••••••••••••••••••••••

《晉書‧王珣傳》：「珣夢人以大筆如椽與之，既覺，語人曰：『此當有大手筆事。』俄而帝崩，哀冊謚議，皆珣所草。」

| 例句 | ••••••••••••••••••••••••••••••••

謝汝芳《那一年》：「秦老大筆如椽，竟然把當年的場面寫得栩栩如生，看到那段文字，我們彷彿又回到了當年。」

大義滅親

釋義 原指為了維護君臣之義，殺了犯上作亂的親人。現指為了維護正義，對犯了罪的親人不徇私情。

春秋時，衞國的老臣石碏為了保全國家，不惜殺掉自己叛逆的兒子，千古以來被人稱頌。

他的兒子石厚，巴結上了衞桓公的弟弟州吁。州吁狼子野心，心狠手辣，與心腹石厚密謀，殺死了衞桓公。州吁終於如願以償，登上了君位。他倆狼狽為奸，對內殘酷壓榨百姓，對外發動戰爭，朝廷上下怨聲載道。

有人要到周天子那裏去告狀，州吁得到這個消息，急得像熱鍋上的螞蟻。弒兄篡位，為君不忠，為弟不悌，罪名莫此為甚，周天子降罪下來，就得人頭落地。

州吁把石厚找來商量，設法將這件事平息下去。石厚想出個鬼點子，向州吁提出建議，讓自己的父親石碏出來輔政，利用他的威望收服人心。州吁覺得這個主意不錯，讓石厚動員父親出山。

石厚的父親石碏德高望重，深得大家尊敬。他對兒子的所作所為極其不滿，以年老多病為由，告老還鄉，再也不問朝廷之事。

石厚回去對父親一說，父親正顏厲色地說：「我說話有甚麼用？諸侯王都由周天子管轄，沒有周天子的冊封，誰也不能當諸侯王。」石厚再三請求父親想辦法，石碏有了主意，便對石厚說：「周天子很賞識陳桓公，陳桓公又跟我們衞國交好，你們可以請陳桓公幫着說情。」石厚把父親的話告訴州吁，州吁認為這個主意不錯，帶着許多禮物，讓石厚跟着一起前往陳國。

哪知石碏已經給陳桓公寫了信，悄悄派人送了去。信中寫道：我已年老，沒有能力處置他們，請大王伸張大義，為衛國除害。

州吁、石厚去見陳桓公時，立即被抓了起來。州吁不服，不住地亂嚷。陳桓公把石碏的信拿了出來，州吁頓時啞口無言。陳桓公立即派人送信，請衛國派人來處置這兩個弒君的豺狼。衛國派人到陳國，殺了州吁，饒了石厚的性命。

石碏得到了消息，對其他大臣說：「你們不要因為石厚是我的兒子就不殺他，這樣的壞東西不殺不足以平民憤。」他派管家到陳國，殺死石厚回來覆命。

《左傳》的作者評論這件事寫道：石碏是個正直的大臣，他大義滅親，值得人們尊敬。

| 出處 |
《左傳‧隱公四年》：「大義滅親，其是之謂乎？」

| 例句 |
姚雪垠《李自成》第一卷第二十八章：「治軍如治國，寧可大義滅親，不可因私廢法。」

待價而沽

釋義 沽：賣。等待高價出售。比喻等待賞識自己的人任用自己。現也比喻誰出好價錢就為誰工作。

　　孔子，名丘，字仲尼。他是春秋末期的思想家、政治家、教育家，儒家學派的創始人。他十五歲立志於學，誰有學問就向誰請教。經過長期磨礪，孔子形成了自己的一套思想體系，他的思想核心是「仁」，主張「仁者愛人」。

　　為了實現自己的政治理想，孔子曾在魯國為官。五十五歲那年，他帶着顏回、子路、子貢、冉有等十餘弟子，離開「父母之邦」魯國，周遊列國，開始了長達十四年的顛沛流離生活。他先後到過衞、陳、蔡、齊、楚等國，可是沒有一個國家願意任用他。

　　最悲慘的事，發生在陳國。那時候，孔子一行斷了糧，連飯都吃不上，有的弟子餓病了，爬都爬不起來。子路拉長了臉問孔子：「難道君子也有走投無路的時候嗎？」孔子說：「君子遇到困厄，仍然堅持自己的理想；小人遇到困厄，那就無所不為了。」

　　有一次，子貢問孔子：「現在，有一塊美玉在這裏，是把它放在櫃子裏藏起來呢，還是找個識貨的人把它賣掉呢？」孔子當然明白子貢問話的意思，說：「賣掉它，當然要把它賣掉。我就在等待識貨的人來買我呀。」

| 出處 | •

《論語・子罕》：「沽之哉！沽之哉！我待賈者也。」

| 例句 | ●

茅盾《虹》第一章：「像中世紀騎士那樣站在虹的橋上，高揭着甚麼怪好聽的旗號，而實在只是出風頭，或竟是待價而沽。」

得隴望蜀

 隴：指隴西，今甘肅一帶；蜀：指西蜀，今四川一帶。已經佔領了隴西，還想攻佔西蜀。比喻得寸進尺，貪心不足。

東漢初年，國家還沒有完全安定，隴西的隗囂和巴蜀的公孫述，仍然對朝廷構成很大的威脅。

隗囂原以討伐王莽起家，割據隴西一帶，劉秀稱帝後，他不肯歸附東漢朝廷，依恃可進可退的有利地形，與東漢相抗衡。

公孫述本為西漢末年的官吏，王莽稱帝後投靠王莽。王莽的新朝迅速滅亡，那些臣子也就樹倒猢猻散，公孫述竄至西蜀，割據一方。公元25年，劉秀稱帝，公孫述也在成都稱帝，國號「成家」。他積極做好戰備，打算與劉秀一決雌雄。

隗囂漸漸發現，自己勢單力薄，無法跟劉秀相抗衡，便一方面假意向劉秀請罪，一方面與公孫述暗中聯絡。公元29年，公孫述封隗囂為朔寧王，兩人的關係由此更加密切，常常互相派兵援助。

公元32年，光武帝劉秀與大將岑彭攻破隴西天水，隨後，岑彭與偏將吳漢把隗囂包圍在西城（今甘肅天水西南）。公孫述深知脣亡

齒寒的道理，急忙派兵援救隗囂，劉秀又派兵將援軍包圍。做好了各種安排後，劉秀領兵返回洛陽。

劉秀回到京城後，寫信給岑彭。信中說：「兩城攻下以後，你就領兵南下攻打西蜀。人心苦於不知足，已經佔領了隴西，還想攻佔西蜀。」

| 出處 |
《後漢書‧岑彭傳》：「人苦不知足，既平隴，復望蜀。」

| 例句 |
胡適《評新詩集》：「我願國中的詩人自己要知足安分，做一個好詩人已是盡夠享的幸福了，不要得隴望蜀，妄想兼差做哲學家。」

得心應手

釋義 應：反應、配合。心裏怎麼想，手就相應地怎麼做。形容技藝純熟，心手相應。也比喻做事順手、方便。也作「得手應心」。

有一天，齊桓公在堂上讀書，一個木匠在堂下做車輪。大半天的時間過去了，齊桓公仍然在讀書。木匠感到奇怪，齊桓公怎麼讀書就讀個沒完呢？

木匠走上前問齊桓公：「大王讀的書，裏面是誰說的話？」齊桓公說：「是聖人說過的話。」木匠又問：「聖人現在還活着嗎？」齊桓

公看了看木匠說：「聖人已經去世了。」木匠不以為然地說：「既然已經死了，不過是前人留下的沒用的東西罷了。」

　　齊桓公勃然大怒，說：「我讀的聖賢書，你個木匠懂得甚麼？你如此胡言亂語，一定要給我說出個道理，不然的話，我馬上就殺了你。」

　　木匠說：「依照我所做的事來看，前人說的話是沒用的東西。我用斧子砍削車輪，動作快了不行，動作慢了也不行，要不快不慢，按照心裏想的去做，心裏想到哪裏，技藝就表現在哪裏。這種方法是沒有辦法從口頭上表達出來的，所以我的兒子也沒法學到我的手藝。同樣的道理，古人死了，他心裏想的也就跟着消失了，留下來的那些話，只不過是些沒用的東西罷了。」

　　齊桓公聽了木匠的這些話，覺得有些道理，於是便把木匠放了。

| 出處 | ●

《莊子・天道》：「得之於手而應於心。」

| 例句 | ●

沈石溪《臉色蒼白的伙伴》：「我決定自開山門，尋找得心應手的伙伴。」

得意忘形

釋義

形：形態、模樣。形容高興得忘乎所以，失去常態。

魏晉之時，阮籍名聞天下。他出名的原因，不僅是文才高妙，而且因為放浪形骸，所作所為不被世人理解。

那時候，統治者勾心鬥角，爭權奪利，難煞了一些讀書人。為了躲避災禍，有些人便裝瘋賣傻，狂放不羈，阮籍便是這樣的人。

當初，阮籍與曹氏家族關係密切，司馬氏奪取了曹氏的權力後，阮籍便隱居山林，不問世事。與他志同道合的著名文人，有嵇康、山濤、向秀、阮咸、劉伶、王戎等六人。他們經常聚集在一起，在山野竹林裏遊玩，忽而開懷大笑，忽而失聲痛哭，有時飲酒作詩，有時彈琴歌唱，無拘無束，人們稱他們為「竹林七賢」。在這七人中，阮籍的狂放又非其他六人能比。

阮籍有時在家讀書，幾個月都不出大門，有時外出遊玩，家人也不知道他甚麼時候回家。別看他口無遮攔，其實他也非常小心，他從來不說別人的壞話，別人也不討厭他，正因為如此，他才能在亂世中保全自己。

打算避世確實不易，有時別人也會找上門。阮籍有個女兒，出落得如花似玉，司馬昭想娶他的女兒為兒媳，這可難倒了阮籍。要是答應了這門親事，有損自己的清譽；要是不答應這門親事，司馬氏的勢力又得罪不起。他便日日夜夜飲酒，長醉六十日不醒，前來提親的人沒法跟他說話，親事無法提起。司馬昭百般無奈，最後只得作罷。

阮籍喜歡喝酒，很會彈琴。喝酒喝得高興了，就撫琴高歌，往往高興得忘乎所以，失去常態。

|出處| ●

《晉書·阮籍傳》:「嗜酒能嘯,善彈琴。當其得意,忽忘形骸。」

|例句| ●

史慶禮《兔》:「有的兔子如果不幸被猛獸一口咬住,只要不是咬到致命處,兔子還有最後一招,那就是捨棄一塊毛皮,趁對手得意忘形之時,便逃之夭夭。」

東窗事發

 在東邊窗子下商量謀害岳飛的陰謀敗露了。比喻陰謀、罪行敗露。

　　杭州的岳飛墓前,有四個跪着的鐵鑄人像,其中的兩個就是害死岳飛的秦檜和他的老婆王氏。這兩個人,幹下的罪惡勾當罄竹難書。

　　北宋末年,金人大舉南犯,國家危在旦夕。在這國家遭受危難之際,二十歲的岳飛毅然從軍。臨行前,深明大義的母親在他的背上刺上「精忠報國」四個大字,從此,岳飛便背上這四個大字馳騁疆場,奮勇殺敵,度過他光輝的一生。

　　岳飛率軍與金兵交戰一百餘次,從未遭受敗績,收復了大片失地。公元 1140 年,岳飛在河南開封附近,將金兀術的主力擊潰,進兵朱仙鎮,收復了鄭州、洛陽等地。岳飛非常興奮,對他的部下說:「我們乘勝進軍,直搗黃龍府,那時與諸位痛飲慶功酒!」

　　捷報傳到京城,宋高宗和奸相秦檜對岳飛取得的勝利憂心忡忡。

宋高宗怕他功勞太大，以後兵重難制；秦檜本是賣國賊，更是對岳飛恨之入骨。在秦檜的慫恿下，宋高宗對岳飛的請戰要求置之不理，反而在一天內連發十二道金牌，強令岳飛回師。

岳飛回到京師以後，秦檜指使他的同黨誣告岳飛謀反，把他逮捕入獄。可是，所有的罪名都是子虛烏有，無法給岳飛定罪。

秦檜和老婆王氏在臥室東窗下密謀，商量謀害岳飛的辦法。王氏毒如蛇蠍，說道：「放虎容易擒虎難，再也不能放虎歸山。就算沒有真憑實據，也要把岳飛殺死。」兩人密謀了一番，決定以「莫須有（可能有）」的罪名將岳飛父子殺害。

殺害岳飛不久，秦檜得了暴病（突發兇猛的疾病）死去，沒過多少日子，秦檜的兒子秦熺又一命嗚呼。王氏老覺得心神不寧，便請來一個道士為秦檜超渡亡靈。

據說那道士到了地府，看見秦熺戴着沉重的鐵枷，樣子十分悽苦。道士向他問道：「你父親在甚麼地方？」秦熺嗚咽着說：「在豐都地獄受苦受難。」道士趕到豐都地獄，果然見到了秦檜。秦檜戴着鐵枷，受各種酷刑的煎熬。臨行時，秦檜對道士說：「麻煩你帶個口信給我夫人，就說是東窗事發了。」

回到陽間，道士把秦檜的話告訴了王氏。這麼機密的事道士怎麼會知道？一定是陰謀敗露了。王氏給嚇破了膽，沒過多少天也在極度惶恐中死去。

| 出處 |
明·田汝成《西湖遊覽志餘》卷四：「檜曰：『可煩傳語夫人，東窗事發矣。』」

| 例句 |
孫同喜《「親自」三境》：「比如原瀘州地區招生辦副主任石仁富，是善於『親自』點鈔的⋯⋯不幸的是，終於東窗事發，也親自挨了槍子兒。」

東山再起

釋義　本指晉代的謝安離開隱居的東山再度做官。後比喻失勢後再度得勢，也比喻失敗後積蓄力量重新再來。

東晉的謝安，出身名門世家，年輕時才華橫溢，名噪江南。丞相王導非常欣賞他的才識，對他非常器重。朝廷屢屢徵召他，他都以有病為由婉言辭謝。揚州刺史庾冰仰慕謝安的名聲，屢屢命郡縣官吏催逼，謝安實在推託不掉，勉強前去赴任，僅僅過了一個月，他便辭官回到會稽（今浙江紹興）。

謝安隱居東山，經常與好友王羲之、許詢等一起遊山玩水、寫詩論文，過着閒雲野鶴一般的生活，跟做官時受到種種約束相比，好不清閒自在。

雖然謝安不想做官，可是大家對他寄予厚望，甚至有人說：「謝安不肯出來做官，將如何面對天下蒼生啊。」

他的弟弟謝萬與他大不相同，年輕時便混跡官場，哥哥謝奕去世後，謝萬得到朝廷重用，被任命為西中郎將、兼任豫州刺史。可是謝萬不是征戰沙場的材料，在戰場上損兵折將，被敵人打得大敗而歸。謝萬罪責難逃，被廢為平民百姓。

哥哥謝奕病死，弟弟謝萬被廢，謝氏家族的權勢、地位受到很大威脅。這時正好大將軍桓溫前來相邀，謝安便答應出任司馬一職。

謝安動身前往江陵（今湖北荊州）赴任時，很多人為他送行。中丞高崧說：「過去你屢屢違背朝廷的旨意，高臥東山，沒想到你今天到底還是又出來做官了。」聽了高崧的這些挖苦話，謝安不禁面紅耳赤。

從此以後，朝廷多了一個擔負國家重任的棟樑。淝水之戰時，已是丞相的謝安運籌帷幄，打敗前秦的八十萬大軍，使得東晉王朝轉危為安。

| 出處 |
《晉書・謝安傳》記載：東晉謝安退職後在會稽東山做隱士，後來又出山做宰相。

| 例句 |
蔣文杰《文章憎命達——文學人才成長的複合維生素》：「埋下頭來，紮根羣眾，體驗生活，積累素材，思考問題，為登上文壇或創作上的東山再起做艱苦、紮實的量的準備。」

東施效顰

 效：仿效、模仿；顰：皺眉。醜女東施模仿美女西施皺眉。比喻盲目模仿，結果適得其反。

西施是春秋時代越國的美女，她長得沉魚落雁，美若天仙。

西施經常心口疼，疼起來她就微微皺起眉頭，用手捂着胸口。由於她長得漂亮，這副模樣更顯出她的嬌態。

村上有個姑娘，醜得不能再醜，聽到別人稱讚西施，心裏非常羨慕。為了得到別人誇獎，她便學起西施的模樣。她緊緊地皺起眉頭，使勁捂着胸口，在村子裏走來走去。由於她本來就長得醜，這樣一來

就更加難看了。村裏人見到她的怪模樣，簡直不敢看，有的緊緊地關上門，有的遠遠地躲開了。

這個醜姑娘，她只知道別人稱讚西施皺眉頭漂亮，卻不知道別人為甚麼稱讚她漂亮，結果越模仿越難看。

由於美女名叫西施，所以人們便把那個醜姑娘叫做「東施」。

| 出處 | ••

《莊子·天運》：「故西施病心而矉（同「顰」）其里，其里之醜人見而美之，歸亦捧心而矉其里。其里之富人見之，堅閉門而不出；貧人見之，挈妻子而去之走。彼知矉美，而不知矉之所以美。」

| 例句 | ••

茅盾《從牯嶺到東京》：「我們的作家，一向只忙於追逐世界文藝的新潮，幾乎成為東施效顰。」

東食西宿

 釋義　吃在東家，住在西家。比喻不知廉恥，貪得無厭。

有戶人家，父母只有一個女兒，視為掌上明珠。俗話說，女大十八變。女兒長大後，出落得如同仙女一般。

求婚的人可多了，有時一天有幾個媒人上門。夫妻倆捨不得女兒，推說女兒還小，都沒有答應。

「男大當婚，女大當嫁」，女兒已經十八了，不能耽誤她的終身大

事。老夫妻一商量，決定把她嫁給附近的人家，以後也好常來常往。

消息一傳出去，東邊的鄰居和西邊的鄰居都請了媒人上門。東邊那家家境殷實，日子過得不錯，可惜小伙子其貌不揚，還有點兒傻乎乎的。西邊那家小伙子不錯，聰明伶俐，相貌英俊，可惜家裏窮了點兒。

老夫妻感到十分為難。講錢財，應該把女兒嫁給東邊那家；講人才，應該把女兒嫁給西邊那家。兩人商量來商量去，還是拿不定主意，最後把女兒叫來，讓她自己決定。

老漢把兩家求婚的事告訴她，並且把兩家的情況說給她聽，然後說：「你願意嫁到哪一家就嫁到哪一家，全憑你自己做主。」

女兒紅着臉，低着頭，半天不開口。老漢知道女兒害羞，微笑着說：「這樣吧，你要是願意嫁到東邊那家，就露出左手；你要是願意嫁到西邊那家，就露出右手。」在父母的再三催促下，女兒把兩隻手都露出來了。

老夫妻給弄糊塗了，不知女兒露出兩隻手是甚麼意思，連忙催着問原因。女兒羞答答地說：「你們不是說東家有錢嘛，那我就吃在東家；你們不是說西家的小伙子英俊嘛，那我就住在西家。」

| 出處 | • • • • • • • • • • • • • • • • • •

《藝文類聚》卷四〇引《風俗通》：「俗說齊人有女，二人求之。東家子醜而富，西家子好而貧。父母疑不能決，問其女，定所欲適，難指斥言者，偏袒令我知之。女便兩袒。怪問其故。云：『欲東家食，西家宿。』」

| 例句 | • • • • • • • • • • • • • • • • • •

《聊齋志異·黃英》：「黃英笑曰：『東食西宿，廉者當不如是。』」

東塗西抹

釋義

本比喻隨意下筆作文（多用作謙辭）。後也用以戲稱婦女梳妝打扮。

薛逢是晚唐詩人，前人對他詩作的評價是「淺俗」。他少年得志，於公元841年考中進士，以後官場得意，飛黃騰達，官至尚書郎。他常與士大夫在一起唱和，有《元日樓前觀仗》二首傳世。薛逢晚年仕途坎坷，鬱鬱不得志，公元864年，被貶為蓬州（今四川儀隴南）刺史。

有一天，他騎着一匹瘦馬上朝，忽然前面傳來喝道聲，原來正逢新科進士列隊魚貫而出。此時此景，使薛逢頓生感慨，不禁想到自己年輕時考中進士後的情景。誰又能想到，二十年後，自己落到這步田地。

薛逢正在胡思亂想，突然有人向他吼道：「閒雜人等讓開！」薛逢不禁吃了一驚，抬眼一看，原來是前導官在開道。他連忙讓到一旁，暗暗想道：今非昔比，虎落平陽被犬欺！

他騎的是瘦馬，穿着一身舊衣，前導官不知道他是原先的尚書郎，不然的話，就是再借給他一個膽子，他也不敢朝着薛逢亂嚷。

這且不去說他，那些新進士也是這般狗眼看人低，有的甚至向他翻起白眼，好像是說「這個老東西也來湊熱鬧」。薛逢又暗暗覺得好笑，隨即寫下幾個字讓隨從送到新進士那裏。他在紙上寫了這麼幾句話：你們不要如此小看人，阿婆十五六歲時，也曾東塗西抹打扮過。

| 出處 | ••

五代·王定保《唐摭言》卷三:「報道莫貧相!阿婆三五少年時,也曾東塗西抹來。」宋·陸游《阿姥》:「城南倒社下湖忙,阿姥龍鍾七十強。猶有嫁時塵埃鏡,東塗西抹不成妝。」

| 例句 | ••

周瘦鵑《杜鵑枝上杜鵑啼》:「於是給自己取了個筆名『瘦鵑』,從此東塗西抹,沿用至今,倒變成了正式的名號。」

對牛彈琴

釋義 對着牛彈琴。比喻向愚蠢的人講高深的道理。也諷刺人說話不看對象。

佛教自東漢傳入我國後,迅速傳播。東漢末年的牟融,對佛學很有研究,他向人宣講佛教教義時,常常引用儒教經典來闡述。許多人對此不解,向他提出質疑。牟融笑了笑,對他們講了一個故事。

古代有位大音樂家,名叫公明儀。他在音樂理論方面有很高的造詣,並且彈得一手好琴。

春季裏的一天,他漫步郊野欣賞大好春色。一頭牛正在低頭吃草,與田野的優美景色相映襯,他不禁輕輕感歎道:「美哉,此景!」

這怡人的景致使他來了興致,他打算為吃草的牛兒彈奏樂曲。公明儀先閉上眼睛定一定心神,然後全神貫注地彈奏高深的「清角之操」,彈完之後抬眼一看,那牛兒卻依然只顧低頭吃草,根本不理會

優雅的琴聲。公明儀不免有些生氣，隨後仔細一想，明白了其中的道理。那牛聽不懂高雅的「清角之操」，怎麼會傾聽？公明儀重新彈了一曲通俗的樂曲，那牛聽到蚊子、牛蠅一般的聲音，立即搖搖頭、甩甩尾巴，好像是在驅趕蚊蠅。

牟融講完這個故事，意味深長地說：「佛教教義非常深奧，用佛家的理論來闡述，很少有人能聽懂。現在我用儒家經典來闡述，佛家的教義就容易被人接受了。」

| 出處 | ‧‧‧‧‧‧‧‧‧‧‧‧‧‧‧‧‧‧‧‧‧‧‧‧‧‧‧‧‧‧‧‧‧‧
漢‧牟融《理惑論》：「公明儀為牛彈清角之操，伏食如故。非牛不聞，不合其耳矣。」

| 例句 | ‧‧‧‧‧‧‧‧‧‧‧‧‧‧‧‧‧‧‧‧‧‧‧‧‧‧‧‧‧‧‧‧‧‧
老舍《四世同堂》第一部：「這並不是因為他驕傲，不屑於對牛彈琴，而是他心中老有點自愧。」

對症下藥

 針對病情開處方用藥。比喻根據實際情況，採取有效措施。

你知不知道「麻沸散」？「麻沸散」是我國古代一種全身麻醉藥，比歐洲的麻醉藥早出現一千七百年。「麻沸散」是東漢末年傑出的醫學家華佗研究、配製出來的。

華佗醫術高明，世人稱他「神醫」。《三國志》裏有他的傳記。

當時有兩個府吏，一個叫倪尋，一個叫李延，他們倆同時生了病，要找醫生醫治。他倆早就聽說過「神醫」華佗的大名，於是一起到華佗那裏去看病。華佗先給倪尋作了檢查，又給李延作了檢查，隨後提起筆，寫下兩張不同的藥方。

兩人看了藥方，感到奇怪：明明生的是一樣的病，怎麼開出來的藥方會不一樣呢？

倪尋問華佗：「我吃的甚麼藥？」華佗道：「你吃的是瀉藥。」李延問華佗：「我吃的甚麼藥？」華佗回答道：「你吃的是發散藥。」倪尋、李延你看看我，我看看你，滿臉驚訝，生怕華佗開錯了藥。

藥是治病的，萬萬不能搞錯。多吃幾帖藥事小，延誤了疾病的診治事大。倪尋忍不住又問：「我頭痛發熱，渾身不舒服，他也和我一樣，為甚麼要我吃瀉藥，讓他吃發散藥？」

華佗理解病人的心情，耐心地解釋道：「你們倆的病看起來差不多，實際上不一樣。」他看着倪尋說：「你的病是傷食（吃得太多）引起的，所以要吃瀉藥，肚子裏的積食瀉完了，病也就好了。」他又轉身看着李延，說：「你的病是受寒引起的，多喝些水，多出點汗，病就好了。」

倪尋、李延聽了，連連點頭。華佗把他們的病情說得一點也沒錯，當然不會開錯藥方。他倆吃了華佗的藥，很快病就好了。

| 出處 | ••

《後漢書‧華佗傳》：「府吏倪尋、李延共止，俱頭痛身熱，所苦正同。佗曰：『尋當下之，延當發汗。』或難其異。佗曰：『尋外實，延內實，故治之宜殊。』即各與藥，明旦並起。」

| 例句 | ••

朱自清《聞一多先生怎樣走着中國文學的道路》：「他也許要借這原始的集體的力給後代的散漫和萎靡來個對症下藥罷。」

咄咄逼人

釋義

咄咄：使人驚懼的聲音。形容氣勢洶洶，盛氣凌人。

　　殷仲堪，是晉代名將，也是個大孝子。當年父親得了重病，他辭官回家照料父親。他親自給父親開藥方，親自給父親煎藥。由於長年煎藥煙熏火燎，以致他的一隻眼睛瞎了。

　　居喪完畢，朝廷又徵召他去做官，以後成為朝廷重臣。有一天，桓玄和顧愷之到他家喝酒。聊了一會兒，殷仲堪提議：每人吟詠一句詩，看誰描繪出來的情景最驚險。大家覺得有趣，紛紛表示贊成。

　　桓玄先說：「矛頭淅米劍頭炊。」好傢伙，腳踩矛尖淘米，蹲在劍尖上燒飯，真夠懸的，一個不小心就要受傷。

　　殷仲堪接着說：「百歲老翁攀枯枝。」這也夠危險的。百歲老人路都走不穩，還要攀着枯枝往上爬，要是摔下來可不得了。

　　顧愷之不甘示弱，說：「井上轆轤臥嬰兒。」這種危險景致也虧他想得出，把個嬰兒放在井口的轆轤上睡覺，轆轤一動孩子不要掉下去啊，太危險了！

　　殷仲堪的參軍也在座，說道：「盲人騎瞎馬，夜半臨深池。」這當然危險了，又是盲人，又是瞎馬，夜半時分到了深淵邊上，不掉下去才怪呢。

　　這話犯了殷仲堪瞎了一隻眼的大忌，殷仲堪忍不住說：「這可真是咄咄逼人啊！」

| 出處 |·····●●

南朝・宋・劉義慶《世說新語・排調》:「殷有一參軍在坐，云：『盲人騎瞎馬，夜半臨深池。』殷云：『咄咄逼人！』」

| 例句 |·····●●

劉心武《班主任》:「倘如張老師咄咄逼人地反駁尹老師，也許會引起一場火爆的爭論。」

咄咄怪事

釋義 咄咄：表示驚訝的聲音。指令人驚訝、難以理解的奇怪的事。

晉代的殷浩，是名門之後，善於清談，很有名聲。有一次，有人問殷浩：「為甚麼有人將做高官，晚上做夢卻夢見棺材；有人將發大財，晚上做夢卻夢見糞便？」殷浩回答道：「官爵本是腐爛發臭的東西，所以將要得到它時就夢見棺材；錢財本來就是糞土，所以將要得到它時就夢見糞便。」他的這番議論很快就傳播開來，大家都認為這是至理名言。

他年輕時做過庾亮的記室參軍、司徒左長史，不久辭了官，隱居近十載。後來朝廷徵召他為建武將軍、揚州刺史，他屢次推辭，朝廷不許，只得出山就任。

當時大司馬桓溫消滅了成漢，聲威大震。會稽王司馬昱時時提防桓溫，便以殷浩為心腹，讓他統率揚州兵馬，與桓溫相抗衡。

後來殷浩率領大軍北伐。他只知清談,對於真刀真槍的實戰卻不在行;又與桓溫有矛盾,處處受他掣肘,結果被前秦軍打得大敗。第二年殷浩又大舉進軍,結果敗得更慘,大軍的輜重盡棄,官兵死傷萬餘,殷浩帶着殘兵敗將,悽悽惶惶逃回。桓溫當然不會饒過他,上書加罪於殷浩。殷浩罪責難逃,被貶為平民。殷浩被貶以後,好像不以為意,但是經常用手指在空中畫字。

別人悄悄從他的手勢來觀察,原來寫的是「咄咄怪事」四個字。大概是他心中不平,以此發泄怨恨;或許是他自己也弄不清,落得如此慘敗究竟是甚麼原因。

| 出處 | ●

南朝・宋・劉義慶《世說新語・黜免》:「殷中軍被廢在信安,終日恆書空作字,揚州吏民尋義逐之,竊視,唯作『咄咄怪事』四字而已。」

| 例句 | ●

宋・楊萬里《明發棲隱寺》:「如何今晨天地間,咄咄怪事滿眼前。」

放虎歸山

釋義 放老虎回深山。比喻放走了危險或兇狠的人物,留下後患。

劉巴,在東漢末年也算一個人才。他是漢王室的後裔,就是看不起劉備,認為自己是王室的嫡系後代,劉備只不過是賣草鞋的窮漢而已。

　　赤壁之戰前夕，劉備被曹操擊敗，一路逃奔，投靠了劉表。身在江南的劉巴聽說劉備到了，跑到北方投靠了曹操。他寧願效忠曹操，也不願跟隨劉備。

　　曹操十分看重劉巴，派他到江南零陵策反，那時劉備已經站穩了腳跟，劉巴的謀劃全部落空。他無法回去向曹操交差，只得輾轉入蜀來到了益州。益州牧劉璋久聞他的大名，將他留在身邊。

　　公元211年，劉璋聽信了法正等人的意見，請荊州的劉備入蜀攻打張魯，劉巴極力勸阻，說：「劉備是個人傑，不可能久居人下，讓他進入蜀地，一定會給你帶來大害。」劉璋不聽他的勸告，讓劉備進入蜀地。劉備入蜀以後，劉璋讓他攻打張魯，劉巴再次阻攔，說：「讓劉備攻打張魯，等於放老虎回山林！」劉璋卻不以為然，還為劉備補充糧餉。直到劉備兵臨城下，劉璋才後悔莫及。劉璋無力抵抗劉備的大軍，只得出城投降。

　　劉巴歸順劉備以後，一直得不到重用。他鬱鬱不得志，三十九歲便離開了人世。

｜出處｜ •

《三國志‧蜀書‧劉巴傳》裴松之注引《零陵先賢傳》：「璋遣法正迎劉備，巴諫曰：『備，雄人也，入必為害，不可內也。』既入，巴復諫曰：『若使備討張魯，是放虎於山林也。』璋不聽。」

｜例句｜ •

明‧馮夢龍《東周列國志》：「放虎歸山，異日悔之晚矣！」

分道揚鑣

鑣：馬勒口；揚鑣：驅馬前進。分開道路，驅馬前進。比喻各走各的路，互不相干。

公元 439 年，拓跋燾統一北方建立魏（北魏），結束了割據混亂局面，形成了與南朝對峙之勢。

公元 490 年，孝文帝拓跋宏親政，繼續進行漢化改革。他做的第一件大事，就是將都城從平城（今山西大同）遷到洛陽。

北魏王朝曾多次議論遷都洛陽，都因為鮮卑貴族的反對而擱置。這一次遷都，事前祕而不宣，孝文帝宣稱領兵南征，率領三十萬人馬從平陽出發，渡過黃河，進駐洛陽。

南征的準備工作正在緊鑼密鼓地進行，有一天，文武百官紛紛跪倒在拓跋宏馬前，苦苦哀求不要南征。大臣拓跋休聲淚俱下，述說過去南征屢屢遭受失敗、屍體堆積如山的悲慘情景。拓跋宏大怒，訓斥羣臣說：「這次南征，興師動眾，不可勞而無功。不南征也行，那就遷都洛陽。贊成遷都的站在左邊，贊成南征的站在右邊，我就按照人多一方的意見辦。」

過去一提起遷都，大臣們直搖頭，這一次可不同了，與其南征，倒不如遷都，大家都是一個心思，不約而同地站到了左邊。拓跋宏煞費苦心，終於將都城遷到洛陽。

遷都之後，改變了過去朝廷對中原的遙控局面，可以有效地對國家進行治理，同時，擺脫了鮮卑貴族保守勢力對朝廷的羈絆，便於進行漢化改革。

從平陽遷到洛陽的人口約有百萬，拓跋宏規定：他們的籍貫一律

改為洛陽，死後一律葬在洛陽北邙山；朝中禁止使用鮮卑語，一律使用漢語。

沒過多少天，孝文帝又做出一個令所有鮮卑人吃驚的決定，皇室拓跋氏一律改姓漢姓元，其他有功大臣改姓穆、陸、賀、劉、樓、于、嵇、尉，合稱「八姓」。

雖然拓跋宏大力提倡儒學，可是鮮卑人的彪悍性格一時難改。有一次，洛陽令元志和御史中尉李彪在路上相遇，雙方互不讓道，都說自己的官比對方大，鬧得不可開交。最後雙方沒有鬧出個結果，只好找孝文帝評理。孝文帝拓跋宏說：「洛陽是寡人的京城，哪裏容得你們爭論官職大小，以後分路而行，各走各的道。」

| **出處** | •

《魏書・河間公齊傳》：「洛陽，我之豐沛，自應分路揚鑣；自今以後，可分路而行。」

| **例句** | •

謝友鄞《幌兒紅》：「彼此依依不捨地拱手作別，從此你東我西，分道揚鑣，也許永遠不會再見面了。」

分庭抗禮

釋義

分庭：分立於庭院兩旁；抗禮：平等行禮。比喻平起平坐。也比喻互相對立、抗衡。

孔子要到處宣傳自己的「仁」，又要悉心教導學生，實在是疲憊不堪。有一天，他帶着學生到緇林去散心，信步遊覽了一會兒，便坐在杏壇上休息。微風吹來，好不愜意，他一時興起，一邊彈琴，一邊唱了起來。

這時候，一位鬚眉皆白的漁父走了過來，在離孔子不遠處坐下，只見他手托腮幫，雙目微閉，看那樣子，是在欣賞音樂。樂曲完了以後，老人睜開了眼睛，向子路、子貢招招手，他倆便走到老人跟前。

老人問道：「那個彈琴的是誰呀？」子路說：「是位魯國的君子。」老人又問：「他姓甚麼？」子路道：「姓孔。」老人又問了幾個問題，甚麼「有沒有做官」呀，甚麼「有沒有土地」呀，子路都一一作了回答。老人笑着站起來，轉身走開，一邊走一邊自言自語：「孔子仁倒是仁，只怕他難免受苦受難。」

兩人回到孔子身邊，把老人剛才說過的話告訴孔子。孔子連忙把琴推開站了起來，說道：「咳，今天遇到高人啦！」他急急忙忙向老人離去的方向追去，一直追到河邊才追上老人。

老人看見了孔子，裝作沒看見，把臉別過去。孔子恭恭敬敬地走過來，向老人行禮，老人還是不理不睬。孔子一再行禮，老人也有些過意不去，問道：「你有甚麼話要說？」孔子連忙說：「先生剛才的宏論才開了個頭，請先生給我指點迷津。」

老人見他態度誠懇，便滔滔不絕地跟孔子講了許多道理，孔子

聽了覺得受益匪淺，表示希望做老人的弟子。老人裝作沒有聽見，說：「先生好自為之，我也就此告辭。」說完便撐船離岸，向蘆葦深處駛去。

老人離開以後，子路對此有些不解，問道：「上至天子，下到諸侯、大夫，你和他們相見，都是分立在庭院兩邊平等行禮，為甚麼今天遇到了漁父，你對他這麼恭敬？」

孔子道：「遇見長者不恭敬，叫做失禮；看到賢能的人不尊重，叫做不仁。這個老人掌握了大道，我怎能對他不尊敬！」

| 出處 |

《莊子・漁父》：「萬乘之主，千乘之君，見夫子未嘗不分庭伉（通「抗」）禮。」

| 例句 |

周瘦鵑《蘇州遊蹤》：「再加上迎春、山茶的老椿也不甘示弱，和梅花分庭抗禮。」

奉公守法

釋義 奉行公事，遵守法度。

趙國的名將趙奢，原來是個收取田賦的小官。官位雖不大，辦事卻很公正，不管是甚麼人，他都一視同仁。

收取田賦的差事，不是那麼好辦。有一次他到平原君家去收取田

賦，就碰上了硬釘子。平原君的家臣根本不把這芝麻綠豆大的官吏放在眼裏，就是不肯繳納田賦，並且口出狂言：誰有這麼大的膽子，居然敢到當今國君弟弟家收賦稅！我就是不繳納，看你怎麼辦！

趙奢一身正氣，絲毫不為所動。你為的是國君弟弟的私利，我辦的是國家的公事，豈可因私而廢公！一個一定要收，一個就是不肯交，趙奢毫不留情，以抗稅的罪名把他殺了。

這真是在老虎頭上拍蒼蠅，平原君氣得變了臉色，他要砍了趙奢的腦袋，給自己的家臣報仇。

趙奢一點也不懼怕，馬上趕到平原君府中，誠懇地說：「你是名揚天下的賢公子，怎能縱容家臣拒交田賦？你要是奉公守法繳納田賦，上上下下都跟着繳納，如此一來，天下就太平無事。天下太平了，國家就會強盛。你要是不交，大家都跟着不交，天下怎麼會太平？國家怎麼會強盛？」

聽了趙奢的話，平原君立即醒悟，非但沒有責怪趙奢，反而為發現了一個人才感到高興。他把趙奢推薦給趙王，趙奢因此得到趙王重用。

| 出處 |·····
《史記·廉頗藺相如列傳》：「以君之貴，奉公如法則上下平，上下平則國強。」

| 例句 |·····
魏潤身《擾攘》：「他童叟無欺奉公守法，打着燈籠難找這樣的。」

釜底游魚

釋義 就像鍋底游動的魚，很快就會死去。比喻處於絕境中的人。

　　東漢時的張綱，是有名的廉吏。古時候，宦官被人瞧不起，到了東漢，情況發生了變化。由於東漢多有少帝，太后的年紀也很輕，大權往往落入宦官手中。久而久之，宦官的地位提高了。當時漢順帝放縱宦官，張綱對此深感擔憂，說：「現在，污穢小人聚滿朝廷，這些人做了許多壞事，必須有人挺身而出，為國家消除災難。我願做這樣的人，否則便是枉活人世。」

　　公元 142 年，朝廷派出八位官員到各地巡視。其他七位都是德高望重的長者，唯有張綱是個年輕人。到了洛陽張綱便停下來了，不再行進。有人問他為何如此，張綱說：「現在豺狼當道，去查各地的毛賊幹甚麼？」這便是成語「豺狼當道，安問狐狸」的來歷。

　　當時，廣陵（今江蘇揚州）張嬰等人率眾反叛，殺死了刺史、太守，在揚州、徐州一帶作亂，社會秩序很不穩定。朝廷清剿了十多年，依然沒能將他們徹底消滅。先前派去的郡守，都是帶了很多兵馬前去赴任，朝廷任命張綱為廣陵太守，張綱便輕車簡從到了廣陵。

　　張綱沒有派兵清剿土匪，而是前去招安。張嬰早已知道張綱的大名，對他的為人非常敬仰，說：「十多年來我們疲於奔命，少有安穩的日子，眼下已經是在鍋底游動的魚，早晨不知道晚上能不能保住性命，現在大人前來招安，我們怎麼會不從命？」

　　張嬰歸順朝廷以後，那裏的局勢很快安定下來。張綱擔任廣陵太守一年多，鼓勵民眾發展生產，率領民眾開渠引水灌溉農田。他

四十六歲英年早逝，前來弔唁的百姓不計其數。為了紀念張綱，人們把張綱帶領百姓開挖的水渠稱為「張綱渠」。

| 出處 |
《後漢書・張綱傳》：「若魚游釜中，喘息須臾間耳。」

| 例句 |
姚雪垠《李自成》第一卷第十一章：「他們已是飛走路絕，恰似釜底游魚，或降或死，別無他途。」

覆水難收

釋義 **倒在地上的水無法再收回。比喻事情已成定局，無法挽回。**

　　這個成語本來泛指已成定局的事不可更改，源於《後漢書》；後來多指男女夫妻之事，那是因為宋代王桃《野客叢書》中的一則故事。

　　商朝末年，姜太公在朝廷當官，因為不滿紂王的殘暴統治，棄官而去，隱居在渭水邊。為了得到周文王的重用，他每天在河邊用直鈎釣魚。

　　姜太公家裏的生活越來越困難，他的妻子成天跟他吵鬧。妻子馬氏嫌他又窮又沒出息，決意要離開。無論姜太公怎麼勸說都沒有用，最後馬氏還是離他而去。

　　後來姜太公幫助周文王治理國家，使周逐漸強大；又幫助周武王整軍經武，最終擊敗了商紂王。周武王奪取天下以後，因為姜太公的

功勳卓著，將他分封在齊。姜太公居於一人之下、萬人之上，榮華富貴無人能比。

這時馬氏後悔了，想回到姜太公身邊。姜太公取來一盆水，對馬氏說：「我把水倒在地上，你要是能把水收回來，我就跟你恢復夫妻關係。」

姜太公把水往地上一倒，馬氏連忙趴在地上取水，她的動作再快也沒用，只捧起了一捧稀泥。姜太公冷冷地對她說：「你早已離我而去，不可能再結合在一起，就像是水已經倒在地上，再也不能收回。」

| 出處 |
《後漢書·何進傳》：「國家之事，亦何容易，覆水不可收，宜深思之。」

| 例句 |
宋·張孝祥《木蘭花慢·紫簫吹散後》：「念璧月長虧，玉簪中斷，覆水難收。」

改過自新

釋義　過：錯誤。改正錯誤，重新做人。

漢代有個名醫，名叫淳于意，因為擔任過太倉令，人們尊稱他為「倉公」。他辦事公道，不徇私情，被權貴們忌恨。有人陷害他，他被捕入獄，幾經審訊，被判處「肉刑」。

　　「肉刑」是一種酷刑，就是割掉犯人的鼻子或者砍掉犯人的腿。按照規定，這種刑罰要在首都長安執行。

　　淳于意沒有兒子，只有五個女兒。在他被押解去長安的那一天，五個女兒哭哭啼啼為他送行。淳于意見到女兒，心裏非常難過，長長歎息了一聲，說：「唉，可惜我只有五個女兒，沒有人給我申冤了。」

　　他的小女兒叫緹縈，只有十五歲，聽了父親的話，又難過，又不服氣。男孩子能做的事，難道女孩子就不能做？她執意要與父親同行，到京城給父親申冤。不管別人怎麼勸，緹縈都不聽。

　　一路上歷盡艱辛，終於到了京都。緹縈上書給漢文帝，上面寫道：「我的名字叫緹縈，父親是太倉令淳于意。父親為官清廉，得到當地百姓的一致稱讚。現在犯了法，將要接受肉刑。死者不能復生，砍掉的肢體也不能再接上去，即使想改正錯誤重新做人，也沒了機會。我願意到官府去做官婢，來贖父親的罪，使他能夠改正錯誤重新做人。」

　　漢文帝了解到她是一個年僅十五的小姑娘，被她的孝心感動；再仔細看看緹縈的上書，覺得說得很有道理。漢文帝當即下詔，免了淳于意的罪。不久朝廷做出決定，廢除了一些酷刑。

| 出處 | •

《史記·扁鵲倉公列傳》：「妾切痛死者不可復生，而刑者不可復續，雖欲改過自新，其道莫由，終不可得。」

| 例句 | •

明·凌濛初《初刻拍案驚奇》第十五卷：「馬氏道：『官人既能改過自新，便是家門有幸。』」

甘拜下風

甘：心甘情願；下風：下方。心甘情願處於下方。指佩服別人，自認不如。

　　春秋時，公子夷吾在晉國無法安身，逃到國外避難。在流亡的途中，曾經得到秦王的資助。

　　公元前651年，晉獻公去世，夷吾在秦國的幫助下，回到晉國為國君，他就是晉惠公。當年他曾答應秦國，將晉國的一部分土地獻給秦國作報答，晉惠公回國後又反悔，沒有把土地給秦國。

　　公元前647年，晉國發生饑荒。晉惠公向秦國求糧，秦穆公答應了他的要求，幫助晉國度過了難關。

　　公元前646年，秦國發生饑荒，向晉國請求幫助，卻被晉惠公拒絕。晉國大夫慶鄭對晉惠公說：「過去秦國屢屢幫助我們，怎麼能拒絕秦國的請求呢？」無論慶鄭怎麼勸說，晉惠公就是不答應。慶鄭對晉惠公十分不滿，認為他忘恩負義。

　　秦穆公得知晉惠公拒絕了秦國的請求，勃然大怒。就是養隻狗也要朝主人搖搖尾巴，如今秦國有困難他竟然不肯伸出援手！他和臣子們商量了一番，立即發兵攻打晉國。晉惠公不甘示弱，率領大軍抵禦秦軍。

　　兩軍在韓原（今陝西韓城西南）相遇，雙方展開了一場激戰。戰鬥中，晉惠公的戰車陷於泥潭，不得動彈，晉惠公大聲呼救，要慶鄭駕車，慶鄭咬牙切齒地說：「你不肯聽人勸告，做出這等忘恩負義的事，現在是老天爺懲罰你，我看你往哪裏逃！」說完掉頭就走，扔下晉惠公不管。晉惠公沒能逃脫，被秦軍俘獲。

　　晉國的大夫聽說晉惠公被抓走了，拔起帳篷緊緊地跟隨着晉惠

公，他們一個個披頭散髮，狼狽不堪。秦穆公對他們說：「我不會對他怎麼樣，只是帶他回去敍談敍談。」

晉國大夫連忙跪倒在地，說：「大王頭頂皇天，腳踏后土，我們站在下方聽從您的吩咐。」言外之意是，你說話可得作數。

「敢在下風」是「我們處在下方」的意思，「敢」是謙辭。後來演變為「甘拜下風」，意義也有變化。

| 出處 | ●

《左傳·僖公十五年》：「皇天后土，實聞君之言，羣臣敢在下風。」

| 例句 | ●

阿城《棋王》：「這時有兩個人從各自的棋盤前站起來，朝着王一生一鞠躬，說：『甘拜下風。』」

高山流水

釋義 比喻知音或知己。也比喻樂曲美妙動聽。

古時候，有個人叫俞伯牙，有個人叫鍾子期，伯牙擅長彈琴，鍾子期擅長欣賞琴聲。伯牙彈琴表達的內容，鍾子期在欣賞時都能辨別出來。

有一次，伯牙彈奏一首描繪高山的曲子，鍾子期聽到了琴聲，讚歎道：「彈得好極了，簡直像巍峨高峻的大山屹立在眼前！」

又有一次，伯牙彈奏一首描寫流水的曲子，鍾子期聽到了琴聲，

發出讚歎：「彈得真好啊，琴聲宛如奔騰不息的江河！」

　　有一天，伯牙和鍾子期到泰山遊覽，忽然遇上了大雨，兩人連忙躲在一塊巨石下避雨。伯牙拿過琴，彈了好多首曲子，每彈完一首，鍾子期馬上說出琴聲表達的內容。

　　伯牙對鍾子期的欣賞水平非常佩服，說：「我彈甚麼，你就知道甚麼，你完全理解我的心聲。」

| 出處 | •

《列子·湯問》：「伯牙善鼓琴，鍾子期善聽。伯牙鼓琴，志在高山，鍾子期曰：『善哉，峨峨兮若泰山！』志在流水，鍾子期曰：『善哉，洋洋兮若江河！』」

| 例句 | •

凌力《星星草》上：「玉燕，我怎麼就遇上了你，真所謂高山流水，相見恨晚啊。」

狗尾續貂

 釋義　續：連接；貂：貂尾，晉代皇帝的侍從官員用作帽子的裝飾。貂尾不夠用，用狗尾代替。本諷刺封爵太濫。後比喻把不好的東西續在好的東西後面。

　　晉武帝司馬炎統一全國以後，把家族子弟分封到各地為王，企圖以他們為外援，鞏固晉王朝的統治。可是他沒有想到，各位王爺掌握

了各地方的實權，成為各霸一方的割據勢力。他們勾心鬥角，爭權奪利，國內一片混亂。

司馬倫是司馬懿的第九個兒子，是開國皇帝司馬炎的叔叔，被封為趙王。司馬炎在世時司馬倫就胡作非為，曾經指使人偷皇上穿過的裘皮大衣，後來被查獲，偷的人被處死，司馬炎將他嚴加訓斥後赦免。

司馬炎去世後，太子司馬衷繼承帝位，他就是晉惠帝。晉惠帝是個白痴，甚麼都不懂，朝廷裏的大權落到楊駿手裏。皇后賈氏對這種情況非常不滿，勾結楚王司馬瑋，殺死楊駿和他的黨羽。從此，西晉皇室爭奪最高權力的鬥爭日益激化，戰爭連年不斷，國內大亂。

趙王司馬倫野心勃勃，他利用朝廷和各位王爺的不滿情緒，趁着混亂的機會，率領軍隊攻進首都洛陽。

司馬倫是晉惠帝的叔公，毫無忌憚地在皇宮進進出出。他私自改寫皇帝的詔書，殺了賈后和她的黨羽，接着，封自己為國相，為進一步奪取政權鋪平道路。

第二年，司馬倫廢去晉惠帝，自己當皇帝。凡是幫助他篡位的人，都得到越級提拔，就連他身邊的差役、僕人都得到了爵位。

當時，皇帝身邊的大臣都用貂尾做官帽的裝飾，每到上朝的時候，滿朝上下處處都能見到貂尾。傳說後來因為封官太多，貂尾不夠用，只好用黃狗尾巴代替。當時民間編了這樣的諺語來諷刺朝廷：「貂不足，狗尾續。」

各位王爺對司馬倫的做法非常不滿，有的不承認他的政權。幾個月之後，齊王、成都王、河間王聯合起來攻打司馬倫，最後將他殺死，重新扶持晉惠帝當皇帝。

| 出處 |••

《晉書・趙王倫傳》：「每朝會，貂蟬盈坐，時人為之諺曰：『貂不足，狗尾續。』」

| 例句 |••

張愛玲《洋人看京戲及其他》：「替人家寫篇序就是『佛頭着糞』，寫篇跋就是『狗尾續貂』。」

刮目相看

 釋義　刮目：擦亮眼睛。擦亮眼睛，重新認識。指改變老看法，用新的眼光來看待。

　　三國時吳國大將呂蒙，出身於貧苦家庭，小時候沒有唸過書，練就了一身好武藝。他十五六歲就參軍，由於作戰勇敢，屢立戰功，逐漸被提拔為將領。他從軍後也沒怎麼學習，認不了幾個字。有時向吳國國君孫權報告軍情，只能作口頭匯報，遇到必須作書面匯報的時候，他就把軍中文書找來，把他說的記下來，然後送上去。當時，有些大臣看不起他，說他是個粗人，只能帶兵衝鋒陷陣。

　　有一天，孫權對他說：「現在你掌權管事了，應該好好學習，打開自己的思路，增長自己的知識。」

　　呂蒙回答道：「現在軍務太忙，沒有時間學習。」

　　孫權搖搖頭，開導他說：「我不是要你讀了書去做博士官，但是，起碼的知識必須掌握。你再忙，也沒有我忙。我還在不斷學習，

覺得很有收穫。你的年紀還輕，將來大有作為，不努力學習怎麼行？連曹操都說自己老而好學，你為甚麼不抓緊時間學習呢？」

從此以後，呂蒙一有空就捧着書看，每天晚上讀書都要讀到深夜。他對自己的要求很高，進步很快。

幾年之後，吳軍統帥魯肅路過呂蒙的防區，順路去看望他。交談中，魯肅發現呂蒙的知識非常豐富，考慮問題非常周到。議論到怎樣對付蜀國大將關羽時，呂蒙把對方的情況、目前的形勢作了仔細分析，又提出五條應變辦法，講得深入細緻，頭頭是道。魯肅又驚又喜，站起來走到呂蒙身邊，撫摸着他的背說：「你已經不是以前那個吳地的阿蒙了。」呂蒙說：「讀書人幾天不見，就會有所提高，不能用老眼光去看待他，何況我們這麼長時間沒有見面呢。」

後來，呂蒙領兵擊敗蜀國大將關羽，打得他敗走麥城，為孫權奪回荊州立下頭功。

成語「吳下阿蒙」比喻知識淺陋的人，也出自這裏。

| 出處 | ●

《三國志・吳書・呂蒙傳》裴松之注引《江表傳》：「士別三日，即更刮目相待。」

| 例句 | ●

朱自清《這一天》：「世界也刮目相看，東亞病夫居然奮起了，睡獅果然醒了。」

鬼斧神工

 釋義　像是鬼神製作出來的。形容製作精巧，技藝高超。

古時候有個木匠，名字叫慶，大家都叫他梓慶。梓慶做出來的懸掛鐘鼓的架子，特別是兩側的柱子，簡直是太精巧了，上面雕刻的飛禽走獸，個個栩栩如生。人們無不發出驚歎，說是只有具備了鬼神般的工夫，才能做得出這般美輪美奐的鐘鼓架子。

有一大，魯國國君問梓慶：「你有甚麼樣的高超本領，做出這麼精妙的東西？」

梓慶笑了笑，說：「我是個木匠而已，哪有甚麼高超的本領。不過，我做東西的時候，跟別人有所不同。」

魯君說：「有甚麼不同？你就說說看吧。」

梓慶說：「我在準備做鐘鼓架子時，不去耗費精神空想如何去做。先靜養自己的精神，做七天齋戒。做了三天齋戒之後，不會再想以此獲取高官厚祿；做了五天齋戒之後，不會去想別人對我的非議、讚譽；做了七天齋戒之後，外界的一切干擾都沒有了。然後我就進入深山，觀察各種木料的質地，選擇外形與鐘鼓架子最相符的木料。這時候，鐘鼓架子的雛形已經在我腦子裏形成了，然後再動手加工製作。如果我的思想境界沒有達到這一點，我就不動手。這就是我製作鐘鼓架子的訣竅。」

| 出處 | ....

《莊子・達生》：「梓慶削木為鐻，鐻成，見者驚猶鬼神。」

害羣之馬

 釋義　危害馬羣的劣馬。比喻危害集體的壞人。

黃帝是傳說中的上古帝王，被認為是中華民族的始祖。有一天，黃帝打算到具茨山去拜見賢人大隗，走到半途迷了路。身處一片荒山野嶺，想找個人問路都沒處找。黃帝正在着急，對面山坡上走來一個牧馬少年。

黃帝非常高興，連忙迎了上去，向他問道：「你認不認得到具茨山的路？」少年回答說：「認得。」黃帝接着問：「你知不知道大隗住在甚麼地方？」少年說：「知道。」

黃帝有點兒驚訝，別看這孩子年紀小，不僅能在這荒無人煙的地方牧馬，知道的事還挺多。黃帝有心考考這個少年，於是說：「我還有個問題，不知你知不知道。」

少年笑了笑說：「那你就問吧。」

黃帝問他：「你知不知道應當如何治理天下？」

牧馬少年說：「治理天下呀，那也不是甚麼難事，不就跟我牧馬一樣嗎？」

甚麼，治理天下像他牧馬？皇帝以為問的問題太難了，這個少年不會回答。沒料想牧馬少年接着說：「這個問題哪裏值得來問我，它就跟我牧馬的道理一樣，只要把危害馬羣的馬驅逐出去就行了。」

聽了少年的回答，黃帝連忙跪倒在地，不住地向他叩頭道謝，稱讚牧馬少年是他的好老師。

| 出處 | ••

《莊子・徐無鬼》：「夫為天下者，亦奚以異乎牧馬者哉？亦去其害馬者而已矣。」

| 例句 | ••

任大霖《那一段泥濘的路》：「『你成績怎麼樣？』我又問。『不好。』他乾脆地回答，『我不喜歡讀書，老師說我是害羣之馬，老師也不喜歡我。』」

汗流浹背

釋義　浹：濕透。流出來的汗把背上的衣服都濕透了。原形容非常緊張、慚愧、恐懼，也形容出汗很多。

劉邦在沛縣起兵時，周勃等人便跟隨左右，在多年的征戰中，周勃屢立奇功。劉邦稱帝後，他被封為絳侯。

漢朝初定，各路諸侯紛紛反叛，周勃成為平叛的主將，又立新功。

　　漢高祖臨終前曾經說過：「周勃為人忠厚樸實，將來安定劉氏天下的一定是他。」劉邦可謂慧眼識人，日後剷除呂氏、恢復漢王室，周勃果然立下了大功。

　　漢高祖去世後漢惠帝繼位。他是劉邦的嫡長子，母親就是呂后。漢惠帝生性懦弱，即位後處處受到母親呂后的箝制，最終抑鬱而死，去世時年僅二十四歲。漢惠帝去世後，呂后專權長達八年之久。

　　呂后臨終前，任命趙王呂祿為上將軍，呂王呂產任丞相，二人分別掌管南北二軍。呂氏把持了朝廷大權，漢家天下岌岌可危。

　　在這危急時刻，周勃挺身而出。他和丞相陳平一起，誅滅了諸呂勢力，迎立劉邦的另一個兒子劉恆即位，他就是漢文帝。

　　文帝即位後，以周勃為右丞相、陳平為左丞相，共同負責朝廷事務。有一天，漢文帝問周勃：「全國一年要審理、判決多少案子？」周勃說：「不知道。」漢文帝又問：「全國上下每年的收入和支出有多少？」周勃還是不知道，急得出了一身冷汗，汗水把內衣都打濕了。漢文帝見他回答不出，又問陳平，陳平說：「這些事都有主管的官員，只要把他們找來，一問就清楚了。審理案子的事，有廷尉負責；錢糧方面的事，有內史負責。」漢文帝點點頭，對陳平的回答表示滿意。

　　經過了這件事，周勃明白自己不是管理國家大事的料，於是辭去了右丞相的職務，由陳平一人專任丞相。

| 出處 | •

《史記·陳丞相世家》：「勃又謝不知，汗出沾背，愧不能對。」

| 例句 | •

許士光《雙肩挑出新境界》：「他們身背背簍，肩支扁擔，氣喘吁吁，汗流浹背，有節奏地哼着號子向前走着。」

鶴立雞羣

釋義 野鶴站立在雞羣裏。比喻跟周圍的人相比，非常突出。

野鶴站在雞羣裏，那是多麼突出啊！「鶴立雞羣」比喻的就是這個意思。這個成語，原本用來比喻晉代的嵇紹。

晉代的嵇紹，是個苦命的孩子。十歲那年，他的父親嵇康就被司馬昭殺害了，臨死前，父親把嵇紹託付給好友山濤，對兒子說：「有山濤伯伯在，你就不會孤苦無依，他會像父親一樣照顧你。」嵇康被殺後，山濤果然像父親一般悉心照料嵇紹，後世成語「嵇紹不孤」，就是這個來歷。

嵇紹長大以後很像他的父親，不僅體魄魁梧，相貌堂堂，而且才學出眾，品德高尚。有一天，有人對他父親的好友王戎說：「昨天在人羣裏看嵇紹，他一表人才，氣宇軒昂，就像野鶴站立在雞羣中一般。」

「八王之亂」時，嵇紹擔任侍中。前後十六年的「八王之亂」，晉惠帝幾乎沒有過上一天安穩日子。東海王司馬越為了奪取大權，率領大軍簇擁着晉惠帝前去征討成都王司馬穎。司馬穎一邊調兵遣將抵抗，一邊向河間王司馬顒求救。結果司馬越被打得大敗，扔下瑟瑟發抖的晉惠帝不管，一溜煙逃回自己的封地。

晉惠帝好可憐，被擊潰的官兵跑的跑、散的散，只有侍中嵇紹一個人留在他的身邊，保護他的安全。突然間，司馬穎的部隊殺了過來，嵇紹用自己的身體護在惠帝身前，飛箭如同雨點一般落到嵇紹身上，鮮血頓時噴湧而出，噴灑在惠帝的衣服上。司馬穎的部將石超拍馬趕來，將惠帝俘獲。嵇紹用自己的鮮血，保住了晉惠帝的性命。

後來惠帝的侍從看到這件血衣，準備拿去洗，惠帝連忙阻攔，

說：「上面是嵇侍中的血，千萬不要洗掉……」話還沒有說完，便泣不成聲。

嵇紹忠勇護主的英勇事跡，一直激勵着後人。文天祥在《正氣歌》中寫道：「為嚴將軍頭，為嵇侍中血。」嵇紹是文天祥心目中的偶像，是他學習的榜樣。

|出處| ●
南朝·宋·劉義慶《世說新語·容止》：「嵇延祖卓卓如野鶴之在雞羣。」

|例句| ●
沈蔚涵《女中專生的昨天、今天和明天》：「一方面，想顯示、證實自己的工作才能，另一方面，又不敢鶴立雞羣，出類拔萃，真所謂進退兩難。」

後來居上

釋義　居：處在。本指資歷淺的新進居於資歷深的老臣之上。後多比喻後來的人或事超過原來的。

漢武帝時，朝中有個臣子叫汲黯。漢武帝對他又愛又恨，愛的是他為人直爽，不逢迎拍馬，恨的是他說話毫無顧忌，有時甚至不給自己面子。

有一次，漢武帝在朝堂上說：要實行仁政，多為百姓辦事。按理說，當臣子的要恭頌「陛下聖明」才是，汲黯倒好，馬上說道：「陛下的貪慾太多了，現在又要博取聖明的好名聲，既然如此，怎能不說

這些好聽話。」

武帝馬上變了臉色，怒氣沖沖拂袖退朝。大臣們都為汲黯捏着一把汗，不知武帝會怎樣處置他。當廷觸犯龍顏，那是要掉腦袋的呀。

幸好，武帝回宮時只對身邊人說了一句：「汲黯這個人說話太粗太直。」以後沒有再提這件事。武帝雖然沒有處罰他，但也不願重用他，汲黯的官職從此沒有得到升遷，做來做去還是那麼大。

公孫弘、張湯原來都是汲黯的手下，後來都成了汲黯的上司，一個當了丞相，一個當了御史大夫。有一天，滿腹牢騷的汲黯對漢武帝說：「陛下使用臣子像堆放柴草，後來的反而放在上面。」

| **出處** | •

《史記‧汲鄭列傳》：「陛下用羣臣如積薪耳，後來者居上。」

| **例句** | •

冰心《漫談語文的教與學》：「只要肯下工夫，他們的練習、欣賞和寫作的機會，是比我們更多更好的，『後來居上』，就是這個道理。」

後生可畏

釋義 後生：年輕人；畏：敬畏。指年輕人總能超過他們的前輩，令人敬畏。

孔子周遊列國，宣傳自己的政治主張。有一天，有個孩子坐在地上，用砂石泥土堆城堡玩，正好擋住了孔子的去路。

孔子走下車，和藹地問那孩子：「你為甚麼不讓我過去呀？」孩子一本正經地說：「只聽說車子繞城走，沒聽說城得讓車子呀。」孔子聽了一臉驚訝，過了一會兒說：「年輕人是值得敬畏的，誰說年輕人就趕不上他們的前輩呢？」

有一次，孔子看到兩個孩子在那裏爭論，便走過去看個究竟。

一個孩子說：「太陽剛出山的時候離人近，正午的時候離人遠。」

另一個孩子說：「不對，太陽正午的時候離人近，剛出山的時候離人遠。」

前一個孩子說：「太陽剛出來像車蓋那麼大，到了正午只有盤盂（器皿）那麼大，這不是遠的小而近的大的道理嗎？」

另一個小孩說：「太陽剛出來時涼颼颼的，到了正午就熱起來了，這不是近的使人熱、遠的覺得涼的道理嗎？」

兩個孩子誰也說不過誰，請孔子評判是非。孔子給問住了，不能判定哪一個說得對。

兩個小孩笑呵呵地說：「誰說你有多聰明呢，好多事也跟我們一樣鬧不清。」

| **出處** |

《論語 · 子罕》：「後生可畏，焉知來者之不如今也。」

| **例句** |

臧克家《後生可畏》：「後生可畏，我們共勉旃！共勉旃！」

囫圇吞棗

釋義　囫圇：整個。把棗子整個吞下去。比喻學習、理解時不加分析，不求甚解。

　　這個成語出於宋代。元代白斑所著《湛淵靜語》中有則故事更有趣。

　　從前有個醫生，特別擅長「食療」，不少人用他介紹的辦法治病，還挺有療效。想想看，藥多苦、多難喝呀，吃點好吃的東西治病，當然是求之不得的事。他家裏常常有不少病人，向他求教可以治病的食物。

　　有一天，醫生對一位牙齒不好的病人說：「牙齒不好，就要多吃些梨，梨對人的牙齒有益。」他頓了頓接着說：「梨也不能吃得太多，它是寒性的東西，吃得太多對脾胃有害。」病人聽了非常高興，打算回去經常買些梨吃。

　　有個病人脾胃不好，醫生對他說：「脾胃不好，應當多吃點棗子，棗子對人的脾胃有益。」他頓了頓又說：「棗子也不能吃得太多，它是暖性的東西，吃得太多對牙齒有害。」

　　旁邊有個自作聰明的人忙說：「我有個辦法能兩全其美。」

　　別人問他甚麼辦法，他得意洋洋地說：「吃梨的時候只用牙齒咀嚼，不吃到肚子裏去；吃棗子的時候整個吞到肚子裏去，不要用牙齒咬。」

　　旁邊的人聽了，全都笑了起來。有人向他打趣道：「吃梨不嚥到肚子裏去，那還能行，吃棗子整個吞下去，肚子可就受不了了。」

狐假虎威

 釋義 假：借。狐狸假借老虎的威勢嚇唬別的動物。比喻假借別人的威勢嚇人。

有隻老虎在覓食，捕到了一隻狐狸。狐狸眼珠一轉有了主意，對老虎說：「我說老虎呀，你來跟我逗甚麼，我正忙着呢。」

老虎一聽愣了神，說：「你忙甚麼呀？我馬上就吃了你。」

狐狸裝出驚訝的樣子，說：「你說甚麼？你敢吃了我？」

老虎覺得好笑：「你算甚麼，我為甚麼不敢吃你！」

狐狸連忙搖了搖前爪，說：「你不能吃我！告訴你，我是天帝派來掌管百獸的。你要是吃了我，就是違背了天帝的命令。」

老虎有點兒吃驚，說：「你是天帝派來的？怎麼沒人告訴我呀？」

狐狸說：「你有甚麼朋友，有誰會告訴你？你要是不信，我走在你前面，你跟在我後面，看看哪個野獸見了我不趕緊跑開。」

聽了狐狸的話，老虎覺得對，點了點頭表示同意。

狐狸在前面大搖大擺地走，老虎慢慢地在後面跟着。甚麼兔子呀、山羊呀，見到了老虎，沒命地狂奔；就連豹子、狼這些兇猛的動物，見到了老虎，也連忙遠遠地躲開。

老虎看到這種情形，不知道野獸們怕的是自己，以為怕的是狐狸，暗暗想道：「今天幸虧沒有吃了牠，不然的話，違背了天帝的命令，禍就闖大了。」

狐狸回過頭來問老虎：「你還敢不敢吃我？」

老虎連忙賠笑說：「我怎麼敢吃你呢，剛才是跟你鬧着玩的。」

| 出處 | •

《戰國策・楚策一》：「虎求百獸而食之，得狐。狐曰：『子無敢食我也。天帝使我長百獸，今子食我，是逆天帝命也。子以我為不信，吾為子先行，子隨我後，觀百獸之見我而敢不走乎？』虎以為然，故遂與之行。獸見之皆走，虎不知獸畏己而走也，以為畏狐也。」

| 例句 | •

清・吳敬梓《儒林外史》第一回：「想是翟家這奴才，走下鄉狐假虎威，着實恐嚇了他一場。」

畫龍點睛

釋義 畫好龍，再給它點上眼珠。比喻說話、寫文章，在關鍵的地方用一兩句話點明主旨。

南朝梁時，有位著名的畫家，名叫張僧繇。他的畫作，要數山水和佛像畫得最好。

那時候，信佛的人很多，各地造了很多寺院。很多寺院造好以後，請張僧繇前去作畫，因此，他在各個寺院名氣很大。

有一天，他到金陵安樂寺去遊玩。寺院的主持聽說張僧繇來了，連忙派一個小和尚引路、陪伴。一路走來有了興致，他便要在寺院裏作畫。這是件求之不得的好事，寺院裏的主持連忙叫小和尚備好筆墨。

張僧繇揮動大筆，在寺院的牆上畫了四條龍，煞是奇怪，他沒有給龍畫上眼珠。只聽他自言自語：「要是給龍點上眼珠，龍就要飛走了。」

四周圍觀的人有的說他講笑話，有的說他吹牛，沒人相信他的話。四條畫好的龍沒畫上眼珠，那多可惜呀，大家再三要求他把眼珠畫上。張僧繇實在推辭不過，只好給兩條龍畫上了眼珠。

忽然，一陣電閃雷鳴，兩條畫上眼珠的龍衝破牆壁，騰空飛去。雷電過後，兩條沒有畫上眼珠的龍依然留在牆上。

| 出處 | ●
唐・張彥遠《歷代名畫記》卷七：「武帝崇飾佛寺，多命僧繇畫之⋯⋯金陵安樂寺四白龍不點眼睛，每云：『點睛即飛去。』人以為妄誕，固請點之。須臾，雷電破壁，兩龍乘雲騰去上天，二龍未點眼者見在。」

| 例句 | •

秦牧《車窗文學欣賞》：「然而一個好題目，卻常常對作品有畫龍點睛之妙，激發人們閱讀的興趣。」

畫蛇添足

釋義 畫好蛇，再給它添上幾隻腳。比喻多此一舉，徒勞無益。

戰國時，楚國大將昭陽率領大軍攻打魏國，大獲全勝。昭陽準備領兵攻打齊國，再立戰功。齊王得到消息非常着急，和大臣們商量了一番，決定派陳軫去見昭陽，勸告昭陽放棄攻打齊國的打算。

陳軫見了昭陽，祝賀他取得的勝利，接着問他：「憑你現在取得的戰功，可以得到甚麼官位？」昭陽得意洋洋地說：「能做上柱國。」陳軫接着問：「比上柱國大的是甚麼官職？」昭陽說：「只有令尹（相當於國相）了。」隨後，陳軫給昭陽講了個故事。

戰國時，楚國有個貴族，祭祀過祖先以後，把一壺酒賞給他的門客。

幾個人分着喝一壺酒，誰也不夠，一個人喝還差不多。可是，這壺酒給誰喝好呢？

有人提出個建議：「我們還是來比賽畫蛇吧，誰先把蛇畫好，這壺酒就給誰喝。」他的這個提議，得到大家一致同意。

一會兒工夫，一個門客就把蛇畫好了。他伸手拿過酒壺，看看大家還在畫，自言自語地說：「我再給蛇畫上幾隻腳。」

他正在給蛇畫腳，另一個門客已經把蛇畫好，那人看看他畫的蛇，一把奪過酒壺，說：「你畫的是甚麼？蛇是沒有腳的！」說完，張口就把那壺酒喝了。

講完這個故事，陳軫對昭陽說：「楚國的令尹只有一個，即使你再打勝仗，也不可能得到更高的封賞。要是被打敗了呢，不僅前功盡棄，還會招來殺身之禍。如此看來，你去攻打齊國，就如同畫蛇添足一般。」

聽了陳軫的這番話，昭陽盤算了一下利害得失，立即率軍返回楚國。

陳軫用自己的智慧為齊國解除了危難。

| 出處 | •

《戰國策·齊策二》：「蛇固無足，子安能為之足？」

| 例句 | •

王朔《欣賞與摒斥》：「經過挑選的行為言談大多數充分表明彼時此人的心理活動，贅述心理演變實屬畫蛇添足。」

淮橘為枳

釋義 枳：枳樹，一種落葉小喬木。它的樹葉像橘樹，果實像橘子，但是味道酸苦。生長在淮河以南的橘樹，到了淮河以北就變成了枳樹。比喻人或事物的品性，因為環境的不同而發生變化。

春秋時齊國的晏子，將要出使楚國。楚王聽到這個消息，對身邊的人說：「晏嬰這個人，太會說話了。他要到楚國來，我想好好羞辱他一場，你們給我想想看，用甚麼法子才好呢？」

有個臣子想出了個主意，說給楚王聽，楚王聽了「哈哈」大笑，說：「好主意！好主意！就這麼辦。」

晏子來到了楚國，楚王設下酒宴款待他。喝酒喝得正高興，兩個官吏押着一個囚犯走到楚王面前。

楚王問道：「這是個甚麼人？犯了甚麼罪？」

有個官吏回答道：「是個齊國人，犯了盜竊罪。」

楚王不懷好意地向晏子笑了笑，說：「原來齊國人喜歡偷東西。」

晏子聽了馬上離開座位，一臉嚴肅，說：「我聽說過這樣的事，橘樹生長在淮河以南就是橘樹，可是生長在淮河以北就變成了枳樹，只是葉子相似而已，它們的味道完全不同。為甚麼會這樣呢？是因為水土不同的緣故。一個人在齊國本來不偷東西，到了楚國就成了小偷，該不會是水土的緣故，使人變成小偷的吧？」

楚王笑着說：「有德有才的人，不能跟他開玩笑，現在我反倒自受其辱了。」

|出處| ••

《晏子春秋‧內篇雜下》：「橘生淮南則為橘，生於淮北則為枳，葉徒相似，其實味不同。」

|例句| ••

嚴復《原強》：「此中大半，皆西洋以富以強之基，而自吾人行之，則淮橘為枳，若存若亡，不能實收其效者，則又何也？」

黃粱美夢

釋義

黃粱：小米。煮熟小米飯那麼長時間的美夢。比喻幻想的事或希望落空。也作「黃粱一夢」。

唐朝時，有個窮苦的讀書人，名叫盧生。那天他在旅店裏歇息，跟道士呂翁住在一起。盧生鬱鬱不得志，長長地歎了口氣說：「男子漢大丈夫活在世上，竟然困窘到如此地步。」

道士呂翁說：「看你的樣子，沒災沒難的，有甚麼可歎息！」

盧生說：「男子漢應當建功立業，出將入相，出門前呼後擁，吃飯鐘鳴鼎食。現在看看自己這副落魄相，至今還在鄉里務農，出門沒有車馬，回家沒有美食，算是甚麼大丈夫！」

呂翁笑了笑對他說：「你枕着我的枕頭睡覺，保你享盡榮華富貴。」說完，便從口袋裏拿出一個枕頭遞給他。

盧生正想睡一會兒，便接過了枕頭躺下。那時候，旅店主人正在做小米飯。

盧生很快就睡着了，美美地做起夢來。

他夢見自己娶了個孟氏美女為妻，妻子的嫁妝非常豐厚。小夫妻恩恩愛愛，日子過得很幸福。第二年他去參加科舉考試，考中了進士，從此步入官場，官職步步高升。後來皇上用兵開拓疆土，盧生斬殺敵人無數，攻佔大片土地，立下赫赫戰功。班師回朝以後，他被封賞爵位，官為吏部侍郎，不久又被升遷，做了戶部尚書兼御史大夫。

在朝廷的日子風雲變幻，他兩次被流放，兩次為宰相，享盡了榮華富貴，也飽嚐傾軋之苦。後來他的兒子也當上了大官，孫子有十多個。

盧生年已八十，請求告老還鄉，可是皇上沒有恩准，只得留在京城。盧生病重時，皇上派太監前來探望，讓最有名的醫生給他看病，給他服用最好的藥。可是一切都無濟於事，他的病一天比一天重。臨死前，他上書給皇上感恩戴德，當天晚上，皇上下詔對他表示慰問。沒過多久，他就嚥了氣。

盧生突然醒來，才知道一切只不過是場美夢。這時候，旅店主人的小米飯還沒有煮熟。

| 出處 | ....

唐·沈既濟《枕中記》。

| 例句 | ....

黎汝清《葉秋紅》：「卜耀宗的黃粱美夢被這個令人吃驚的消息擊了個粉碎。」

雞鳴狗盜

只有學雞叫、鑽狗洞偷東西那樣的本領。本比喻卑下的技能。後多比喻微不足道的本領。

戰國時，秦昭王聽說齊國的孟嘗君很有才能，便請他到秦國做相國。這件事使秦國的大臣們非常不滿，紛紛對秦昭王說：「孟嘗君確實很有才能，但是不能讓他擔任秦國的相國。他是齊國的貴族，遇到重大問題，一定先為齊國考慮，然後才會給秦國謀利，這樣一來，秦國就危險了。」

對呀，自己怎麼就沒有想到呢？秦王聽了臣子們的勸告，撤了孟嘗君的職，把他軟禁起來，並想找機會把他殺掉。

孟嘗君託人走門路，送了許多貴重禮物給秦王最寵愛的妃子燕姬，求她給自己說情，讓自己回到齊國去。燕姬說，她不要送去的那些禮物，只要孟嘗君的那件用白狐狸皮做的大衣。

真是哪壺不開提哪壺。這種珍貴的裘皮大衣孟嘗君只有一件，但是已經送給了秦昭王，現在燕姬要，這該怎麼辦？

孟嘗君把門客找來商量，誰也想不出好辦法。這時，一位地位很低的門客自告奮勇，要把那件大衣偷回來。夜半時分，這位門客穿上黑衣服，裝扮成一條狗，悄悄地從牆洞爬進秦王的宮殿，神不知鬼不覺地偷回了那件白狐狸皮大衣。

燕姬拿到自己要的珍貴大衣，心花怒放，她就在秦王面前給孟嘗君說好話，使他得以釋放。

孟嘗君死裏逃生，改換了姓名，帶着門客，急急忙忙向秦國邊境逃去。跑到函谷關，天還沒有亮，城門緊緊地關着，沒有辦法出去。

按規定，雞叫之後開城門，放行人進出。這時候，孟嘗君的另一位門客捏起嗓子學雞叫，附近的公雞聽到了，紛紛跟着叫了起來。守門人聽到雞叫聲，把城門打開，放孟嘗君等人出去。

秦王釋放了孟嘗君，很快就後悔了。派人去尋找，沒有找到，他料想孟嘗君跑了，連忙派人去追。追趕的人到了函谷關，天才矇矇亮。這時孟嘗君已經出了城門，哪裏還追得上。

| 出處 | ●●

《史記‧孟嘗君列傳》。

| 例句 | ●●

郭沫若《古代研究的自我批評》：「士的品流的複雜，所謂雞鳴狗盜，引車賣漿者流，都可以成為士。」

既往不咎

釋義　既：已經；咎：責備、追究。指對已經過去的事不再責備、追究。

宰予是孔子的學生，初到孔子那裏，因為能說會道，孔子倒也喜歡他。時間長了孔子發現，宰予不僅好吃懶做，人品也不好，幾經教育，不見悔改。孔子對他大失所望，罵他「朽木不可雕也，糞土之牆不可杇也」。

孔子的思想核心是「仁」，主張「仁者愛人」，可是宰予經常胡言亂語，說了許多與孔子思想格格不入的話。這可不行啊，他是孔子的學生，別人會把他的話當作孔子的話，傳播出去危害可不小。

有一次，魯哀公問宰予：「祭祀土地神的時候，土地神的牌位是用甚麼木頭做的？」

宰予見魯哀公來問，洋洋得意地誇誇其談：「夏朝的時候，用松木製成；商朝的時候，用柏木製成；周朝人用栗木製作牌位。」

說到這裏就行了，可是他自作聰明繼續說下去：「用栗木製作，為的是讓百姓有所畏懼而戰戰慄慄。」

這算甚麼話，難道要老百姓整天戰戰慄慄？難道這就是孔子的思想？

孔子連忙過來責備宰予：「你在胡說些甚麼！已經做了的事不要再解釋，已經做完的事不必再規勸，已經過去的事不必再追究。」

後來宰予到齊國做官，因為胡作非為，最終被齊王殺了。

| 出處 | •
《論語・八佾》：「成事不說，遂事不諫，既往不咎。」

| 例句 | •
陳鋼《「老龍頭」畫像——記丁善德》：「他也既往不咎，哈哈一笑就收下了。」

家徒四壁

釋義 徒：只有。家中只有四面的牆壁。形容非常貧困，一無所有。

漢代著名的詞賦家司馬相如，是蜀郡成都（今四川成都）人。他文章寫得好，琴也彈得精妙。漢景帝時，他曾擔任武騎常侍，由於皇上不喜歡辭賦，他的才能得不到發揮。後來他去投奔梁王，跟枚乘、鄒陽等人交遊。梁王死後，司馬相如只好打點行裝，回老家成都。

在回老家的路上，司馬相如去探望臨邛令王吉。王吉是他的老朋友，自然熱情招待。他將司馬相如安排在旅館裏居住，時時前來探望。

有一天，臨邛縣的富豪卓王孫設宴招待王吉和司馬相如，並讓女兒卓文君出來相見。卓文君新近喪夫，寡居在娘家。司馬相如一見卓文君，便被她的美貌迷住了，卓文君見到司馬相如，也被司馬相如的一表人才傾倒。

席間，大家酒意正濃，王吉請司馬相如彈琴助興。司馬相如知道卓文君就在附近，便使出渾身解數來彈奏。那琴聲忽而高亢，忽而低沉，忽而激越，忽而柔和。彈完一曲，卓王孫連聲叫好。他請司馬相如再彈一曲，司馬相如隱隱看到屏風後面有個人影，知道卓文君在那裏偷偷地聽着，便又操起琴來演奏。

卓文君聽到美妙的琴聲，再看看他風度翩翩，不由得有了愛慕之心，頓生相見恨晚之意。這時候，侍女悄悄走了過來，暗中傳遞了司馬相如向卓文君表達的愛慕之意。

宴席散了以後，卓文君心境難平。如此中意的郎君，難道見了一

面之後便從此分離！她暗暗鼓起勇氣，要為自己尋找幸福，便悄悄收拾了一下，帶了些隨身用品，直奔司馬相如居住的旅館。

司馬相如見到齌夜前來的卓文君，心裏又驚又喜。這裏不是久留之地，天亮之後卓王孫找過來，司馬相如難逃勾引良家婦女的罪名。兩人當即做出決定：連夜私奔，逃到司馬相如的老家成都。

兩人歷盡艱辛，來到了司馬相如的成都老家。到了他家一看，卓文君有些驚訝，除了四面的牆壁以外，家裏甚麼都沒有。但是不管怎麼說，兩人總算有了安身之處。

卓文君一點兒也不嫌司馬相如貧窮，賣掉了首飾、開了家小酒店維持生計。後來卓王孫同意了他們的婚事，他倆的日子才漸漸好起來。

| 出處 |．．．．．．．．．．．．．．．．．．．．．．．．．．．．．．．．．．．．．

《史記·司馬相如列傳》：「文君夜亡奔相如，相如乃與馳歸成都。家居徒四壁立。」

| 例句 |．．．．．．．．．．．．．．．．．．．．．．．．．．．．．．．．．．．．．

宋·辛棄疾《水調歌頭·我亦卜居者》：「好在書攜一束，莫問家徒四壁，往日置錐無。」

價值連城

釋義 價值能和許多城池相比的玉璧。本指和氏璧。後比喻物品極其珍貴。

和氏璧，是傳國之寶，說起它的來龍去脈，令人唏噓不已。

楚國有個開採玉石的人，名叫卞和。有一次，他在荊山採到一塊玉石，知道是塊無價之寶，便捧着獻給楚厲王。由於這塊玉石沒有經過加工，還看不出是塊美玉，楚厲王請來玉工鑒別，玉工看了看說：「這不是甚麼美玉，只不過是塊石頭罷了。」楚厲王大怒，認為卞和在行騙，命人砍掉他的左腳。

厲王死後武王繼位，卞和又捧着那塊玉石去獻給武王。武王也不知道真偽，讓玉工來鑒別，玉工說：「這不是美玉，是塊石頭。」武王勃然大怒，命人砍掉卞和的右腳。

武王死後文王繼位，卞和便抱着那塊玉石在荊山下痛哭。一連哭了三天三夜，連眼淚都哭乾了，後來淌出來的都是血。文王聽說有人哭得這麼傷心，派人去詢問原因。卞和說：「我不是為被砍掉兩隻腳傷心，傷心的是別人把美玉說成石頭，把忠臣當作騙子。」

文王把玉石取來，讓玉匠加工，加工打磨以後，顯出了真面目。真是不加工不知道，加工好了嚇一跳，它溫潤無比，光彩奪目，果然是塊天下無雙的寶玉。文王非常高興，將這塊寶玉以卞和的名字命名為「和氏璧」。

楚文王將和氏璧視為國寶，在楚國歷代國君手裏相傳了三百七十多年。後來幾經流傳，「和氏璧」落到趙王手裏。到了戰國時期，七雄爭霸，各諸侯國都想把這塊稀世之寶據為己有。秦王依仗自己力量

強大，假意說願意用十五座城池來換和氏璧，藺相如奉命帶着和氏璧出使秦國，最後將和氏璧完好無損地帶回趙國，秦王的陰謀沒能得逞。

　　時隔六十多年，趙國被秦國吞併，「和氏璧」最終落入秦王手中。秦始皇統一中國後，命玉工在「和氏璧」上刻了「受命於天，既壽永昌」八個篆字，作為自己的玉璽。

　　秦朝滅亡後，這傳國玉璽落入漢高祖劉邦手中。以後這塊玉璽一朝一朝傳下去，一直傳到晉朝。「五胡十六國」時天下紛爭，「和氏璧」自此便不知去向。

| 出處 | ●

《韓非子·和氏》。

| 例句 | ●

《精忠岳傳》第十回：「此乃府上之寶，價值連城。諒小子安敢妄想，休得取笑！」

漸入佳境

釋義　佳境：美好的境界。指情況越來越好，境況越來越妙。

　　顧愷之是東晉著名畫家，曾經擔任桓溫、殷仲堪的參軍，後來擔任過通直散騎常侍。他知識淵博，頗有才氣，擅長詩賦、書法，尤其精於繪畫。他被人稱為有「三絕」：畫絕、才絕、痴絕。

顧愷之為人畫像，冠絕一時。他作畫與別人不同，特別追求表達人的神情。有一次，他給裴楷畫像，在他的臉上添上幾根毫毛。人們看了裴楷的畫像，都說有了這幾根毫毛，更能表現裴楷的神韻。成語「頰上添毫」的出處就在這裏，比喻刻畫人物極為傳神或文章經過潤色更加精彩。

他在繪畫理論上也有突出成就，今存有《魏晉勝流畫贊》、《論畫》、《畫雲台山記》三篇畫論，在今天仍有借鑒作用。

顧愷之愛吃甘蔗，吃法與別人不同。他總是先從甘蔗梢吃起，最後吃甘蔗的根部。大家感到奇怪：甘蔗梢不大甜，好多人都扔了不要，他為甚麼要當作寶貝先吃它呢？

有人問起顧愷之，顧愷之的回答很有哲理：「先吃甘蔗梢，最後吃根部，越吃越甜，境況越來越美妙。」

| 出處 |
《晉書・顧愷之傳》：「愷之每食甘蔗，恆自尾至本，人或怪。云：『漸入佳境。』」

| 例句 |
孟超《楓葉禮讚》：「過去的詩人騷客，在這樣的季候，騎一頭小毛驢，慢慢地出了西直門，一步一顛直向西邊走去，等到到了碧雲寺一帶，就漸入佳境。」

江郎才盡

釋義 江郎：指南朝江淹；江淹少有才名，老年詩文無佳句。當時人們說他「江郎才盡」。比喻才思大減，大不如前。

江淹是南朝時著名的文學家。他家境貧困，早年仕途很不得意。

年輕時，他曾經依附建平王劉景泰。劉景泰官位不大，身價可不低。當時，宋文帝的兒子都死了，劉景泰是宋文帝的長孫，心腹們勸他發動兵變奪取帝位。江淹力勸劉景泰不要這樣做，這麼一來，劉景泰對他大為不滿。後來，江淹因別人牽連被捕入獄，出獄後貶為建安吳興（今浙江湖州）令。江淹一生中絕大部分膾炙人口的詩文，都出於這個仕途坎坷的時期。

後來江淹先後依附了齊國皇帝蕭道成、梁國皇帝蕭衍，官位越做越大，詩文寫得越來越少，由於生活優裕、無所用心，再也沒有寫出甚麼好作品。

傳說江淹從宣城郡返回都城，途中在冶亭夜宿，夢見一個美男子，自稱是晉代的郭璞。郭璞對江淹說：「我的一支筆放在你這裏多年，現在應該還給我了。」江淹就把手探入懷中，掏出一支五彩筆還給郭璞。從此以後為詩作文，再也寫不出好句子了。因此世人稱他「江郎才盡」。

另外還有一則故事，與此稍有不同。江淹夢見一個人，自稱是張協，要江淹把寄存在他那裏的一匹錦緞還給張協。江淹從懷裏掏出幾尺錦緞還給他，張協大怒道：「怎麼只剩這一點兒啦？！」張協把錦緞拿走以後，送給了丘遲，因此丘遲的詩文越寫越好，江淹卻再也寫不出好句子。

| 出處 | •

南朝・梁・鍾嶸《詩品・齊光祿江淹》：「初，淹罷宣城（今安徽宣城）郡，遂宿冶亭（今江蘇南京朝天宮一帶），夢一美丈夫，自稱郭璞，謂淹曰：『我有筆在卿處多年矣，可以見還。』淹探懷中，得五色筆以授之。爾後為詩，不復成語，故世傳江郎才盡。」

| 例句 | •

蔣文杰《文章憎命達——文學人才成長的複合維生素》：「世人常說『江郎才盡』，江淹為甚麼才盡？盡就盡在他後半生高官厚祿，自謂『平生言止足之事，亦已備矣』。」

狡兔三窟

釋義 窟：洞穴、窩。狡猾的兔子有三個窩。比喻預先準備好幾個避禍的地方。

　　戰國時，有個人名叫馮諼，窮得實在活不下去，託人請求孟嘗君，讓他去做門客。孟嘗君接見了他，問他有甚麼才能，他說沒甚麼才能。孟嘗君笑了笑，就把他收留了。

　　孟嘗君的手下人因為孟嘗君不重視馮諼，只給他吃些粗茶淡飯。沒過多久，馮諼靠在庭柱上，一邊敲擊佩劍，一邊唱道：「長劍啊長劍，我們還是回去吧，這裏沒有魚吃啊。」手下人把這件事告訴了孟嘗君。孟嘗君說：「給他魚吃，讓他享受食客的待遇。」過了些日子，馮諼又敲着佩劍唱了起來：「長劍啊長劍，我們還是回去吧，出門沒

有車子坐啊。」手下人笑了，又把這件事告訴孟嘗君。孟嘗君說：「給他車子，讓他享受車客的待遇。」過了不久，馮諼再次敲着佩劍唱了起來：「長劍啊長劍，我們還是回去吧，這裏養不起家啊。」手下人聽了感到厭惡，認為他太不知足了。孟嘗君知道了這件事，便問手下人：「馮諼家裏有些甚麼人？」手下人說：「有個老娘。」孟嘗君讓人每月按時把吃的用的送過去，讓他母親過上安穩日子。從此以後，馮諼再也不敲擊佩劍唱甚麼了。

孟嘗君的封地在薛。有一次，孟嘗君要派個人到薛地收債，馮諼主動要求做這件事。臨行時，馮諼問孟嘗君：「債收齊了，買點甚麼帶回來？」孟嘗君說：「你看我家缺甚麼，就買甚麼吧。」

馮諼到了薛地，叫地方官把所有欠債的百姓都叫來驗對債券。人到齊了，馮諼驗對完畢，假託孟嘗君的命令，把債券全部都燒了。老百姓歡呼起來，感激孟嘗君的恩情。

第二天一早，馮諼趕了回去。孟嘗君見他這麼快就回來了，非常吃驚，問道：「債都收齊了嗎？」馮諼說：「收齊了。」孟嘗君又問：「買了些甚麼東西回來？」馮諼回答道：「我想，您家裏應有盡有，甚麼都不缺，缺少的就是『義』，我給您買了『義』回來。」孟嘗君奇怪地問：「先生怎麼樣給我買『義』？」馮諼說：「您只有一塊小小的封地，卻不愛護那裏的百姓。我假借您的名義，當着大家的面把債券都燒了，老百姓欣喜萬分，這就是我給您買回來的『義』。」孟嘗君聽了，很不高興，但也沒有辦法。

過了一年，齊王聽了別人的壞話，罷了孟嘗君的官，孟嘗君只好回到自己的封地。車隊還沒有到薛，老百姓扶老攜幼夾道歡迎。孟嘗君見到這個場面，激動地對馮諼說：「先生給我買的『義』，今天見到了成效！」馮諼說：「狡猾的兔子有三個洞穴，現在您只有一處。讓我再給您打兩個洞，那時候您就可以高枕無憂了。」

　　馮諼到魏國對魏王說：「要是能請孟嘗君來當相國，一定能使魏國富強起來。」魏王果真派人去請孟嘗君。馮諼先趕回薛地，告訴孟嘗君，無論如何不要接受魏王的聘請。儘管魏國使者接二連三地前來，孟嘗君始終沒有答應到魏國去。齊王知道這事以後，連忙把孟嘗君接回去，親自向他道歉，再請他做相國。

　　以後，馮諼又勸孟嘗君向齊王要了祭祀的器皿，在薛地建了宗廟，這才對孟嘗君說：「現在三個洞穴都打好了，您可以高枕無憂了。」

| 出處 | •
《戰國策・齊策四》：「狡兔有三窟，僅得免其死耳。」

| 例句 | •
柳杞《戰爭奇觀》：「他明白狡兔三窟的道理，大多時候他躲在另一個地方棲息，躲過危險的黑夜。」

結草銜環

 釋義　結草：在戰場上把草結起來絆倒敵人；銜環：銜來玉環相報。比喻報恩。

　　春秋時，晉國大夫魏武子病重，令他念念不忘的，是他那位無兒無女的愛妾。她年紀輕輕，無依無靠，以後的日子怎麼過？他把兒子魏顆叫到跟前，囑咐他道：「我死了以後，將她另外嫁人。」魏顆聽

了，連忙答應下來。

　　沒過幾天，魏武子病危，彌留之際，他對兒子魏顆說：「我死了以後，拿她給我殉葬。」魏武子死了以後，魏顆將父親的愛妾嫁了出去。有人指責他不孝，沒有按照父親的臨終遺言行事，魏顆說：「我聽從父親清醒時的遺言，沒有聽他神志不清時的糊塗話，這沒有甚麼不對。」

　　有一年秦晉交兵，魏顆隨軍出征。在戰場上，他看到一位老翁結草作為繩索，絆倒了敵將杜回。他連忙衝了上去，將杜回俘獲。回頭再找那位老翁，卻不見了蹤影。半夜裏魏顆做了一個夢，夢見了白天見到的那位老翁，老翁對他說：「我就是你嫁出去的那位女子的父親，今天特地來報答你。」

　　東漢的楊寶九歲時，在華陰山北看到一隻被老鷹所傷的小黃雀，落在地上，周圍爬滿了螞蟻。小黃雀已經奄奄一息，動彈不得，只是發出微微的哀鳴。楊寶連忙把牠捧起來帶回家，養在衣箱裏。他每天去採黃花，餵養那隻小黃雀。一百天後，小黃雀羽毛已經豐滿，楊寶將牠放飛。

　　當天晚上，楊寶做了一個夢，夢見一個黃衣童子，贈給他四枚白玉環，對他說：「讓你子孫的品德像這白玉環一樣潔白無瑕，並讓他們位列三公。」後來果真如此，他的兒子楊震、孫子楊秉、曾孫楊賜、玄孫楊彪都位列三公，為政清廉，為後人傳頌。

｜出處｜ •

《左傳·宣公十五年》：「顆見老人結草以亢杜回，杜回躓而顛，故獲之。」

《後漢書·楊震傳》：「（黃雀）以白環四枚與寶：『令君子孫潔白，位登三事，當如此環矣。』」

張之《紅樓夢新補》第八十一回：「孫紹祖聽了，自然感恩叩頭，誓必結草銜環，報此大德。」

金屋藏嬌

釋義 嬌：阿嬌，漢武帝陳皇后的小名，後用以稱美貌少女。把阿嬌藏在黃金屋裏。後比喻納妾。

漢代的陳皇后，小名阿嬌。她的父親是堂邑侯陳午，母親是漢景帝的姐姐長公主劉嫖。

漢武帝劉徹四歲時，長公主逗着他玩，問他：「給你討個老婆好不好？」劉徹說：「好。」長公主指着一個宮女問：「讓她給你做老婆好不好？」劉徹搖搖頭說：「不要。」長公主又指着一個宮女問：「讓她給你做老婆好不好？」劉徹還是搖搖頭，說：「不要。」

長公主來了興致，指着在旁邊玩耍的阿嬌問：「讓阿嬌給你做老婆好不好？」四歲的孩子居然說：「好。要是阿嬌姐姐給我做老婆，我一定蓋一間黃金屋給她住。」

小孩子口無遮攔，日後成了真。劉徹長大以後，長公主果然把阿嬌嫁給了他。

| 出處 |● ●

漢·班固《漢武故事》：「若得阿嬌作婦，當作金屋貯之也。」

| 例句 |● ●

清·黃小配《廿載繁華夢》第二十三回：「所以當時佘老五戀着雁翎，周庸祐也戀着雁翎，各有金屋藏嬌之意。」

錦囊妙計

 釋義 囊：口袋。放在錦囊裏的妙計。指非常好的計謀。常比喻預先安排下的應付意外、解救危難的辦法。

劉備取得荊州後，孫權於心不甘。周瑜跟孫權定下計謀，以孫權的妹妹為誘餌，騙劉備到東吳來招親，趁機殺了劉備，奪回荊州。

諸葛亮看穿了他們的詭計，命趙雲隨同劉備前往。臨行前，諸葛亮交給趙雲三個錦囊，告訴他裏面有三條計謀，危急時依次拆開，按計行事。

到了東吳，趙雲按第一條計行事。他讓隨行的五百名士兵上街採辦喜慶禮物，使得滿城上下都知道劉備前來招親；又陪同劉備帶着厚禮去拜見喬國老，讓喬國老把招親的消息帶入宮中。結果孫權弄假成真，劉備和孫權的妹妹成了親。

孫權吃了啞巴虧，氣惱萬分。他和周瑜商量了一番，決定讓劉備沉醉於溫柔之鄉，不再想念荊州。在孫權的精心安排下，劉備過上神

仙般的日子，他沉湎於夫妻柔情，把荊州忘到腦後。趙雲心裏着急，便打開了第二個錦囊按計行事。他向劉備謊報曹操攻打荊州，劉備聽了吃驚不小，便把情況告訴了孫夫人，深明大義的孫夫人決定和他一起私下返回荊州。

　　孫權聞報劉備已經逃跑，急忙派人追趕。追兵趕上了劉備時，趙雲拆開第三個錦囊。趙雲看過以後，交給劉備，原來是諸葛亮教他請孫夫人斥退追兵。孫夫人出來喝斥追兵，追兵只得退去。等到孫權又派人手持尚方寶劍前來阻攔時，劉備已經乘上諸葛亮派來接應的船隻離去。

| 出處 |・・

明・羅貫中《三國演義》第五十四回：「遂喚趙雲近前，附耳言曰：『汝保主公入吳，當領此三個錦囊，囊中有三條妙計，依次而行。』」

| 例句 |・・

清・文康《兒女英雄傳》第二十六回：「她的那點聰明，本不在何玉鳳姑娘之下，況又受了公婆的許多錦囊妙計，此時轉比何玉鳳來的氣壯膽粗。」

盡善盡美

釋義　　盡：極。極其完善、美好。形容完美無缺。

　　堯是傳說中的部落領袖，史稱「唐堯」。堯原居現在的河北唐縣，後遷居現在的山西太原，被推舉為部落聯盟首領後，再遷至現

在的山西臨汾。堯在位時，為天下人操盡了心，經過幾十年的艱苦努力，終於使得天下太平，人民安居樂業。

堯的年紀大了，經各部落推舉，由舜做他的繼承人。經過三年考察後，舜幫助處理各項大事。堯去世後，舜繼位為天子。

舜的年紀大了，由各部落共同推舉，經過治水考察，確定禹為他的繼承人。舜去世後，禹繼位為天子。這種制度，叫做「禪讓」。

禹在位時，曾經推舉皋陶為繼承人，皋陶早死，又推舉伯益為繼承人。但是最後禹的兒子啟繼位。啟建立了第一個朝代——夏，禪讓制度到此終止。

自夏朝開始，君位父子相傳。夏桀無道，商湯用武力推翻了夏朝，建立了商朝。商紂王無道，周文王、周武王用武力推翻了商朝，建立了周朝。

孔子是春秋時的政治家、思想家，他的思想核心是「仁」，主張以德治民，反對苛政和任意殺戮。

孔子聽《韶》樂，非常高興，稱它「盡善盡美」。孔子認為它曲調優美，內容也好。聽了《武》樂，認為它曲調優美，可以說是「盡美」，但內容有缺陷，還不能說是「盡善」。這是因為《韶》樂是舜時的樂曲，那時還是禪讓制；《武》樂是周武王時的樂曲，周武王的天下是經過血腥征戰得到的。

| 出處 | •

《論語‧八佾》：「盡美矣，又盡善也。」

| 例句 | •

章澤淵《〈學記〉管窺》：「我們既要充分肯定它的重要價值，又不能說是盡善盡美。」

噤若寒蟬

釋義 噤：閉嘴不做聲。像深秋的蟬一樣不吭聲。比喻因為害怕或有所顧慮不敢說話。

　　東漢末年，外戚與宦官交替把持朝政，皇帝形同虛設。他們一方面大肆搜刮民脂民膏，強取豪奪，同時又把持官吏選拔大權，堵塞了一大批品學兼優的知識分子的仕途。

　　公元166年，發生了第一次「黨錮之禍」。面對宦官專權的局面，以正直官員李膺為首的一批人，與宦官展開了鬥爭。宦官誣告李膺等人誹謗朝廷，桓帝下令在全國範圍內搜捕黨人，結果李膺等二百多人被捕入獄。太尉陳蕃上書為李膺鳴不平，被桓帝罷官。後來桓帝迫於輿論壓力，赦免了李膺等人，但是黨人終身禁錮鄉里，不得出來為官。

　　漢靈帝時，發生了第二次「黨錮之禍」，宦官大規模追捕「黨人」，黨人之獄遍及全國。當時，有個正直的退休官員叫杜密，他的名氣很大，人們將他和李膺一起稱為「李杜」。他雖然已經告老還鄉，卻仍然關心國家大事。由於他曾在朝廷擔任過高官，地方官員對他十分尊敬。他經常去拜訪潁川的太守和陽城縣令，一起議論天下大事。因為他敢大膽直言，地方官員有時只得迴避。

　　杜密有個好友，名叫劉勝，當年曾任蜀郡太守，也已告老回鄉。劉勝與他大不相同，閉門謝客，不問世事。

　　有一天，杜密去拜訪太守王昱，王昱迴避不及，只得與他相見。言談間，王昱對劉勝大加稱讚，說他是清高之士，堪為後輩楷模。杜密聽出了王昱話中的意思，感慨地說：「劉勝曾任高官，被各方面的

人尊敬。可惜的是，現在看到好的他不敢讚揚，看到邪惡的不敢仗義執言，明哲保身，就像深秋的蟬一樣一聲不吭。他這樣做，無異於國家的罪人！」

杜密一身正氣，被人們稱為「天下良輔」。在宦官的迫害下，杜密為了不連累他人，被迫自盡。

| 出處 | ●

《後漢書 · 杜密傳》：「劉勝位為大夫，見禮上賓，而知善不薦，聞惡無言，隱情惜己，自同寒蟬，此罪人也。」

| 例句 | ●

清 · 靜觀子《六月霜》第十一回：「為甚麼既曉得秋女士的死是冤枉的，也是鉗口結舌，噤若寒蟬，獨不肯發一句公論出來？」

驚弓之鳥

釋義 曾經被弓箭所傷，一聽到弓弦聲就驚慌害怕的鳥。比喻經歷過災禍，仍然心有餘悸的人。

戰國時期，楚、齊、燕、韓、趙、魏六國一度「合縱」，聯合抗秦。

有一次，趙王派魏加前往楚國，與楚公子春申君共商抗秦大計。魏加問春申君，楚國打算以何人為主將，春申君回答說，打算派臨武君擔任主將。魏加認為不妥，給春申君講了個故事。

有一天，更贏跟魏王在高台下漫步，看到天空中有許多飛鳥，便對魏王說：「我只要拉動一下空弓，鳥兒就會應聲落下。」魏王不相信，說：「你真有這樣的本事？」更贏說：「現在我就射給大王看。」

只見更贏拉滿空弓，突然將手一鬆，只聽一聲弓弦響，一隻鳥應聲從空中墜落下來。魏王驚訝萬分，問更贏：「你的射術怎麼這麼高明？」更贏回答道：「我的射術哪有這麼高明，這是因為這隻鳥本身受過箭傷。」魏王問他：「你怎麼知道這隻鳥受過箭傷？」更贏說：「牠飛得很慢，鳴叫的聲音很悲哀。因為牠受過箭傷，所以飛得很慢；因為牠離羣已久，所以鳴叫聲很悲哀。牠傷口還沒好，聽到弓弦聲就害怕。剛才牠聽到弓弦聲，拚命向上飛，結果傷口迸裂，所以掉了下來。」

魏加將話鋒一轉，對春申君說：「臨武君曾被秦軍擊敗，對秦軍心存畏懼，他就像聽到弓弦聲就掉下來的鳥兒一樣，因此不適宜擔任主將。」

| 出處 | ·

《戰國策·楚策四》。

| 例句 | ·

劉心武《韓編輯與文學青年》：「從這以後，韓一潭回到家中，一聽見腳步聲朝他家的那個小偏院走來，便如同驚弓之鳥。」

井底之蛙

釋義　井底下的青蛙。比喻見識短淺的人。

　　有隻青蛙，住在一口淺井裏。有一天，來了一隻大海龜，青蛙向牠誇口道：「你看我多快活，誰也比不上我。我住在這口井裏，高興的時候就出來玩玩，在井欄上跳來跳去；玩累了，就在井壁的窟窿裏休息休息。有時候我跳下水，在水裏游上一會兒；有時候我踩在泥裏，軟軟的爛泥埋住我的腳背，真是舒服極了。再看看我四面的小傢伙，實在太可憐了。你看那小螃蟹，光知道爬來爬去；你看那小蝌蚪，只會在水裏游來游去，哪一個像我這樣快快活活、自由自在地生活呢？再說我一個人佔有這麼大一片天地，獨自享受這裏面的樂趣，實在是太好了。現在請你下來參觀參觀，享受享受我的樂趣，怎麼樣？」

　　海龜聽牠說得那麼好，有點羨慕，想下去見識見識。不料牠的左腳還沒伸進井口，右腳就被井欄絆住了，弄得牠進不得、退不得。海龜定下心神，把右腳小心地抽出來，直往後退。青蛙還在邀請牠，牠搖搖頭，再也不敢下去了。海龜對青蛙說：「大家不是說千里方圓很大嗎，可還說明不了大海有多大；人們不是說千丈的高度很高嗎，可還說明不了大海有多深。你的這口井跟大海比起來，差得實在太遠了。」青蛙一動也不動，張着嘴，聽呆了。

　　海龜知道青蛙還不大懂，繼續打着比方向牠解釋：「大禹治水的時候，十年中有九年發生水災，可是海水並沒有增多；商湯的時候，八年裏有七年發生旱災，可是海水並沒有減少。不管時間過了多久，不管天氣怎麼變化，大海還是大海，一點兒也沒有改變。我住在東

海，在大海裏游來游去，那才算是自由快活呢。」

青蛙聽了海龜的話，非常吃驚；想想自己剛才說過的活，不禁慚愧起來。青蛙終於明白過來，世界太大了，自己太渺小了。

| 出處 |⋯⋯⋯⋯⋯⋯⋯⋯⋯⋯⋯⋯⋯⋯⋯⋯⋯⋯⋯⋯⋯⋯⋯

《莊子·秋水》：「井蛙不可以語於海者，拘於虛也。」

| 例句 |⋯⋯⋯⋯⋯⋯⋯⋯⋯⋯⋯⋯⋯⋯⋯⋯⋯⋯⋯⋯⋯⋯⋯

清·曹雪芹《紅樓夢》第四十九回：「可知我井底之蛙，成日家只說現在的這幾個人是有一無二的。」

酒池肉林

釋義　用池子盛酒，把肉掛在樹林裏。本形容商紂王的奢侈糜爛的生活。後多形容生活糜爛或酒宴豐盛。

商紂王，也稱「帝辛」，是商朝最後一個國君，也是我國古代臭名昭著的暴君之一。他暴斂重刑，沉湎於酒色，弄得全國上下怨聲載道。

商紂王征服有蘇氏，有蘇氏獻上美女妲己。紂王迷戀於她的美色，對她言聽計從。從此以後，他們倆狼狽為奸，做下許多令人髮指的惡行。

妲己喜歡歌舞，紂王便令樂師製作許多靡靡之音，演奏給他們

聽；創作許多下流舞蹈，跳給他們看。有時妲己興起，便自己起舞，迷得紂王神魂顛倒。紂王帶着妲己日夜宴飲，不理朝政。

紂王命人挖了一個池子盛酒，把肉曬乾了掛在樹林的樹枝上，稱之為「酒池肉林」。有時候，在那裏參加宴飲的人多達三千，宴飲時為了取樂，紂王命人裸體追逐其間，下流的景象不堪入目。

紂王拒絕別人的勸諫，誰勸阻他幹壞事誰就沒有好結果。他的叔叔比干是個忠心耿耿的大臣，勸他不要沉迷於酒色，不要亂殺忠臣。紂王十分惱怒，在妲己的挑唆下，把他叔叔的心挖了出來。

紂王的無道，激起了人民的反抗，周武王乘機發動諸侯伐紂，牧野一戰擊潰了紂王的軍隊。紂王自焚身亡，妲己自縊而死，商王朝從此滅亡。

| 出處 | ●

《史記·殷本紀》：「以酒為池，懸肉為林。」

| 例句 | ●

《漢書·張騫李廣利傳》：「行賞賜，酒池肉林，令外國客遍觀各倉庫府臧之積，欲以見漢廣大。」

舉案齊眉

釋義 案：古代有腳的托盤。把盛飯菜的托盤舉得跟眉毛一樣高。比喻夫妻互敬互愛。

東漢詩人梁鴻，字伯鸞，扶風平陵（今陝西咸陽西北）人。王莽末年，梁鴻年紀還小，跟隨父親寓居北地（在今甘肅慶陽西北）。東漢初年，他到了京城在太學受業，由於家境貧困，閒暇之時，便給人家放豬，補貼學習、生活用度。他悟性好，學習刻苦，漸漸有了名聲。好多有錢人家前來攀親，都被他一一回絕。他打心底蔑視權貴，總覺得討個有錢人家的女兒免不了受氣，要討就要討個賢惠的，兩口子恩恩愛愛過日子。

附近有戶姓孟的人家，有個女兒叫孟光，已經三十歲了。她長得五大三粗，濃眉大眼，力氣比一般的男人都大。別看她長得不怎麼樣，可是心氣挺高，一般的富家子弟她不嫁，非要嫁個有志氣的好男兒。老姑娘一直不嫁出去也不是回事，有一回老娘悄悄問她：「姑娘，你到底想要嫁給誰呀？」女兒紅着臉小聲地說：「我想嫁給梁鴻。」

父親暗暗誇讚：這孩子，眼光不錯，梁鴻雖然窮點，可那小伙子有志氣呀！老漢請了媒人去提親，沒想到一說就成。兩個人的年紀都不小了，很快就辦了喜事。新婚的第二天，新嫁娘就穿上布裙操持家務。

沒過多久，梁鴻為了遠離喧囂的塵世，帶着孟光隱居深山。梁鴻給人家放牛種地，孟光在家織布，日子雖然過得清苦，倒也逍遙自在。梁鴻每次回家吃飯，孟光都端着托盤走到他面前，將托盤舉到齊

眉之處；梁鴻客客氣氣雙手接過，向她微微一笑，然後兩人一起坐下吃飯。

有一年，梁鴻路過洛陽登北邙山，見宮廷豪華，有感於民眾疾苦，寫了《五噫歌》。漢章帝見了大怒，下令搜捕梁鴻，梁鴻和孟光逃到吳地，為人做傭工。梁鴻去世以後，安葬在古賢人要離的墓旁。

| 出處 | ●
《後漢書・梁鴻傳》：「每歸，妻為具食，不敢於鴻前仰視，舉案齊眉。」
| 例句 | ●
孫遜《人間啞劇》：「這是啞女做夢都沒有想到的，因為結婚以來，他們夫妻感情一直很好，恩恩愛愛，可算得上舉案齊眉、相敬如賓。」

開門揖盜

釋義　揖：拱手為禮。打開門請強盜進來。比喻引進壞人，自取災禍。

東漢末年的孫策，人稱「小霸王」，長得儀表堂堂，心懷雄心壯志，袁術對他十分偏愛，曾對人說：「要是我能有個像孫策那樣的兒子，死了也安心。」

孫策是袁術部下長沙郡守孫堅的兒子，父親死後他便投奔了袁術。袁術看出孫策絕不會甘心久居人下，因而也不肯重用這個年輕人。

　　公元 195 年，年方二十的孫策率領父親舊部一千人馬，渡江征戰江東。從此便如同蛟龍入海，馳騁東南。他先攻打揚州郡守劉繇，接着攻打吳郡郡守許貢、會稽郡郡守王朗，所向披靡，開創了江東一片基業。公元 199 年，袁術死去，孫策打敗盧江郡守劉勳，大獲全勝，從此統一了江東，割據東南。

　　人有不測之禍福。當年攻打吳郡時，殺了郡守許貢，他的門客失去了靠山，發誓要為許貢報仇。他們守候了好些日子，終於等到下手的時機。

　　公元 200 年春，孫策興致勃勃出去打獵。他的戰馬腳力甚佳，隨從們落在後面。突然間，從草叢中躍出三人，彎弓搭箭向他射去，孫策猝不及防，面頰中箭倒地。隨從們急忙拍馬趕到，連忙將孫策救起，並將那三個刺客砍為肉醬。

　　孫策臨終前把弟弟孫權叫到跟前，把印綬交給了他，囑咐張昭等人輔佐孫權。

　　孫策去世後，孫權十分傷心，張昭開導孫權道：「如今奸邪作亂，豺狼滿道，如果只是為兄長哀痛而不去考慮大事，就像是打開了大門請強盜進來，這樣下去可不行！」

　　孫權聽從了張昭的勸告，抖擻精神去視察軍隊，這麼一來，迅速穩定了軍心。

| 出處 | •

《三國志・吳書・吳主傳》：「況今奸宄競逐，豺狼滿道，乃欲哀親戚，顧禮制，是猶開門而揖盜，未可以為仁也。」

| 例句 | •

明・馮夢龍《東周列國志》：「申公借兵失策，開門揖盜，使其焚燒宮闕，戮及先王，此不共之仇也。」

刻舟求劍

從船上刻了記號的地方跳下水尋找劍。比喻辦事刻板，不知道根據變化了的情勢改變方法。

《呂氏春秋‧察今》的作者議論道：不敢議論法度的，是一般的老百姓；死守着現成法令的，是各級官吏；順應時代變法的，是賢明的君主。因此，古代的聖賢君主，他們的法度都不同。他們並不是存心要跟前人的不同，而是因為時代和形勢都跟前人不同。接着，文章用一個故事說明了這方面的道理。

戰國時，楚國有個人乘船渡江，到了江心，風急浪高，渡船左右搖晃，一不當心，他的劍從劍鞘裏脫落，掉入江中。

他連忙拿出把刀子，一邊在船舷上刻記號，一邊自言自語：「我的劍是從這裏掉下去的。」船到岸剛一停下，那人便從做了記號的地方跳下水，尋找他的寶劍。找了半天，當然找不到。

想想看，船已經行駛得很遠了，而劍掉下去的地方沒有動，用這樣的辦法去尋找落水的劍，不也是太糊塗了嗎？

| 出處 | ●

《呂氏春秋‧察今》：「楚人有涉江者，其劍自舟中墜於水，遽刻其舟，曰：『是吾劍之所從墜。』舟止，從其所刻者入水求之。舟已行矣，而劍不行，求劍若此，不亦惑乎！」

| 例句 | ●

清‧曹雪芹《紅樓夢》第一百二十回：「似你這樣尋根究底，便是刻舟求劍，膠柱鼓瑟了！」

空中樓閣

釋義　騰在空中的樓房。原比喻沒有根基的事物。後比喻虛幻的事物或不切實際的幻想。

　　佛經善於用故事來闡述佛理，《百喻經》就是一部這樣的專著。《百喻經》由南朝齊天空三藏法師求那毗地翻譯，共有九十八則故事，就整數而言稱「百」。每則故事由兩部分構成，前面是故事，後面闡發佛理。魯迅先生曾於 1914 年捐資六十銀元給南京金陵刻經處，印送《百喻經》。《百喻經》在中國佛教史上和中國古代文學史上都有很高的價值，其中，有一篇為人們所熟知的《三層樓喻》。

　　古時候有個富翁，傻乎乎的一無所知。有一天，他到一個富人家裏做客，看到他家的三層樓房高大華麗，敞亮通風，心裏十分羨慕。他暗暗想道：我的錢財並不比他少，為甚麼不造座三層樓住住？

　　他把木匠找來問道：「你會不會造三層樓的房子？」

　　木匠回答道：「怎麼不會呢？這座三層樓就是我建造的。」

　　他對木匠說：「我也想造三層樓，你來給我造行不行？」

　　木匠聽了非常高興，說：「當然行。」

　　富翁提出了自己的要求：「三層樓最好的是第三層，我不要下面的兩層，你就給我造第三層。」

　　木匠聽了差一點笑出聲來，說：「天底下沒有這種事。不造第一層，怎麼造第二層？沒有第二層，怎麼造第三層？」

| 出處 |

《百喻經 · 三層樓喻》。

|例句|• •

焦祖堯《總工程師和他的女兒》:「他終於明白了,自己過去所追求的東西,自己一心一意想走的路,實際上是空中樓閣,絕不可能實現的。」

口蜜腹劍

 釋義

嘴上塗了蜜,肚裏藏利劍。比喻嘴上說得好聽,心裏藏着害人的毒計。

「口有蜜,腹有劍」,說的就是唐代的李林甫。李林甫為人奸詐,當面說的好聽,背後捅刀子,正是憑着這樣的權術,他深得唐玄宗的信任,為相十九年。

早在擔任吏部侍郎時,李林甫就百般鑽營(巴結有權勢的人),與宮內的宦官、嬪妃相勾結,打探宮內消息。唐玄宗想些甚麼,打算做些甚麼,他都摸得一清二楚,唐玄宗有事問他,他都能順着唐玄宗的心意回答。唐玄宗對他十分賞識,打算把他提拔為宰相。唐玄宗曾和宰相張九齡商量過這件事,張九齡竭力反對,說:「朝廷的宰相,關係國家安危,陛下拜李林甫為相,只怕種下禍根。」

張九齡是盛唐前期的著名詩人,在朝廷中有很高的威望。李林甫本來就對他十分忌恨,聽說了這件事,更是對張九齡恨之入骨,以後,李林甫想盡了各種辦法排擠張九齡。張九齡最終被罷相,李林甫得以大權獨攬。

　　嚴挺之本為尚書左丞，被李林甫排擠出京城。後來，唐玄宗又想起用他，想把他調回京城委以重任。李林甫暗暗想道：好不容易才把他趕走，怎麼能讓他再度回京？他把嚴挺之的弟弟找來，假作關心地說：「讓你哥哥上一道奏章，就說自己身體不好，希望回京治病，這樣，你哥哥就能回到京城。」嚴挺之的弟弟不知是計，連忙寫信給哥哥。唐玄宗看了嚴挺之的奏章後說：「朕本打算重用他，沒想到他生了重病。」唐玄宗最終打消了調嚴挺之回京的念頭，李林甫的陰謀終於得逞。

　　李林甫覺得同僚李適之礙手礙腳，想設法把他除掉。有一天，他對李適之說：「華山有金礦，可惜陛下不知，要是把那裏的黃金開採出來，能夠增加國家的財富。」

　　李適之以為撿了個大便宜，將這事上奏給唐玄宗。有一天，唐玄宗向李林甫問起這件事，李林甫道：「華山有金礦的事，臣下早就知道。華山是塊風水寶地，不能破壞那裏的風水。假如有人勸陛下在那裏採金，一定是不懷好意。」唐玄宗聽信了李林甫的話，漸漸疏遠李適之，後來，李適之也遭貶出京。

　　李林甫當道期間，許多正直的大臣遭到排擠，奸佞小人得以重用，盛唐的繁榮氣象開始衰落。李林甫於公元 752 年死去，三年之後，便爆發了「安史之亂」。

| 出處 | •

《資治通鑒・唐紀・玄宗天寶元年》：「李林甫為相……尤忌文學之士，或陽與之善，啗以甘言而陰陷之。世謂李林甫『口有蜜，腹有劍』。」

| 例句 | •

郭沫若《追慕高爾基》：「究竟誰個是真正的人民的朋友，誰個是口蜜腹劍的偽善者，人民的心裏是雪亮的。」

胯下之辱

胯下：褲襠下。從別人褲襠下鑽過去那樣的侮辱。泛指在困境中受到的侮辱。

秦末漢初，有位叱咤風雲的人物，他就是幫助漢高祖劉邦打下天下的韓信。說起韓信，人們不禁想起他的英雄膽略、足智多謀，可是他年輕的時候，也曾是個遊手好閒的小混混。不過，他也有個長處，從不鬥氣逞勇，能識得大局。

有一天，他在街市上閒逛，幾個年輕人怎麼看他怎麼不順眼。只見他衣衫襤褸，一副落魄相，卻要裝模作樣，身上佩帶着長劍到處亂逛。

有個年輕人故意找韓信麻煩，晃到他面前，說：「看你的模樣，長得倒也高大，喜歡佩帶長劍，看來也想做英雄好漢。不過，在我的眼中，你只是個膽小鬼罷了。」

旁邊有他幾個同夥，他們一起哄笑起來。那小子把衣服扒開，挺着胸說：「你要是不怕死，就用劍往我這裏刺；要是怕死的話，哼哼，就從我的褲襠底下鑽過去。」

韓信怒火中燒，恨不得一劍刺死他，但他很快冷靜下來，暗暗想道：現在殺了他，只是一時出了氣，但殺人償命，自己的性命也難保，要是死了，如何實現得了自己的抱負！韓信朝着那小子看了好一會兒，突然蹲下身子，從他的褲襠下鑽過去。

這時候，附近圍起不少人。一些好事之徒本以為他們要狠狠地幹上一仗，能好好看場熱鬧，沒想到韓信服了輸，居然鑽了人家的褲襠。看熱鬧的大失所望，都說韓信是膽小鬼。

大家誰也沒有想到，就是這個韓信，日後立下了千古奇功。

| 出處 | ••

《史記・淮陰侯列傳》：「眾辱之日：『信能死，刺我；不能死，出我胯下。』」

| 例句 | ••

莫言《讀史筆記》：「韓信奇在以雄偉之軀甘受市井軼綺胯下之辱。」

困獸猶鬥

 釋義 猶：還。被圍困的野獸還要掙扎、搏鬥。比喻面臨失敗或處於困境中的人還要做最後掙扎。

春秋時，楚莊王率領大軍包圍了鄭國都城，鄭國十分危急，急忙向晉國求救。晉國的救兵趕去，可惜晚了一步，大軍剛到黃河邊，鄭國國君已向楚莊王投降。

晉軍中軍統帥荀林父打算撤軍，可是遭到副帥先縠的反對。先縠剛愎自用，擅自率領部分晉軍渡過黃河，荀林父怕他有所閃失，只得率領大軍渡河。

由於晉軍內部不團結，被楚軍打得大敗。晉軍官兵爭着乘船渡河逃跑，先上船的竟然砍斷後面的攀登船隻士兵的手，以致船上落下許多手指，用手可以捧起一大捧。

荀林父懊喪萬分，帶着殘兵敗將回到晉國，見到了晉景公，表示願意以死謝罪。晉景公正在火頭上，想同意他的要求，大夫士貞子連忙上前阻止，說：「三十多年前的城濮之戰，晉軍大獲全勝，先王文

公仍然面無喜色，左右對此很奇怪，問文公道：『如今打敗了楚軍，你為甚麼還如此憂愁呢？難道我們打了敗仗，你才會高興嗎？』文公道：『只要楚國的國相得臣還在，我就沒法高興起來。被圍困的野獸還要掙扎、搏鬥，何況得臣是一國的國相呢！』等到楚國國君殺了得臣，文公興奮之情溢於言表，說：『再也沒有人威脅我、危害我了！』此後，楚國的成王、穆王兩代都沒有強大起來。晉國現在打了敗仗，如果再殺了荀林父，那豈不是讓晉國從此一蹶不振嗎？」

聽了士貞子的一席話，晉景公一下子醒悟過來。對呀，殺了荀林父，豈不是幫了敵人的忙？晉景公免了荀林父的罪，並且讓他官復原職。

成語「莫予毒也」也出自這裏，表示再也沒有人威脅我、危害我了。

| 出處 | ●

《左傳・宣公十二年》：「困獸猶鬥，況國相乎？」

| 例句 | ●

《後漢書・皇甫嵩傳》：「今我追國，是迫歸眾，追窮寇也。困獸猶鬥，蜂蠆有毒，況大眾乎！」

濫竽充數

釋義　濫竽：冒充會吹竽的。冒充會吹竽混在裏面湊數。比喻沒有真才實學的人或不好的東西混在裏面湊數。也有表示自謙的，說自己水平不夠，只是湊數而已。

竽是古代一種樂器，很像現在的笙，吹奏起來聲音很悅耳。

齊宣王非常喜歡聽吹竽，特別偏愛竽合奏，合奏聲既悅耳動聽，又雄渾壯麗。吹奏的樂手享受很高的待遇，吃得好，穿得好，生活很優裕。

齊宣王覺得樂隊還不夠大，想組織一支三百人的大樂隊，他用許多錢財，招來許多吹竽高手，加上原來的，共有二百九十九名，還差一名。

有個姓南郭的人，根本不會吹竽，見有機可乘，就跑到齊宣王那裏，吹噓自己吹得怎麼怎麼好。齊宣王正為缺少一名樂手悶悶不樂，聽了南郭先生的話，信以為真，立即讓他參加樂隊。

每當齊宣王要欣賞音樂時，就把樂隊叫過去。南郭先生混在樂隊裏，捧着竽，鼓着嘴，搖頭晃腦地裝出吹竽的樣子。由於樂聲大，樂手們專心吹奏，誰也不知道他不會吹竽，只是混在裏面做樣子。就這樣，南郭先生舒舒服服過了幾年快活日子。

齊宣王去世後，他的兒子齊湣王也喜歡聽竽，不過，他偏愛聽竽獨奏。他讓樂手們一個個吹給他聽，他沉浸在優雅的竽聲中。

這可急壞了南郭先生。他一點兒也不會，這可怎麼混過去？不要說好日子過不上了，還要落得個欺君的罪名，腦袋都要搬家。一個吹

完了，又上去一個，快要輪到南郭先生了，冷汗打濕了他的內衣。他趁別人不注意，趕緊悄悄地逃離王宮。

|出處| ●

《韓非子·內儲說上》：「齊宣王使人吹竽，必三百人。南郭處士請為王吹竽，宣王說之，廩食以數百人。宣王死，湣王立，好一一聽之，處士逃。」

|例句| ●

清·文康《兒女英雄傳》第三十五回：「若只靠着才氣，摭些陳言，便不好濫竽充數了。」

狼子野心

狼子：狼崽子。狼崽子雖小，卻有兇惡的本性。比喻心地狠毒，本性難移。

春秋時，楚國的若敖氏是個望族。若敖氏有兩兄弟，一個是子良，一個是子文。哥哥子良是楚國的令尹，弟弟子文是楚國的司馬。朝中群臣的家族，哪一個也比不上若敖氏。

哥哥子良有個兒子，叫子揚。這孩子生得眉清目秀，深得一家人歡心。沒過多久，子文也生了個兒子。做伯伯的滿心歡喜，過來一看，卻皺起了眉頭。子良對子文說：「這孩子的面目如同熊虎一般，哭泣的聲音如同狼嚎，非得殺了他不可！俗話說：『狼崽子雖小，卻有兇惡的本性。』這種孩子，怎能把他養大！」天下哪有這麼狠心的

父親，肯殺了自己的親生骨肉？無論子良怎麼說，子文都不肯答應。

孩子漸漸長大，子文給兒子取名為子越。一看到子越，子良心裏就難過，總認為姪子會給家人帶來大難。子良臨死以前，把全家人召集在一起，說：「假如以後子越做了大官，你們必須趕快離開楚國，只有這樣，才能使你們免於災禍。」說完這話，子良老淚縱橫，過了一會兒，他又說：「鬼也要吃飯呀！要是若敖家的人都死光了，沒有人祭祀，若敖家的鬼也要挨餓了！」說完這句話，子良就死了。過去，人們稱沒有後人為「若敖鬼餒」，就出自這裏。

子良去世後，子揚繼承父爵為令尹。幾年以後，子文也離開了人世，子越繼承父爵，做了司馬。

當初，子良給姪子相面之話本是無稽之談。按照他的說法，豈不是好人都是俊男靚女，相貌醜陋的人就一定是壞蛋？可是，這一次卻偏偏被他言中。

子越總覺得自己的官位沒有子揚高，於是設計殺害了子揚，自己做了楚國令尹。子越野心越來越大，竟然想做楚王，起兵反叛朝廷，結果被楚王擊敗。若敖氏的家人一個也沒能倖免於難，被滿門抄斬。

| 出處 |

《左傳・宣公四年》：「諺曰：『狼子野心。』是乃狼也，其可畜乎！」

| 例句 |

清・張春帆《宦海》第八回：「哪曉得這班降兵，本來原是游勇出身，狼子野心。」

老馬識途

老馬認識走過的路。比喻經驗豐富的人熟悉情況，做起事來得心應手。

春秋時，北方的山戎侵犯燕國，諸侯盟主齊桓公親自率領大軍前去救援。山戎的軍隊哪是齊國大軍的對手，一交戰就被擊潰。齊桓公下令追擊，很快就佔領了他們的根據地令支（今河北遷安西）。山戎王連忙逃跑，慌不擇路地逃往孤竹（今河北盧龍東南）。

山戎王見了孤竹王，痛哭流涕，請孤竹王派兵給他報仇。孤竹王兇狠貪婪，曾經幾次進犯中原，都被齊國軍隊擊退。現在齊國軍隊來到北方，正是報仇的好機會。他心裏盤算了一下，答應了山戎王的請求。

孤竹王想得很美，可是孤竹的士兵早就被齊軍打怕了，聽說要跟齊軍作戰，心裏不免恐懼，一經交戰，就作鳥獸散。孤竹王報仇未成，反而損兵折將，真是偷雞不成蝕把米！

齊軍大獲全勝，班師回朝。他們春天出發，冬天返回，道路有些變化，不小心迷了路。這時候，天色漸漸暗了下來，風也越颳越大，大風裏着沙石朝人撲打。齊軍轉來轉去走不出迷谷，全軍上下慌作一團。

齊桓公的大臣管仲沉思片刻，對齊桓公說：「這個地方老馬走過，能認得路。我們找幾匹老馬來，讓牠們在前面走，我們跟在後面，能夠走出迷谷。」齊桓公採用了管仲的辦法，果然從迷谷走了出去，找到了回國的道路。

| 出處 | ••

《韓非子‧說林上》：「管仲、隰朋從於桓公而伐孤竹，春往冬反，迷惑失道。管仲曰：『老馬之智可用也。』乃放老馬而隨之，遂得道。」

| 例句 | ••

于敏《第一回合》：「『老馬識途』不正是因為牠走了無數曲曲折折的路麼？」

老牛舐犢

釋義　舐：舔；犢：小牛。老牛舔小牛。比喻父母疼愛子女。

　　東漢的楊修，聰明過人，可就是因為他喜歡賣弄小聰明，結果枉送了性命。

　　曹操是個奸雄，他的心思不願意被人看透，誰要是看透了他的心思，誰就一定要遭禍。

　　曹操曾經修建一座花園，將要完工時，他來看了看，看完之後沒說甚麼，只是在門上寫了一個「活」字。建造花園的人不明白這是甚麼意思，便向楊修請教。楊修說：「丞相嫌門造得太大，所以在門上寫了個『活』字。」建園人低頭一想，馬上想通了，「門」加「活」不正是「闊」字嗎！他馬上命人把門改小，改建後曹操很滿意，但是聽說這是楊修的主意，臉色馬上沉了下來。

有一次，北方送來一盒酥餅，曹操隨手在上面寫了「一合酥」三個字，等他回來一看，酥餅被楊修等人吃掉了。問問楊修這是怎麼一回事，楊修說：「丞相不是在盒子上寫了『一人一口酥』嗎（從前都是豎着書寫，所以能這樣唸）？我們把它分着吃了。」

楊修做了很多這樣耍小聰明的事，曹操對他十分忌恨，只因他是軍中主簿，不少地方還用得着他，所以沒有追究。

公元 219 年，曹操領兵攻打漢中。不料屢戰屢敗，曹操心裏十分生氣。想打，打不過，想退兵，於心不甘，真是左右為難。將軍夏侯惇進入大帳，問今夜的口令是甚麼，曹操正在吃雞，隨口說道：「雞肋。」第二天，軍中的官兵紛紛收拾行裝準備回去。曹操大驚，忙問這是怎麼回事。原來楊修一聽口令，就說丞相要領兵回去了。「雞肋」，食之無味，棄之可惜，丞相不想再打下去，準備班師回朝。

曹操一聽，怒火中燒。他確實有回軍之意，可是從來沒有對人說過，這個楊修，實在可惡，把自己的心思全猜透了，他以「擾亂軍心」的罪名，立即把楊修斬了。

楊修被殺以後，他的父親楊彪非常傷心。有一次，曹操看到楊彪，問道：「您近來怎麼這樣消瘦？」楊彪說：「我很慚愧，不能像金日磾那樣殺了品行不端的兒子，卻有老牛舐小牛那樣的愛子之心，正因為如此，我才瘦成這個樣子。」

曹操聽了這話，心裏不免有一絲愧疚。

| 出處 | ●

《後漢書 · 楊彪傳》：「愧無日磾先見之明，猶懷老牛舐犢之愛。」

| 例句 | ●

吳余《明天會更好》：「他時時老淚縱橫，難免老牛舐犢之愛。」

樂不可支

釋義　支：支撐。快樂到不能支撐的地步。形容極其快樂。

　　張堪是東漢時的名臣。西漢末年，十六歲的張堪被推薦到京城長安學習。他學習刻苦，成績優異，被人稱為「神童」。

　　王莽稱帝時，大規模的農民起義相繼爆發，湖北有綠林軍，山東有赤眉軍，河北有銅馬軍，起義軍的人數多達數百萬人。劉秀乘機而起，起兵討伐王莽。張堪追隨劉秀，四處征戰，為東漢王朝的建立，立下了汗馬功勞。

　　劉秀稱帝後不久，公孫述在西蜀稱帝，與東漢分庭抗禮。劉秀命大司馬吳漢領兵攻打公孫述，張堪隨軍前往。

　　公孫述也不是等閒之輩，漢軍久攻成都城不下，那時候，漢軍的軍糧只夠維持七天。吳漢憂慮萬分，準備撤軍，張堪連忙去見吳漢，說：「公孫述必敗無疑，不宜退師。我們可向公孫述示弱，誘使公孫述出擊，我軍設下伏兵，可以將公孫述一舉擊潰。」吳漢採納了他的建議，依計而行。

　　公孫述知道漢軍軍糧已經不多，看到漢軍士卒疲憊不堪的樣子，親自領兵出擊，結果中了漢軍埋伏，被打得大敗，公孫述戰死在成都城下。

　　公元39年，劉秀調張堪擔任漁陽（今北京一帶）太守。他不負重託，對內清除奸佞，對外抗擊匈奴，穩定了那裏的局勢。在任漁陽太守的八年間，張堪帶領百姓開墾稻田八千餘頃，鼓勵農民農耕，使那裏呈現出一派江南景象，解除了百姓的飢餓之苦。

　　當地的百姓十分感激他，編了一首歌謠歌頌張堪：「桑無附枝，

麥穗兩岐，張君為政，樂不可支。」意思是：桑樹沒有瘋長的繁枝，麥子上結了兩個麥穗，張大人治理漁陽，老百姓真是太高興了。

| 出處 | ●

漢・班固《東觀漢記・張堪傳》：「桑無附枝，麥穗兩岐，張君為政，樂不可支。」

| 例句 | ●

清・李汝珍《鏡花緣》第八十四回：「蘭言夫子聽了寶雲夫子之話，正中心懷，樂不可支，如何肯去攔阻。」

樂不思蜀

我在這裏很快樂，不再想念蜀國了。本比喻樂而忘本，後也比喻樂而忘返。

要是人不成器，怎麼幫助也沒用，人們就會說他是「扶不起的劉阿斗」。劉阿斗，就是劉備的兒子劉禪，他的確是個不成器的東西。

知子莫如父，劉備知道劉禪沒有能力治理國家，臨終前把他託付給諸葛亮，請求諸葛亮盡力輔佐他。

劉備去世後，劉禪即位做了蜀國國君。朝廷上的事他不聞不問，都交給諸葛亮處理，自己整天待在後宮裏，過着花天酒地的日子。

諸葛亮一死，劉禪怎能管理好國家？公元 263 年，魏國大將鄧艾領兵攻打蜀國，很快就攻到蜀國首都成都城下。劉禪讓人反綁了自己

的雙手，帶領百官到鄧艾那裏投降。鄧艾強迫劉禪全家離開成都，遷往魏國首都洛陽。

到了洛陽，司馬昭把他狠狠訓斥了一頓，嚇得他面如土色。隨後，司馬昭封他為「安樂公」，賞給他住宅、錢財，把他軟禁起來。

有一天，司馬昭擺下酒宴招待他。酒宴上，司馬昭故意安排表演蜀國的歌舞，打算羞辱劉禪一番。劉禪的隨從看到蜀國的歌舞，想起滅亡了的故國，一個個淚如雨下，劉禪卻越看越來勁，沒有一點悲傷的表情。

看到這種情況，司馬昭對身邊人說：「唉，真沒想到劉禪糊塗到這個地步，即使諸葛亮還活着，也不能幫他保住蜀國。」

過了一會兒，司馬昭問劉禪：「你在這裏過得怎麼樣？還想不想念蜀國？」劉禪答道：「我在這裏過得很快活，一點兒也不想念蜀國。」

| 出處 |
《三國志・蜀書・後主禪傳》裴松之注引《漢晉春秋》：「王問禪曰：『頗思蜀否？』禪曰：『此間樂，不思蜀。』」

| 例句 |
劉紹棠《多吃了幾斤鹽》：「只是我那四歲的小外孫女，在美國的幼兒園裏住得有點樂不思蜀。」

樂此不疲

釋義　樂於做某件事，沉浸其中不覺得疲倦。

　　王莽末年，爆發了赤眉、綠林起義，王莽的新朝已是風雨飄搖。劉秀趁機而起，於公元 22 年組織了「舂陵軍」，在舂陵（今湖北棗陽南）起事。第二年五月，劉秀軍殺死了在邯鄲稱帝的王郎，名聲大振。之後他的軍隊不斷壯大，關西稱他為「銅馬帝」。

　　王莽末年，舂陵出了兩個皇帝，一個是劉秀，一個是劉玄。劉玄是劉秀的族兄，參加了綠林軍，公元 23 年，在育水（今白河）之濱登壇稱帝，年號為更始。他攻取了洛陽、長安，推翻王莽政權。劉玄遷都長安後內亂不斷，被赤眉軍擊敗，投降後被赤眉軍殺死。

　　公元 25 年夏，劉秀在羣臣的擁戴下在鄗（今河北柏鄉北）稱帝，不久定都洛陽。那時候，羣雄並起，天下大亂。劉秀每天都要收到很多奏章，有很多大事急待處理，他日夜操勞，很少休息。太子見父皇如此辛苦，勸諫道：「父皇有大禹、商湯般的英明，卻不知像黃帝、老子那樣修身養性。您要注意休息，保重身體。您的身體強健，便是天下人的福分。」劉秀笑了笑說：「我樂於做這些事，沉浸其間不覺得疲倦。」

　　經過十二年的不懈努力，劉秀終於完成了統一大業。

出處

《後漢書·光武帝紀下》：「帝曰：『我自樂此，不為疲也。』」

例句

冰心《寄小讀者》：「海上的頭三日，我竟完全回到小孩子的境地中去了，套圈子，拋沙袋，樂此不疲，過後又絕然不玩了。」

樂極生悲

釋義 快樂到極點，就會發生悲傷之事。

戰國時，齊國人淳于髡是個相貌醜陋的小矮子，因為家裏貧窮，討不起老婆，只好入贅到女家為婿。人不可貌相，就是這麼個小矮子，卻幹下了一番轟轟烈烈的大事。

有一年，楚國發動大軍，氣勢洶洶地向齊國攻來，看那架勢，恨不得一口將齊國吞下去。齊王知道難以抵禦，讓自己的寵信大臣淳于髡到趙國去搬救兵。齊、趙兩國脣齒相依，脣亡則齒寒，淳于髡向趙王說明這個道理。趙王立即發出十萬大軍，前去援助齊國。楚軍得到消息，知道沒有取勝的希望，後軍改作前軍，掉頭返回楚國。

救兵一到，就嚇跑了楚軍，齊王好不高興！論起功勞，要數淳于髡第一。齊王設下酒宴，為淳于髡慶功。

酒至半酣，齊王問淳于髡：「先生有多大的酒量？」此言一出，淳于髡就明白了齊王的意思。齊王平日經常徹夜飲酒，今天有了這麼好的理由，肯定想一醉方休。

淳于髡不緊不慢地回答：「臣下喝一斗會醉，喝一石也會醉。」

齊王不解地問：「此話怎說？」

淳于髡說：「像今天這樣喝大王賞賜的酒，旁邊有行令官，後面有御史，臣下一邊喝酒，一邊擔心害怕，所以不用喝一斗，臣下就醉了。」

齊王問道：「你甚麼時候能喝一石？」

淳于髡說：「有時遇到久別的好友，大家開懷暢飲，能夠喝上八斗、一石。」

淳于髡話鋒一轉，接着說：「酒這個東西，喝起來要適可而止。飲酒過量，頭腦就會混亂。不單單是喝酒，所有的事都是這樣，行樂到了極點，就會有悲哀的事發生。」

齊王聽了這番話，表示願意接受勸告，今後不再徹夜飲酒，改掉了可能導致不幸發生的惡習。

| 出處 | ●

《史記·滑稽列傳》：「酒極則亂，樂極則悲，萬事盡然。」

| 例句 | ●

蕭紅《小城三月》：「不知為甚麼，在這麼快樂的調子裏邊，大家都有點傷心，也許是樂極生悲了。」

離羣索居

釋義　索：孤單。離開同伴，孤獨地生活。

子夏是孔子的學生，他的兒子不幸去世。老年喪子，何其悲痛，子夏成天哭泣，以致把眼睛都哭瞎了。

有一天，曾子去慰問他，說：「我聽說這樣的話：朋友雙目失明了，就應該為他悲痛。」一句話勾起了子夏的傷心事，他忍不住又號啕大哭，曾子聽了傷心，忍不住也跟着流淚。

過了一會兒，子夏嗚咽着說：「老天爺啊，我沒有做錯甚麼事，怎麼偏偏就死我的兒子呢？」

　　曾子聽了子夏的話，忍不住說：「咳，你這話就說得不對了，你怎麼能說沒有做錯過甚麼事呢？過去，我們兩個在洙水、泗水一帶侍奉老師，你沒有堅持到底就回來了，這是您的第一個錯誤。您為親人居喪，沒有給當地的百姓做出好的榜樣，這是您的第二個錯誤。死了兒子，就哭瞎了眼睛，這是您的第三個錯誤。我一下子就說出了您的三個錯誤，您怎麼能說自己沒有做錯過甚麼呢！」

　　子夏聽了曾子的話，連忙扔下拐杖，跪在地上給曾子行禮，說：「我錯了，我錯了。我離開大家獨處的時間太長了，已經不能明辨是非了。」

| 出處 | •

《禮記‧檀弓上》：「吾離羣而索居，亦已久矣。」

| 例句 | •

朱浩《輕輕照耀》：「說起陶淵明，他曾是我最崇尚的詩人，在我看來，他的離羣索居和清尚飄逸，事實上時刻是與他心靈的歡樂聯繫在一起的。」

利令智昏

釋義　　令：使。貪圖利益的慾望使得頭腦發昏，理智喪失。

　　公元前262年，秦國大將白起率領秦軍向韓國發起進攻，一舉攻下了韓國的野王（今河南沁陽）。野王是連接上黨（今山西長治）與韓國內地的通道，野王失陷，上黨危急。

上黨郡守馮亭寧肯向趙王屈服，也不願向秦軍投降，於是寫信給趙王，表示希望將上黨地區的十七座城池獻給趙國。

趙王接到馮亭的來信，一下子拿不定主意。掉在嘴邊的肥肉，放棄了實在可惜，拿下來吧，秦國正在那裏虎視眈眈。秦軍辛辛苦苦攻下了野王，目的就是要得到上黨，現在讓趙國白撿便宜，秦王肯定不依。

趙王將平陽君趙豹找來商量，趙豹認為平白無故接受別人的好處，是禍害的根源。他竭力勸告趙王不要接受上黨。趙王於心不甘，又找平原君趙勝商量。平原君聰明一世，糊塗一時，被眼前的利益蒙住了眼睛。他認為用百萬大軍去征戰，幾年也未必能得到一座城池，現在不費一兵一卒就能得到十七座城池，這可是天大的好事。平原君慫恿趙王拿下上黨，這倒正合乎趙王的心思。

趙王最終下了決心，接受馮亭獻出的十七座城池，封馮亭為華陽君。

趙王接受上黨，無異於虎口奪食。秦王憤怒之極，發兵向趙國大舉進攻。趙軍在長平遭到慘敗，一下子就損失了四十萬大軍。從此以後，趙國一蹶不振。

司馬遷對這件事做了評論：平原君不是凡夫俗子，可有時也不識大體。這就是俗話說的利令智昏。

| 出處 | ●

《史記・平原君虞卿列傳》：「鄙語曰：『利令智昏。』平原君貪馮亭邪說，使趙陷長平兵四十餘萬眾，邯鄲幾亡。」

| 例句 | ●

清・吳趼人《二十年目睹之怪現狀》第二十回：「禁不得這班小人，在旁邊唆撥，難免他利令智昏呢！」

勵精圖治

釋義

勵：奮勉；圖：謀求；治：治理好國家。振奮精神，設法治理好國家。

漢昭帝是漢武帝最小的兒子，即位後有所作為，可惜天妒英才，二十一歲便離開了人世。由於他沒有兒子，手握大權的霍光便迎立昭帝的姪子劉賀為帝。劉賀一進皇宮就胡作非為，霍光又將劉賀廢去，迎立已經流落民間的劉詢為帝，他便是漢宣帝。

漢宣帝非常害怕霍光。霍光輔佐過昭帝，廢棄了昌邑王劉賀，漢宣帝被他從民間找來，小命都握在他的手裏，怎麼不怕！宣帝雖說是皇帝，大權卻掌握在霍光手裏。

宣帝立皇后時，一些趨炎附勢的臣子想立霍光的女兒為后。宣帝不忘糟糠之妻，說要尋找貧賤時的佩劍，大臣明白了他的心思，將他的原配妻子許氏立為皇后。

許氏做了皇后，霍家人豈肯善罷甘休？霍光的妻子設下毒計，將許皇后害死。宣帝不敢追查這件事，不久立霍光的女兒為皇后，滿足了霍家人的心願。

公元前68年，霍光病死。御史大夫魏相建議宣帝採取斷然措施，削弱霍氏的權力。霍氏聞訊後極為驚恐，打算假借太后命令，先殺了魏相，然後廢掉宣帝。宣帝先發制人，將霍氏滿門抄斬。

清除了霍氏勢力，宣帝親自處理朝政。他聽取了臣子們的意見，大力發展農業生產，積極做好戰備，鞏固邊防。宣帝振奮精神，設法治理好國家，他在位二十五年，使已經衰落的西漢王朝出現了中興的局面。

|出處| ●

《漢書‧魏相傳》:「宣帝始親萬機,勵精為治。」

|例句| ●

梁啟超《論中國與歐洲國體異同》:「故其政府不能不勵精圖治,以謀國之
進步。」

兩袖清風

 釋義 兩隻衣袖裏只有清風。原比喻為官清廉。現也比喻十分
清貧。

這個成語雖然在元朝已經出現,但是更為人們熟知的,是明代宰
相于謙「兩袖清風」的故事。

于謙少有壯志,年輕時便寫下了著名的《石灰吟》:「千錘萬鑿出
深山,烈火焚燒若等閒。粉身碎骨渾不怕,要留清白在人間。」這首
詩也是他一生風骨的寫照。

于謙二十四歲考中進士,不久便擔任了監察御史。他性格耿直,
為官清廉,明宣宗非常欣賞他的才能,提拔他為兵部侍郎,後又擔任
山西、河南巡撫。他在山西、河南近二十年,賑濟災荒,平反冤獄,
得到百姓的一致讚頌。

明宣宗去世後,明英宗繼位。皇上只有九歲,宦官王振掌握了朝
中大權。那時候,外省官員有事進京,一般都要賄賂朝中權貴。有一

次，于謙要進京辦事，幕僚們建議他買些當地的土特產，如絹帕、
蘑菇、線香之類送給權貴，這些東西雖然不值錢，也能表表自己的心
意。于謙堅決不答應，只願帶着兩袖清風進京。他從京城返回後，寫
了一首詩：「絹帕蘑菇與線香，本資民用反為殃。清風兩袖朝天去，
免得閭閻話短長。」

公元 1449 年，蒙古瓦剌部大舉入侵中原。明軍在土木堡全軍
覆沒，明英宗被俘，史稱「土木堡之變」。于謙堅決反對朝廷南遷，
擁立英宗的弟弟（明代宗）繼位，組織指揮了歷史上有名的北京保衞
戰，取得了輝煌勝利。瓦剌部被擊敗，表示願意和明朝言歸於好，為
了表示誠意，便將明英宗放回。

明英宗對于謙擁立明代宗之事一直耿耿於懷。英宗復辟後，以于
謙有謀反的「意慾（念頭）」為名，將于謙問斬。

于謙被殺害以後，朝廷抄沒了他的家產，抄出來一看，連他們自
己都不相信，居然一件值錢的東西都沒有。京城的百姓更加憤激，將
「意慾」罪名稱作「二字獄」，與岳飛的「莫須有」的冤獄相提並論。

直到明英宗去世以後，明憲宗為了平息民憤，才給于謙平反，為
他恢復了名譽。

| 出處 | •

元・陳基《次韻吳江道中》：「兩袖清風身欲飄，杖藜隨月步長橋。」

| 例句 | •

唐浩明《曾國藩》第二部第一章：「為甚麼自己一身正氣，兩袖清風，卻不
能見容於湘贛官場！」

論功行賞

釋義 論：衡量、評定。評定功勞大小，給予不同獎賞。

劉邦奪取了天下後，打算評定各位功臣的功勞大小，給予不同的封賞。戰場上同袍同澤好兄弟，這時候各不相讓，爭論了一年多，也沒有結果。

最後，漢高祖劉邦認為蕭何的功勞最大，封他為酇侯，封給他的食邑最多。功臣們一個個表示不服，紛紛說道：「我們披堅執銳在戰場上拚殺，多的參加了一百多次戰鬥，少的也身經幾十戰，攻城略地，功勞不小。蕭何沒有汗馬功勞，憑甚麼反而居於我等之上？」

劉邦說道：「你們懂不懂打獵？」功臣們說：「打獵的事當然懂了。」劉邦又問：「你們曉不曉得獵狗？」功臣們說：「知道。」

劉邦接着說：「打獵的時候，追趕、捕獲獵物的，是獵狗；給獵狗發出命令的，是獵人。你們就好比是捕獲獵物的『功狗』，蕭何是發佈命令的『獵人』。」聽劉邦這麼一說，那些功臣們再也不敢說甚麼。

列侯分封完畢，要排定位次。功臣們心中不服，舊事重提，說道：「曹參身上有七十餘處創傷，攻佔了很多城池，功勞最大，應當排在第一。」

關內侯鄂千秋明了劉邦的心思，說：「曹參雖有那麼大的功勞，那是一時的事。皇上與項羽相持五年，在這期間，屢次戰敗，士卒逃亡殆盡，蕭何依然跟隨皇上，建樹了萬世不朽的功勳。現在排位次，應該讓蕭何排在第一，曹參排在第二。」

劉邦聽了連連點頭，說：「就這麼定了，大家不要再說甚麼。」

| 出處 |••

《史記·蕭相國世家》:「漢五年,既殺項羽,定天下,論功行封。」

| 例句 |••

清·洪昇《長生殿》第二十六齣:「這春綵,臣等斷不敢受,請留待他時論功行賞。」

馬革裹屍

 用馬皮把屍體包裹起來。指軍人戰死於疆場。

　　東漢名將馬援平定了邊陲的動亂,被朝廷封為伏波將軍。回到京師大家向他祝賀,馬援豪邁地對人說:「眼下匈奴、烏桓還在侵擾北部邊疆,我想請求皇上再讓我領兵跟敵人好好打一仗。男兒應當戰死於邊疆的沙場,用馬革包裹着屍體而還,哪能舒舒服服地躺在牀上,最終老死在妻子兒女的身旁?」

　　西漢末年,天下大亂,馬援先後投奔過王莽、隗囂,最後歸順光武帝劉秀。馬援為東漢王朝立下了赫赫戰功,給後人留下不少動人的故事。「堆米為山」和「薏苡明珠」,更是千古流傳。

　　公元 32 年,光武帝劉秀親自領兵攻打隗囂。大軍到了漆縣(今陝西彬縣),因為不明敵情停止前進。不少將領認為,眼下不宜深入險阻之地。光武帝猶豫不決,決心難下。就在這關鍵時刻,馬援奉命趕到。光武帝大喜,連夜召見了他。馬援認為,隗囂部眾已經分崩離

析，目前發動進攻定能大獲全勝。

馬援找來大米，堆成山陵山谷，他指點着地形，向光武帝說明應當從哪裏發動進攻，應當如何作戰。聽完他的分析，光武帝非常高興，說：「敵人的情況已經完全顯現在我的眼前，這一仗一定能取勝。」發起進攻以後，漢軍如同摧枯拉朽，將敵人徹底擊潰，隗囂倉皇逃竄，他的十三員大將和十餘萬部眾全部投降。

當初，馬援南征交趾（古地名，泛指五嶺以南地區）時，常吃一種名叫「薏苡」（一種多年生植物，果實俗稱「藥王米」）的果實。這種果實能驅寒、避瘴氣，在南方作戰的人都經常食用。班師回京時，馬援帶回滿滿一車，一則帶回食用，一則準備做種。沒料想有人看到這鼓鼓囊囊的一車東西，便以小人之心度君子之腹，說馬援從南方擄掠了一車珍珠帶回。這件事一傳十，十傳百，沸沸揚揚地傳遍京城。

馬援剛剛去世，馬武、侯昱上書給光武帝，說當年馬援在南方征戰，曾經搜刮一車珍寶帶回京師；只因當年馬援受寵，所以沒有上奏給光武帝。光武帝聞報大怒，下令嚴加追查。

馬援的妻兒不知馬援身犯何罪，只得將馬援草草埋葬。辦完了喪事，馬援的家人用草繩自縛，到朝廷請罪。光武帝把馬武、侯昱的奏章拿給他們看，馬援的家人這才知道蒙受了天大的冤屈。真相大白以後，光武帝讓馬援的家人將馬援重新安葬。

| 出處 | ●

《後漢書·馬援傳》：「援曰：『方今匈奴、烏桓尚擾北邊，欲自請擊之，男兒要當死於邊野，以馬革裹屍還葬耳，何能臥牀上在兒女子手中耶？』」

| 例句 | ●

宋·辛棄疾《滿江紅·漢水東流》：「馬革裹屍當自誓，蛾眉伐性休重說。」

馬首是瞻

釋義 瞻：看。原指作戰時官兵看着主將的馬頭決定行動的方向。後比喻跟着領頭人行動。

春秋時期，秦國漸漸強大。公元前560年，秦晉兩軍曾在櫟地交戰，晉軍由於輕視秦軍，被秦軍打得大敗。三年以後，晉國為了報櫟地戰敗之仇，聯合齊國、魯國、鄭國等組成聯軍，一道攻打秦國。晉國大將荀偃為統帥，統一指揮諸侯聯軍。

大兵壓境，秦軍一點兒也不膽怯。他們知道，諸侯聯軍人數雖多，但是人心不齊。作戰最忌號令不一，聯軍恰恰犯了這個大忌。

聯軍到了涇水邊，誰也不肯首先渡河。晉國大夫叔向跟魯將叔孫穆子商量了一番，決定立即渡過涇水。魯國軍隊率先泅渡，聯軍隨後跟着渡河。豈料秦軍在涇水上游投了毒，聯軍的士卒被毒死許多。這一來，更是弄得人心惶惶，聯軍的士氣更加低落。

休整幾天以後，荀偃發佈總攻動員令，他大聲說道：「明天早晨雞鳴時分套好戰車，填掉井、平掉灶，到了戰場以後，大家看着我的馬頭行動！」

這話說得太專橫，上了戰場無需下命令，只要看着他的馬頭就行！就連晉國的將領對此都感到不滿，別說是其他國家的官兵了。

晉國將領欒黶首先發難，說：「晉軍的命令從來沒有這樣下達過，現在我的馬頭要向東了。」說完，他便策馬往東回晉國。其他的諸侯軍看到這種情況，也紛紛撤回。這仗還怎麼打？荀偃只好率領大軍返回晉國。

需要注意的是，運用這個成語時，前面常常加「惟（唯）」以加強語氣。

| 出處 | •
《左傳‧襄公十四年》：「荀偃令曰：『雞鳴而駕，塞井夷灶，唯余馬首是瞻。』」

| 例句 | •
嚴華銀、蔡明《讓語言亮起來‧活水篇》：「奉權威之論如『聖旨』……都只能是權威的恭順的婢女，唯權威馬首是瞻。」

芒刺在背

 釋義 像芒和刺扎在背上一樣。形容坐立不安。

西漢權臣霍光，權勢着實很大。他是漢代名將霍去病的弟弟，十幾歲便在朝廷為郎，之後擔任車都尉、光祿大夫等職，深得漢武帝信任。漢武帝臨終前，命他輔佐幼主昭帝劉弗陵，霍光擔任了大司馬、大將軍的要職，掌握着朝廷大權。

昭帝八歲登基，二十一歲去世，年紀輕輕就死了，沒有留下兒子。霍光跟其他臣子商量了一番，決定迎立昭帝的姪子昌邑王劉賀為帝。劉賀品行惡劣，剛一進宮便在後宮淫亂，恣意為非作歹，把後宮弄得烏煙瘴氣。霍光奏請年僅十五歲的太后，將昌邑王廢棄。昌邑王咎由自取，在位僅二十多天，就被霍光一腳踢了下去。

國不可一日無主，霍光等迎立劉詢為帝，他就是漢宣帝。劉詢是漢武帝的曾孫、戾太子劉據的孫子。戾太子遭禍致死，才幾個月大的劉詢也被關進了大牢，因建尉監邴吉的保護，他才倖免於難，流落民間。

漢宣帝非常害怕霍光。舉行登基大典的那一天，前往高廟向祖先祭拜。宣帝坐在車上，霍光牽着馬在旁邊隨行，宣帝如同芒刺在背，坐立不安。皇上如此惶恐，如何行得了大禮？霍光只得讓車騎將軍張安世代替自己，宣帝這才稍稍平靜。

這樣的權臣身後一般不會有好結果，霍光也不例外，他死後不久，便被滿門抄斬。

| 出處 | •

《漢書·霍光傳》：「宣帝始立，謁見高廟，大將軍光從驂乘，上內嚴憚之，若有芒刺在背。」

| 例句 | •

明·馮夢龍《喻世明言》：「三個不知文墨禮讓，在朝廷橫行，視君臣如同草木。景公見三人上殿，如芒刺在背。」

盲人摸象

釋義 瞎子觸摸大象。比喻憑對事物的片面了解或局部經驗，就對事物亂加推測。

佛教自東漢傳入我國，經三國、兩晉，在我國廣泛傳播。天竺（古印度）僧人曇無讖於東晉末年來到我國涼州，翻譯了佛家經典《大般涅槃經》。《涅槃經》在我國佛教發展史上，有着重要的地位。《涅槃經》闡述的中心問題是佛性問題，即人能否成佛的問題。其中有一些佛教故事，幫助說明有關問題，「盲人摸象」就是其中的一個。

古時候，有個國王叫鏡面，有一天，他要臣子牽一頭大象來，讓瞎子來認知一下大象。臣子接受了命令，找來許多瞎子。國王讓侍從把瞎子帶到大象跟前，要他們摸摸大象是甚麼樣子。

過了一會兒，國王問瞎子：「你們都知道大象是甚麼樣子了嗎？」

瞎子們說：「知道了。」

國王說：「那你們就說說，大象像甚麼？」

有個瞎子摸到的是象牙，搶先回答道：「大王，大象像蘿菔（蘿蔔）根。」

國王驚訝萬分，大象怎麼像蘿菔根呢？

這時候，一個瞎子嚷道：「你說錯了，大象像個大簸箕。」原來，他摸到的是大象的耳朵。

國王更加驚訝，怎麼越說越奇了呢？

有個瞎子嚷了起來：「不對，不對，大象像一塊大石頭。」原來，他摸到的是大象的頭。

話音方落，另一個瞎子嚷道：「胡說，大象像個大石臼。」原來，

他摸到的是大象的腳。

有個瞎子摸到的是大象的脊背，他急急忙忙喊了起來：「你們說的都不對，大象像一張牀。」

瞎子們鬧得不可開交，摸到大象肚子的說像甕，摸到大象尾巴的說像繩子⋯⋯

國王聽了瞎子們的話，不住地歎氣，不住地搖頭。

| 出處 | •••••••••••••••••••••••••••••••••••••••

《涅槃經》卷三十二：「有王告一大臣，汝牽一象來示盲者。大臣受王敕，多集眾盲，時眾盲各以手觸，大王乃喚眾盲各各問言：『汝見象否？』眾盲各言：『我已見。』王言：『象類何物？』觸其牙者即言：『象形如蘿蔔根。』觸其耳者言：『象如箕。』觸其頭者言：『象如石。』觸其腳者言：『象如臼。』觸其脊者言：『象如牀。』觸其腹者言：『象如甕。』觸其尾者言：『象如繩。』」

| 例句 | •••••••••••••••••••••••••••••••••••••••

魯迅《「這也是生活」⋯⋯》：「於是所見的人和事，就如盲人摸象，摸着了腳，即以為象的樣子像柱子。」

毛遂自薦

毛遂：戰國時趙國平原君的門客；薦：推薦。毛遂自己推薦自己。指自我推薦。

戰國時期，秦國大軍攻打趙國邯鄲。當時的趙國已經大不如當年，經過長平一戰，元氣大傷，如今秦軍大兵壓境，趙國實在難以抵禦。

趙王和平原君商量了一番，決定由平原君前往楚國請求救兵，跟趙國一道聯合抗秦。平原君打算挑選二十個能幹的門客一同前往，可是在三千個門客中挑來挑去，只挑出十九個人。他正在發愁，有個門客走上前來對平原君說：「您看我能不能湊個數？」

有才能的門客他都認得，怎麼冒出這麼個人？平原君問道：「你叫甚麼名字？到我門下多久了？」那人回答道：「我叫毛遂，已經來了三年了。」

平原君有些詫異，說：「有才能的人處世，就像錐子放在口袋裏，錐尖一下子就冒了出來。你到這裏已經三年了，我怎麼不認得你呀？」

毛遂從容答道：「今天請您把我放到口袋裏。假如您早些把我放進口袋，錐子早就露出來了，哪裏光是露出個錐尖！」平原君聽他說話口氣不小，就帶着他一同前往。

到了楚國，平原君跟楚王商談聯合抗秦之事，門客們都在台階下等着。從早晨談到中午，平原君磨破了嘴皮，力勸楚王聯合抗秦，可是楚王始終沒有明確表態，聯合抗秦之事定不下來。門客們十分焦急，其他人對毛遂說：「該你露出錐子了，你上去。」

毛遂大步跨上台階，高聲說道：「聯合抗秦的事三言兩語就能談妥，怎麼到現在還沒個結果！」楚王聽了很不高興，問平原君：「這個人是誰？」平原君道：「是我的門客毛遂。」楚王更惱火了，怒斥毛遂：「我在跟你主人說話，哪輪得上你來插嘴！還不快點兒下去！」

毛遂手按寶劍跨上一步，說：「你這麼怒斥我，只不過是仗着軍隊比趙國多罷了。現在你離我這麼近，軍隊再多也沒用。」

楚王聽了這話，不禁有些害怕，瞧他那股橫勁，甚麼事做不出來呀！他馬上放緩了口氣對毛遂說：「先生就說說你的高見吧。」

毛遂說：「楚國是個大國，本當與秦國平起平坐，沒想到楚國連連被秦國擊敗，現在連大王都這麼怕秦國！過去商湯僅僅佔有方圓七十里的土地便統一了天下，周文王僅僅佔有方圓百里的土地便使天下諸侯稱臣，現在大王擁有這麼遼闊的土地，連連被秦國白起那小子擊敗，實在是有辱先王。眼下跟你商量抗秦之事，不僅僅為了我們趙國，也是為了楚國呀，大王怎麼連這個賬都算不過來！」

楚王聽了毛遂的一番話，幡然醒悟，說：「先生說得對，我們楚國一定跟趙國一起全力抗秦。」毛遂緊接着問：「聯合抗秦的事就這麼定了？」楚王道：「當然說定了！」

楚王跟平原君當即歃血為盟，平原君終於完成了使命。

| 出處 | ....

《史記·平原君列傳》。

| 例句 | ....

毛金禾《毛遂不避嫌疑》：「原來，毛遂自薦並不避嫌疑。他本來就認為：有才能的人，就像放在布袋裏的錐子，一定會冒出尖來。」

每況愈下

 況：狀況；愈：更加。原指越往豬腿的下面踩，越能顯示出豬的肥瘦狀況。後多比喻情況越來越壞。

有一個叫東郭子的人，去向莊子請教：「你所說的道，究竟在甚麼地方？」莊子說：「我所說的道，它無處不在。」

東郭子說：「請你把道所在的地方具體講清楚，行不行？」莊子說：「在螞蟻洞裏。」

東郭子有些驚訝，問道：「道是高尚的東西，怎麼會在那麼低下的地方？」莊子便說：「道在雜草叢生的地方。」

東郭子聽了很不高興，說：「為甚麼你說的地方越來越低下了？」莊子接着說：「道在磚頭、瓦片中。」

東郭子說：「這不是更加卑下了嗎？」莊子繼續說：「道在大小便裏。」

東郭子聽莊子這麼說，搖搖頭，不再發問了。

莊子這才向東郭子解釋說：「先生提出的問題，沒有涉及道的本質問題。實際上，越是從低微的事物去推求，越能看清事物的真實面目。要是估量豬的肥瘦，就應當把腳踩在豬的小腿上察看。豬的小腿是最難肥的部位，越往小腿的下面踩，越能看出豬的肥瘦。如果這裏有肉，那麼豬就肥；如果這裏沒有肉，那麼豬就瘦。我今天告訴你道所在的地方，都是低微的地方，這些地方你都弄明白了，其他的地方也就不言自明了。」

《莊子》原文為「每下愈況」，意思是越到下面越能看清它的狀況。後來多說成「每況愈下」，比喻情況越來越壞。

| 出處 |

《莊子．知北遊》：「正獲之問於監市履豨也，每下愈況。」

| 例句 |

宋．洪邁《容齋續筆》：「人人自以為君平，家家自以為季主，每況愈下，由是藉手於達官要人，舟車交錯於道路。」

門可羅雀

釋義　　羅：用網捕捉。大門前面可以用網捕捉鳥雀。形容賓客稀少，門庭冷落。

《史記》中的人物傳記可分三類：專傳、合傳、類傳。專傳是一個人的傳記，如《李廣列傳》記李廣，《淮陰侯列傳》記韓信。合傳是兩個人或三個人合在一起的人物傳記，如《孫子吳起列傳》，孫子和吳起都是軍事家；《管晏列傳》，管仲和晏嬰都是齊國名相。類傳是把同一類的人並在一起的人物傳記，如《刺客列傳》、《仲尼弟子列傳》。

《汲鄭列傳》是一篇合傳，主要記載了汲黯、鄭當兩人的生平事跡。既然是合傳，兩人一定有相同之處。他們倆都是漢代的正直大臣，當權時賓客盈門，失勢後遭受冷落。

汲黯，字長孺，漢景帝時為太子洗馬，武帝即位後為謁者，並先後任滎陽（今河南鄭州西）令，東海（今山東郯城北）太守，主爵都尉，位列九卿。

　　有一次，朝廷接到報告，河內郡（今河南西北部一帶）發生嚴重火災，千餘家房屋被燒毀，漢武帝派汲黯前往視察災情。汲黯到了河內，安置了因火遭災的百姓，發現生活更困難的是遭受水災的災民。因為災情嚴重，竟然發生人吃人的慘景。汲黯冒着殺頭的危險，假借皇帝使臣的名義，開倉放糧賑濟災民。

　　他關心民眾疾苦，在飛揚跋扈的權貴面前卻剛直不阿。太后的弟弟田蚡為丞相，常常對人擺出一副不可一世的架勢，官員們去拜謁他，他居然傲不回禮。汲黯去見田蚡，從不跪拜，只是拱手為禮。

　　這樣的大臣在朝廷裏當然立不住腳，他最終被貶為淮陽（今河南淮陽）太守，最後死在淮陽任上。

　　鄭當也是這樣的大臣，景帝時曾任太子舍人，武帝時擔任大農令。他為官清正，剛直不阿，也和汲黯一樣，位列九卿，後來同樣被貶，遭受冷遇。

　　司馬遷在這篇傳記的最後評論道：他們兩個位高權重，聲名顯赫，當權時賓客盈門，失勢後再也沒人登門拜訪。並舉當年的翟公為例，說明這是官場的普遍現象。翟公擔任廷尉之職時，門外車水馬龍，府內賓客盈門，後來他被罷了官，門口可以張羅捕雀，再也沒有賓客登門。

| 出處 |
《史記·汲鄭列傳》：「始翟公為廷尉，賓客闐門；及廢，門外可設雀羅。」

| 例句 |
馮雪峯《兩個菩薩》：「兩個毗鄰的廟裏，各塑着一位菩薩……一個菩薩是又兇又醜，就簡直終年冷落、門可羅雀。」

靡靡之音

釋義 靡靡：形容頹廢淫蕩、低級趣味。頹廢淫蕩、低級趣味的音樂。

春秋時，晉國是大國，衛國是小國，衛靈公為了巴結晉平公，特地備下厚禮到晉國去進獻。

衛靈公一行走到濮水邊，天色已晚，於是卸車放馬，準備夜宿。

夜半時分，忽然聽見有人在彈奏樂曲，那柔弱的琴聲，正合衛靈公的口味。衛靈公問身邊的隨從，這首曲子是甚麼曲子，隨從們都說從來沒有聽過。衛靈公把樂師師涓叫來，要他把樂譜記下來，打算到了晉國以後，作為新曲獻給晉平公。

到了晉國，晉平公設宴款待衛靈公。賓主喝得正暢快，衛靈公讓師涓進獻樂曲，晉平公非常高興，讓師涓坐在晉國樂師師曠身邊演奏。

委婉纏綿的琴聲響起，晉平公陶醉其中。只見他雙目微閉，身體輕輕晃動。樂曲才演奏一半，師曠按住了琴弦，說：「這是亡國之音，不能把它演奏完。」

晉平公正聽得入神，見被師曠制止了，問道：「這是甚麼樂曲？怎麼這樣好聽？」

師曠回答說：「這是商朝樂師師延為商紂王製作的頹廢淫蕩的樂曲，紂王聽了這首樂曲，沉迷其中，再也不理朝廷之事，直至商朝滅亡。師延自知罪責難逃，抱着琴在濮水自盡。現在師涓演奏的這首曲子，一定是在濮水邊聽到的。」晉平公一問師涓，果真如此，可是他不聽師曠的勸告，執意要把樂曲聽完。

從此以後，晉平公整天沉醉在這首樂曲之中，不到三年，他就生病死去。

名落孫山

 釋義 名字還落在我孫山的後面。比喻考試落榜。

宋朝時，有個讀書人名叫孫山。他既聰明，又善言辭，說的笑話讓人笑疼肚子，大家叫他「滑稽才子」。

孫山懷才不遇，多次參加鄉試都沒考取。這一年的考期又要到了，他早早準備好行裝，準備到省城參加考試。

臨行前，鄰村有個人找他，說自己的兒子年紀還輕，今年是第一次參加鄉試，家裏很不放心，懇求孫山帶着他兒子一同前去。孫山正好少個伴，就爽快地答應下來。

他倆到了省城後，住在一起，吃在一起，一起去報名，又一起參加考試。

發榜的那一天，兩人早早起身，急急忙忙去看榜。到了張榜處，那裏已黑壓壓站滿了人。孫山擠了進去，從頭開始往下看，他的心「怦怦」亂跳，生怕又跟前幾次一樣，上面沒有自己的名字。名單快看完了，他的心也快要涼了。突然間他蹦了起來，榜上最後一名竟然是「孫山」二字。雖說是最後一名，但畢竟也是舉人，怎能不叫他驚喜萬分！

回到旅店，孫山收拾好行李，急着要回去。鄰居的兒子垂頭喪氣，躺在牀上不肯起身。孫山歸心似箭，一個人先回去。

孫山走到村口，鄰村的那個人正焦急地等在那裏，看到了孫山，忙着問他兒子怎麼沒回來。孫山不好多說，就說明日便回。那人又問他的兒子考取沒有，孫山不便直說，拐着彎回答道：「榜上最後一名是我孫山，你兒子的名字還在我的後面。」

那人一琢磨，明白了他的意思，說了幾句客氣話，便向孫山告辭了。

| 出處 |··

宋・范公偁《過庭錄》：「解名盡處是孫山，賢郎更在孫山外。」

| 例句 |··

郭沫若《初出夔門》：「有的竟怕名落孫山，被送回鄉去沒面目見人。」

目不識丁

釋義 丁，指非常簡單的漢字。形容不識字，沒有文化。

唐代設立節度使，本意在於加強邊防，與此同時，也產生了隱患。朝廷尾大不掉，節度使重兵在握，一旦發難，後果不堪設想。

「安史之亂」以後，節度使遍及全國，他們多為「安史之亂」中歸順朝廷的叛將和平叛時崛起的悍將，軍政大權在握。任用官員、地方財政，都由節度使自主，老子死了，兒子可以繼任，儼然是一方諸侯。朝廷無力征討，往往姑息了事。這種情況，一直延續到唐代滅亡。

唐穆宗時，張弘靖任幽州節度使。那時候，天下太平，官兵們沒有事做，經常飲酒滋事。那些當兵的多為粗魯漢子，提着腦袋到軍隊裏混口飯吃。張弘靖有兩個屬官，一個叫韋雍，一個叫張宗厚，兩個人非常霸道，經常訓斥士兵。有一天，兩人喝醉了酒，正遇上士卒們在吵鬧，兩人罵道：「你們有一身拉得兩石弓的蠻力氣，倒不如去識一個丁字。」這算是甚麼話，分明是在譏笑士卒是粗魯的草包。士卒們敢怒而不敢言，只得恨恨散去。

當時朝廷撥下一筆款項，犒勞軍隊裏的官兵。張弘靖當然雁過拔毛，扣下了一大筆款項。士卒們早已心懷不滿，知道了這件事，便一哄而起，殺死了韋雍和張宗厚，闖入張弘靖的府中，把張弘靖家裏的錢財一搶而空，並且把他關了起來。

要是在從前，這叫做「嘩變」，朝廷一定派兵前來鎮壓，為首的格殺勿論。現在，朝廷沒有力量管這些，最後將張弘靖調走完事。

出處

《舊唐書‧張弘靖傳》:「今天下無事,汝輩挽得兩石力弓,不如識一丁字。」

例句

明‧馮夢龍《警世通言》:「他兩個祖上也曾出仕,都是富厚之家,目不識丁,也頂個讀書的虛名。」

目無全牛

 釋義 眼睛裏看到的不是整頭的牛,而是牛體的各個部分。比喻技藝高超,認識遠遠超出一般人。

古時候,有個名叫丁的廚師,大家叫他「庖丁」。他解牛的技術非常高超,受到大家的一致誇讚。

有一次,文惠君請他去做分解牛的表演。只見他來到殺好的整牛旁,一會兒用手按着牛,一會兒用腳踩着牛,一會兒用膝蓋頂着牛,一會兒用肩扛着牛。他剖解牛的動作又輕捷,又好看,不像是在進行繁重的體力勞動,倒是像在跳姿態優美的舞蹈。解牛時鋒利的刀切割着牛體,發出「嘩嘩嘩」的聲音,這聲音既有節奏,又悅耳,像是演奏動聽的音樂。欣賞庖丁的解牛表演,簡直是一種美好的享受。

庖丁把牛剖解完畢,文惠君不禁大聲讚歎:「太好了!太好了!你的技藝怎麼這樣高超?」

　　庖丁放下屠刀，回答說：「我追求的是自然規律，這就遠遠超過掌握技術了。我開始學解牛的時候，眼睛裏看到的是整頭整頭的牛；三年以後，由於我完全了解牛的身體結構，牠們在我眼裏，只是一部分一部分的牛體，不再是渾然一體的整牛了。我現在解牛，靠的是心領神會，刀順着牛身上的自然肌理插進去，導向骨節間的縫隙。牛的骨節間縫隙雖小，我的刀很薄很薄，插進去游動還是寬大有餘。遇到筋骨盤結的地方，我就特別小心，眼睛集中在一點上，注意力高度集中，『嘩』的一聲解開了，牛肉像泥土一樣落在地上。這時候，我真是心滿意足啊。」

　　文惠君聽了，發出了感歎，說：「聽了你的一席話，我懂得了順應自然的道理。」

　　成語「游刃有餘」也出自這裏，比喻做事熟練，輕鬆利落。

| 出處 | •

《莊子‧養生主》：「始臣之解牛之時，所見無非牛者；三年之後，未嘗見全牛也。」

| 例句 | •

謝覺哉《不惑集‧目無全牛》：「我們稱讚人會辦事，常說他『目無全牛』。」

沐猴而冠

釋義 沐猴：獼猴；冠：戴帽子。像是獼猴戴上帽子。比喻人本質不好，虛有其表。

獼猴戴上帽子，樣子倒有些像人，可是牠畢竟沒有人的智慧。項羽的謀士韓生，說項羽就像是戴了帽子的獼猴。聽聽看，這可不是找死！

公元前207年，劉邦首先攻入秦國首都咸陽。他聽從了張良的建議，封了庫房，關閉宮門，然後把軍隊撤退到霸上（今西安附近）。

接着，項羽也帶着軍隊來到咸陽。他一進城，大開殺戒，直殺得滿街是屍體，血流成河。隨後放了一把火，焚燒秦宮，大火燒了幾個月都沒有熄滅。當時，項羽的軍隊最多，力量最強大，他這麼做，誰也不敢說些甚麼。

項羽不想當統一中國的皇帝，只要做諸侯霸主。他自封為西楚霸王，做各國諸侯的首領；另外分封了十八個諸侯，要他們聽從自己的指揮。他搜刮了許多金銀財寶，擄掠了一批年輕婦女，準備回到自己的老家楚地。

項羽的謀士韓生對他說：「關東一帶地勢險要，東有函谷關，南有武關，西有烏關，北有黃河，憑藉險要便可牢牢守住，不能輕易放棄。再說，這裏土地肥沃，物產豐富，要想成就霸業，在這裏建立首都最為合適。」

項羽看看咸陽，已經被破壞得不成樣子；再看看秦王宮殿，已被燒得殘破不堪；再說，自己也想念故鄉，於是對韓生說：「富貴起來不回家鄉，就像夜裏穿着華麗的衣服在外面行走，沒有人能看見。」

韓生聽了項羽的話，對他很看不起，於是背後對人說：「過去聽別人說，楚人就像戴了帽子的猴子，現在看來一點兒也沒錯。」

這話傳到項羽耳朵裏，項羽怒不可遏：甚麼，我像猴子？你是甚麼東西！項羽立即下令，把韓生扔到油鍋裏活活炸死了。

| 出處 |
《史記・項羽本紀》：「人言楚人『沐猴而冠』耳，果然。」

| 例句 |
張愛玲《道路以目》：「上海西裝店的模特兒也不見佳，貴重的呢帽下永遠是那笑嘻嘻的似人非人的臉，那是對人類的一種侮辱，比『沐猴而冠』更為嚴重的嘲諷。」

南柯一夢

釋義 柯：樹枝。在南面樹枝上的一場夢。比喻夢境。也比喻遭遇如同夢境一般，結果是一場空歡喜。

從前，有個人叫淳于棼，為人豪爽，喜歡喝酒。他家院子外面南牆下有棵古槐樹，枝葉長得非常茂盛，淳于棼經常和朋友們在古槐樹下喝酒、談天。有一天，他酒喝得太多，醉得不成樣子，兩個朋友扶着他去睡覺。

兩個朋友扶他上了牀，對他說：「我們去餵餵馬，洗洗腳，等你稍稍好些了我們再回去。」

淳于棼躺在牀上，昏昏沉沉，好像在做夢。忽然，來了兩個穿着紫衣的使者，朝他跪下，恭恭敬敬地說：「我們國王派小的們來接你。」他跳下牀，撣撣衣服，正一正帽子，跟着使者上了馬車。馬車駛出大門，向南牆下古槐樹的空洞裏駛去。進了洞穴以後，看到一座大城，城門上寫着「大槐安國」四個大字。

國王見了他，非常高興，說：「你不嫌棄我們國家小，願意到我國來，這是我們極大的榮幸。要是你同意，我就把第二個女兒嫁給你。」

淳于棼喜出望外，連連點頭表示同意。淳于棼娶了公主，整天喝酒、玩樂，日子過得挺快。有一天，公主對他說：「男子漢應該有所作為，你還是弄個官做做吧。」淳于棼不願意做官，但又拗不過公主，只好答應。正巧，國王要派個人去做南郡太守，就讓他帶着妻子前去上任。他在南郡做了二十年太守，做出很大成績，老百姓都很愛戴他。公主給她生了五個女兒，兩個兒子，家庭生活非常美滿。後來國王又提拔他做宰相，享盡了榮華富貴。

天有不測風雲，公主突然生病死去，淳于棼非常傷心。將公主安葬以後，國王要他回去看看，還是由接他來的兩個使者送他回去。

淳于棼一覺醒來，太陽還沒有落山，他的兩個朋友正在洗腳，這才知道幾十年的榮華富貴只不過是一場夢。

後來，他到大槐樹下看了看，發現大槐安國就是古槐樹下的大螞蟻洞，南郡就是槐樹最南面的一根樹枝。

| 出處 |
唐·李公佐《南柯太守傳》。

| 例句 |
元·施耐庵《水滸傳》第四十二回：「二青衣望下一推，宋江大叫一聲，卻撞在神廚內，覺來乃是南柯一夢。」

南轅北轍

釋義

> 轅：車前駕牲口的橫木；轍：車輪駛過留下的印子。車要往南去，卻往北邊行駛。比喻背道而馳，行動和目的相反。

戰國時，魏國大臣季梁在奉命前往鄰國的旅途中，聽到魏王準備領兵攻打趙國的消息，就急急忙忙趕了回來，匆匆忙忙去見魏王。

魏王見到他，有點兒奇怪，說：「你不是走得很遠了嗎，怎麼又回來了？看你這副慌裏慌張的樣子，是不是有甚麼急事？」

季梁說：「我在路上遇見了一件怪事。」

魏王忙道：「遇到了甚麼事？說給我聽聽。」

季梁看了看魏王，說：「我遇上一個人，他要到南邊的楚國去，卻讓車夫駕着車往北跑。我感到很奇怪，問他：『楚國在南邊，應當讓車子往南邊行駛才對，怎麼拉着車子往北邊跑？』他笑笑說：『我的馬好，拉車跑得快。』我對他說：『你的馬跑得再快也沒有用，這樣到不了楚國。』誰知他不以為然地說：『我帶的路費多着呢，還怕到不了楚國嗎？』我越聽越不對，就繼續提醒他：『錢再多也沒有用，你的方向跑反了。』可他就是不肯聽我的勸告，不耐煩地說：『我的車夫駕車技術高，甚麼地方都能到。』說完，就再不理我，一揮手，車夫就駕着車子跑了。想想看，他說的這些條件越是好，離開楚國就越遠，大王，您說是不是呀？」

魏王點了點頭。

季梁繼續說：「大王常說要成為諸侯各國的盟主，要做盟主，就要得到各國君王的擁護。可是大王只是依仗自己兵精糧足，攻打別的國家，擴大自己的領土，這樣能夠得到各國君主的擁護嗎？這不是跟

想到南方楚國去，卻駕着車往北跑的人一樣嗎？」

聽了季梁的話，魏王想通了其中的道理，放棄了攻打趙國的計劃。

| 出處 | ·

《戰國策·魏策四》：「猶至楚而此行也。」

| 例句 | ·

清·楊潮觀《吟風閣雜劇·華表柱延陵掛劍》：「這四位名賢，與下官解帶寫誠，都如舊識，所恨南轅北轍，天各一方，從此回首中原，端的離多會少。」

囊螢映雪

釋義　用口袋裝着螢火蟲，利用雪的反光夜讀。形容家境貧寒而刻苦讀書。

晉代車胤的曾祖車浚在三國時曾任東吳的會稽太守，因為當地遭受饑荒，請求朝廷賑濟百姓，被昏庸的吳國國君孫皓處死。從此以後，家境敗落。

車胤自小志向遠大，勤學苦讀，由於家裏買不起燈油，每到夏日，便捉來幾十隻螢火蟲放在布袋中，天黑以後，藉着螢火蟲的微弱光亮繼續讀書。太守王胡之曾經對他的父親車育說：「這孩子如此努力，必成大器，日後光大門楣，必定是這個孩子。」

　　大將軍桓溫早就聽人說起過車胤，又因為車胤是車浚的曾孫，便舉薦車胤擔任官職。由於車胤為官清廉，政績卓著，官至禮部尚書。他曾兩次被朝廷封爵，去世後被追封為忠烈王。

　　晉代的孫康，生活的年代略晚於車胤，是祕書監孫盛的曾孫，長沙太守孫放的孫子。到了他這一代，家境已十分貧困。

　　孫康自幼喜歡讀書，年紀稍長更加勤奮。夏日不怕蚊蟲叮咬，用口袋裝着螢火蟲照明來讀書；冬夜不畏嚴寒，在雪地上映着雪光苦讀。經過長年累月刻苦學習，終於成為大學者。後來被朝廷徵召為官，官至御史大夫。

　　這個成語既可以分別說成「囊螢照讀」、「映雪讀書」，也可以合用，說成「囊螢映雪」，比喻的意思相同。

| 出處 |...

《晉書·車胤傳》：「胤恭勤不倦，博學多通。家貧，不常得油，夏月，則練囊盛數十螢火以照書，以夜繼日焉。」南朝·梁·任昉《為蕭揚州薦士表》：「至乃集螢映雪，編蒲緝柳。」李善注引《孫氏世錄》：「晉孫康家貧，常映雪讀書，清介，交遊不雜。」

| 例句 |...

玉荊《勿忘文化》：「哪怕家徒四壁、身無長物，仍可囊螢映雪、負薪掛角。」

嘔心瀝血

釋義 嘔：吐；瀝：一點一點往下滴。嘔出了心，滴出的是血。
比喻窮思苦索，費盡心血。

　　唐代詩人李賀，是唐宗室的沒落後裔。雖說是皇上的遠房親戚，
卻沒有沾上皇家的光，反倒因為父親的名字，惹出意想不到的麻煩。
他的父親叫李晉肅，偏偏「晉肅」與「進士」諧音（古音諧音），就是
這個原因，李賀不能參加科舉考試。試想，他要是考中了進士，豈不
是犯了父親的名諱？

　　李賀自幼便能吟詩作文，十幾歲的小小年紀，便已名揚文壇。李
賀寫詩與別人不同，不是先擬題，然後寫詩，而是先挖掘素材，然後
作詩。

　　他每次外出，總是騎着一匹瘦馬，帶着一名小童，背着一個古舊
錦囊，一邊行走，一邊思索，吟得佳句，立即用紙記下，投入錦囊
中。每天傍晚回家後，母親將錦囊裏的紙卷倒出來察看，如果見他寫
得多，就心疼地說：「你這個孩子，難道要把心血都吐出來才肯罷休
啊！」說完便點亮燈，把飯菜端到几案上。李賀吃完飯，便把一天寫
下的詩句整理好，投入另外一個錦囊之中。

　　可能是他寫詩過於費心，二十七歲便離開了人世。他的詩具有獨
特藝術風格，在百花齊放的唐代詩壇綻放異彩。

│出處│· ·
唐‧李商隱《李賀小傳》：「是兒要當嘔出心乃已爾。」

| 例句 | ●●●

明·徐光啟《新法算書》第三卷:「監局官生數年嘔心瀝血,幾於穎禿膚焦,功應首敍。」

拋磚引玉

釋義

拋出磚,引得玉。比喻自己先發表粗淺的不成熟的意見或文章,引出別人的高見或佳作。

佛門有個著名的偈子,叫「吃茶去」,出自唐代著名高僧從諗禪師。有一次,從諗禪師問一位新到的僧人:「你曾到這裏沒有?」來人答道:「我曾來過。」從諗禪師對他說:「吃茶去。」又向另一位新來的僧人問這個問題,僧人答道:「我沒有來過。」從諗禪師對他說:「吃茶去。」院主對此疑惑不解,問從諗禪師:「為甚麼來過的和尚、沒有來過的和尚都要去吃茶?」從諗禪師叫了一聲:「院主。」院主應聲答應,從諗禪師說:「吃茶去。」

佛教禪宗講究「頓悟」,認為無論何時、何地、何物都蘊藏着真諦。從諗禪師以「吃茶去」作為悟道的機鋒語,對話者能不能覺悟,全靠他們自己的靈性。

禪宗還講究「入定」,修煉者必須凝心靜坐,全神貫注,不可為外界所擾,進入忘我境界。一天晚上,和尚們在一起打坐參悟,從諗禪師為了考驗眾僧,說道:「今夜給你們解答問題,有需要解悟的走

出來。」眾僧盤膝而坐，不為所動，忽然有個小和尚走了過來，向從諗禪師合十作禮。從諗禪師說：「剛才我拋磚引玉，竟然引來一塊土坏！」從諗禪師的這句話，是責備小和尚定力不足，參禪時很容易受到外界的誘惑。

後世引用這個詞語，詞義有所變化，指自己先說出不成熟的意見，引出別人的高見。

| 出處 |・・・・・・・・・・・・・・・・・・・・・・・・・・・・・・・

宋・釋道元《景德傳燈錄・趙州東院從諗禪師》：「大眾晚參，師云：『今夜答話去也，有解問者出來。』時有一僧便出，禮拜，諗曰：『比來拋磚引玉，卻引得個墼子。』」

| 例句 |・・・・・・・・・・・・・・・・・・・・・・・・・・・・・・・

傅抱石《〈鄭板橋文集〉前言》：「倉猝寫了這些，既不完整，也極粗糙，姑為拋磚引玉。」

鵬程萬里

 釋義　大鵬展翅，直上萬里高空。比喻前程遠大。

比喻人奮發有為、前途無量，常用「鯤鵬展翅」這個成語。那麼，鯤是甚麼，鵬是甚麼？鯤就是鵬，鵬就是鯤，在大海裏游是鯤，在天空中飛就是鵬。

傳說在遙遠的北海有一種大魚，牠的名字叫鯤。鯤的身體太大了，不知道有幾千里。有的時候牠能變成鳥，鳥的名字叫鵬，大鵬的背實在太大了，不知道有幾千里。牠展翅奮飛的時候，翅膀就像是遮蓋在天上的雲，乘大海上強勁的風，飛往遙遠的南海。

大鵬起飛的時候，激起的水花高達三千里，翅膀拍打着旋風，直上九萬里的高空。牠這麼一飛，要六個月以後才能停下來。大鵬能飛得這麼高，是因為風力大，到達九萬里的高空以後，旋風就在牠的身下，只有這樣，牠才能背負着藍天飛往南海。這倒也是，要是風力太小，托不住牠的身子，豈不要從天上掉下來？

知了和斑鳩對大鵬的行為很不理解，譏笑牠說：「看看我們多快樂呀，甚麼時候想飛，就一下子飛起來，遇到榆樹、枋樹就落在上面休息休息。有時候即便飛不到，那也沒有甚麼關係，落在地上就是了，何必飛上九萬里的高空，飛往遙不可及的南海！」

咳，這兩隻小動物眼界太狹小了，牠們又能懂得甚麼呢！

| 出處 | ●

《莊子·逍遙遊》：「鵬之徙於南冥也，水擊三千里，摶扶搖而上者九萬里。」

| 例句 | ●

齊萱婭《默默的心願》：「現在，我默默地祝願他：鵬程萬里。」

破釜沉舟

釜：鍋。砸掉飯鍋，沉掉渡船。比喻下定決心，一拼到底。

　　秦朝末年，爆發了我國歷史上第一次全國規模的農民起義。各地的英雄豪傑也乘機而起，加入到推翻秦王朝統治的隊伍中來。

　　公元前208年，項羽和劉邦的隊伍在薛地會合，共同推舉楚懷王的孫子為楚王。原來被秦消滅掉的諸侯國，也乘機恢復起來，與楚結成反秦同盟。

　　秦二世胡亥派出軍隊進行鎮壓。秦將章邯率領大軍擊敗楚國軍隊，殺死項羽的叔叔項梁，隨後渡過黃河，圍攻趙國巨鹿（今河北巨鹿），趙國危在旦夕。

　　趙王急忙向楚王求救，楚王以宋義為主將，項羽為副將，領兵前往援救趙國。宋義率領大軍到了安陽，被秦軍的氣勢嚇倒，逗留了四十多天不敢前進。項羽非常着急，多次勸說宋義趕快前往巨鹿，宋義卻說：「先讓秦軍、趙軍相鬥，等到兩敗俱傷時我們從中獲利。」並且下令：「倔強不聽指揮的，一律斬首。」

　　這話是說給項羽聽的，警告項羽不要不服從指揮，不然的話就要砍了他的頭。項羽忍無可忍，殺死宋義，奪取了兵權，領兵直奔巨鹿。他以黥布為先鋒，率領兩萬人馬渡過漳水與秦軍作戰，因秦軍力量強大，取得的戰果不大。在趙國的急切請求下，項羽決定帶領全軍人馬渡過漳水，和秦軍決一死戰。

　　渡過漳水以後，項羽下令沉掉所有的渡船，砸破所有的飯鍋，只帶三天乾糧，向全體官兵表示：只能向前殺敗敵人，不能向後撤退，

否則的話，只有死路一條。官兵們情緒激昂，互相勉勵，決心奮勇殺敵。

秦軍人馬雖多，但抵擋不住拚死作戰的楚軍，經過多次激烈戰鬥，楚軍把秦軍打得大敗，項羽又指揮部隊乘勝追擊，終於殲滅了秦軍的主力。

|出處| •
《史記·項羽本紀》：「項羽乃悉引兵渡河，皆沉船，破釜甑，燒廬舍，持三日糧，以示士卒必死，無一還心。」

|例句| •
趙愷《歷史從我們肩頭走過——1991年江蘇抗洪特寫》：「北有長江，南有太湖，古老的運河又穿城而過，無錫只有破釜沉舟，『面』水一戰了。」

七步之才

釋義 在七步之內吟就一首詩的才華。形容才思敏捷。也作「七步成詩」。

曹丕、曹植雖然是親兄弟，可是兩人水火不相容。尤其是哥哥曹丕，要將弟弟曹植置於死地而後快。兩人之間的矛盾，還得從頭說起。

曹植自幼聰慧，深得父親曹操的歡心。曹植十幾歲的時候，便能寫得一手好文章，曹操看了有點兒懷疑，問道：「這些文字是你自己

寫的呢，還是請人代筆？」曹植說道：「孩兒下筆成章，何必請人代
勞！父親不信，可以當面一試。」曹操出了題目讓他當面寫來，寫好
之後拿過來一看，果然字字珠璣。從此以後，曹操對他寵愛有加，
甚至想立他為世子，讓他繼承自己的事業。他把這個想法跟謀士們
一說，許多謀士表示反對，認為這樣做一來有違「立長不立幼」的成
法，二來曹植生性隨便，行事不穩，不堪承擔重任。

　　沒有不透風的牆，曹丕很快知道了這件事。他對弟弟曹植恨之
入骨，可是又無可奈何。擁戴曹丕的謀士一再在曹操面前說曹丕的好
話，曹操有些心動；曹植自己也不爭氣，幾次違反禁令，遭到曹操的
處罰。曹操最終下了決心，立曹丕為世子。

　　公元 220 年，曹操病逝，曹丕繼位為漢相。就在同一年，曹丕迫
不及待地玩起了「禪讓」的把戲，逼迫漢獻帝退位，自己登上皇帝寶
座，建立了魏王朝。

　　曹丕稱帝後，對過去的事耿耿於懷，一心要殺掉曹植。他藉口曹
植在父喪期間行為不檢點，把他拿下治罪。這個罪名可不輕，要是罪
名成立，曹植就要被處死。

　　審問曹植的時候，曹丕氣勢洶洶地說：「你恃才傲物，蔑視禮
法，膽子不小。父親在世的時候，常常誇獎你，說你詩文寫得好。哼
哼，這些詩文是不是你自己寫的，我一直心存疑惑。現在我倒要考考
你，看你是不是欺世盜名，限你在七步之內寫成一首詩，寫不成就殺
了你。」

　　曹植應了一聲，含着眼淚往前走，他一邊走，一邊吟詠詩句：
「煮豆持作羹，漉豉以為汁；萁在釜下燃，豆在釜中泣；本自同根
生，相煎何太急！」一首新詩吟完，正好只走了七步。

　　曹丕聽了曹植吟的詩，也覺得自己對弟弟下手太急太狠，未免有
些慚愧。他略略一頓，下令免去對曹植的處罰。

|出處| •

南朝・宋・劉義慶《世說新語・文學》：「文帝嘗令東阿王七步中作詩，不成者行大法。應聲便為詩曰：『煮豆持作羹，漉豉以為汁；萁在釜下燃，豆在釜中泣；本自同根生，相煎何太急！』帝深有慚色。」

|例句| •

唐浩明《曾國藩》第一部第七章：「別人都說郭大有七步之才。你沒有舊作，吟一首新詩也好嘛！」

其貌不揚

釋義　揚：顯揚，好看。外貌不好看。

　　皮日休是晚唐的著名詩人。當時，他經常與另外一名著名詩人陸龜蒙唱和，被人們稱為「皮陸」。他出身於貧苦家庭，生活在民不聊生的晚唐，許多詩作反映了老百姓的貧苦生活。他的詩成就很高，被魯迅譽為「一塌糊塗的泥塘裏的光輝的鋒芒」。

　　皮日休相貌醜陋，並且瞎了一隻眼，他性情傲慢，尤其不肯阿附權貴。有一年，他去京城趕考，寫出的文章令人擊節稱賞。主考官鄭愚有心結識年輕才俊，發榜前派人去叫皮日休前去會面。鄭愚本以為皮日休是個風流倜儻的才子，沒想到見到的卻是位醜陋不堪的粗漢。鄭愚大失所望，有心戲弄他，說：「你的才學很好，怎麼只有一個『日』（一隻眼睛）啊。」皮日休隨口答道：「大人不能因為我一個日，

廢了你的兩個『日』（昌）啊。」對主考大人竟敢如此出言不遜，當然不會有好結果，發榜的時候，皮日休名列最後。

黃巢起義時，皮日休被起義軍逮住。黃巢在長安稱帝，皮日休擔任翰林學士。依附「叛逆」，就是失去了「大節」，因為這個原因，新、舊《唐書》都沒有為他立傳。皮日休的結局如何，稗官野史的說法有好多種，究竟如何，後人沒有辦法弄清。

| 出處 | •
唐・裴度《自題寫真贊》：「爾才不長，爾貌不揚，胡為將，胡為相？」

| 例句 | •
宋禮庭《我在北極光下》：「這時只在原先出現『序曲』極光的地方，還有一段其貌不揚的極光在唱着尾聲。」

奇貨可居

釋義　居：囤積。指囤積貨物，等市場緊缺時高價出售。也比喻挾持某一專長或某一事物為資本，以謀暴利。

異人是秦昭王的孫子，太子安國君的兒子。太子有二十多個兒子，異人既不是長子，又不受寵愛，當年趙國要人質，這個倒霉的差事便落到了異人頭上。

那時候，秦國常常攻打別的國家，這個王孫自然得不到好好招待，異人的生活非常清苦，有時候甚至缺吃少穿。

　　呂不韋是大商人，知道了異人的情況，就在他身上打起了主意，準備做一椿大買賣。

　　為了說服自己的父親，呂不韋故意問道：「種田能獲多少利？」他的父親答道：「有十倍。」呂不韋接着問：「販賣珠寶呢？」他父親想了想說：「販賣珠寶本錢大，獲利也大，能有百倍之利。」呂不韋又問：「擁立一位國君能獲多少利？」他父親大吃一驚，定了定神說：「擁立一位國君，獲得的利益那就沒法計算了。」呂不韋把自己打算擁立異人為國君的想法說給父親聽，並且說：「異人就像一件珍奇的寶貝，我們花錢把他囤積起來，能夠獲取大利。」

　　呂不韋變賣了家產，拿很多錢給異人，讓他廣交朋友。他又跑到秦國，花了很多錢討好安國君寵愛的妃子華陽夫人。華陽夫人沒有兒子，呂不韋就說服華陽夫人把異人收為自己的兒子，改名叫子楚。

　　呂不韋辦好這件事，滿心歡喜。他又跑回趙國四處活動，終於幫助異人從趙國逃回秦國。異人回到秦國不久，秦昭王就死了。安國君即位做秦王，把華陽夫人收養的兒子子楚（異人）立為太子。安國君沒做幾天國君就死了，子楚即位做秦王，他就是秦莊襄王。

　　子楚做了國君，不忘華陽夫人、呂不韋的恩情，尊華陽夫人為太后，讓呂不韋當了丞相，隨後又封他為文信侯，一次就賞他十二個縣的封地。呂不韋以後獲利更多，簡直算也算不清。

| 出處 | ●

《史記・呂不韋列傳》：「呂不韋賈邯鄲，見而憐之，曰：『此奇貨可居。』」

| 例句 | ●

姚雪垠《李自成》第一卷第二十五章：「可是他們把票子（人質）當做奇貨可居，非要足了錢不肯放回。」

騎虎難下

釋義 騎在老虎背上下不來。比喻事到中途遇到困難，沒法停下，陷於左右兩難境地。

東晉王朝平定了王敦叛亂之後，有過一段時間的安寧。天有不測風雲，二十七歲的晉明帝突然病故，年僅五歲的晉成帝司馬衍繼位，從此以後，國家又陷入了一片混亂。

公元327年，蘇峻、祖約反叛朝廷。叛軍勢不可擋，官軍節節敗退，沒過多久，叛軍就攻進了京都建康（今江蘇南京）。蘇峻放縱官兵燒殺擄掠，姦淫婦女，百姓一下子就陷於水火之中；叛軍放火焚燒官署，大大小小的衙門全部化為焦土，連宮內的二十萬匹布帛，五千斤金銀，也被叛軍搶劫一空。京城內一片混亂，哀號聲驚天動地。

丞相王導聞知叛軍入城，飛馬馳入宮內，扶起嚇壞了的小皇帝，登上太極前殿，與光祿大夫陸曄、荀崧共登龍牀，護衛幼主。蘇峻闖入宮廷，被王導的威嚴震懾。他不敢在王導面前放肆，只得給皇上跪下。王導對他安撫一番，蘇峻隨即離開了皇宮。

蘇峻攻下建康，晉成帝的舅舅庾亮逃至尋陽（今安徽黃梅），他想以溫嶠為盟主，起兵討伐叛軍。溫嶠深知陶侃對朝廷忠心耿耿，說：「陶侃為荊州刺史，都督數州軍事，若是推舉他為盟主，何愁不能平定叛軍！」

過去，陶侃與庾亮有隙，經過溫嶠耐心勸說，陶侃同意起兵平叛。當時叛軍力量強大，官軍兵少糧缺，初戰接連失利。陶侃心中焦急，打算暫且收兵。溫嶠對陶侃說：「現在的局勢，沒有一點兒迴旋餘地，就像騎在老虎背上一樣，沒有辦法下來。只有勇猛向前，才是

唯一出路。」

陶侃接受了溫嶠的意見，激勵將士奮勇殺敵。官軍克服了各種困難，很快平定了叛亂。

這個成語原作「騎獸難下」。《晉書》是唐人撰寫，唐人避諱，將「虎」作「獸」。後世皆作「騎虎難下」，不作「騎獸難下」。

|出處|

《晉書・溫嶠傳》：「今之事勢，義無旋踵，騎猛獸安可中下哉。」

|例句|

茅盾《子夜》第十章：「本月三日拋出的一百萬公債，都成了騎虎難下之勢，我們只有硬着頭皮幹到哪裏是哪裏了！」

千變萬化

 釋義 形容變化極其多。

周穆王的時候，西域有個幻術大師來到中原。這個大師的本領非同一般，能赴湯蹈火，穿越金石，移山倒海，搬動城池。有一次，他略施小技給周穆王表演了一下，只見他把身子一晃，一下子就升上天空；他在空中飛行，沒有甚麼東西能夠阻擋他；大師在空中飛來飛去，變換着各種姿勢，千變萬化，沒有窮盡。

周穆王對他敬如神明，讓他住最好的房子，給他吃最好的食物，派最漂亮的美女去侍候他，可是這位幻術師卻說宮室簡陋不能居住，

食物腥臭不能入口，美女醜陋不能親近。

　　周穆王傳下命令，立即給他改建新居。新居高達千仞，直插雲霄，雕樑畫棟，裝飾豪華。新居落成以後，周穆王興沖沖地帶着大師前往，登上樓頂俯身一看，腳下便是終南山的山頂。周穆王非常滿意，給這座建築起了個名字叫做「中天之台」。這哪是人間居室，簡直就是神仙之居！周穆王讓大師住進去，給他吃祭祖的美食，派美女侍候大師。可是，大師還是不滿意。

　　有一天，大師對周穆王說：「人間的景色沒有甚麼好看的，我帶你去開開眼界。」他讓周穆王拉着自己的袖子，兩人立時飛上了天空。到了一座宮殿，兩人飄落下來。這座宮殿浮在空中，四周彩雲飄浮。周穆王感到奇怪：下面沒有柱子支撐，怎麼不掉下去？仔細打量這座宮殿，它全是用金銀建造，用珠寶裝飾，金碧輝煌，雄偉壯麗，跟「中天之台」相比，「中天之台」簡直就是一堆土，怪不得大師不滿意。大師拍拍手，一羣仙女走了出來，給他們表演歌舞。不一會兒送來了食物，周穆王一嚐，鮮美無比，自己過去吃的與此相比，簡直就是糟糠。周穆王暗暗想道，要是讓自己在這裏一直住下去，再也不會惦念人間。

　　飯後，大師帶着周穆王繼續遊覽，哪知所到之處上不見日月，下不見河海，只有一束強光照着前方；四周傳出淒厲嘈雜的聲響，周穆王聽了渾身直打哆嗦。他失魂落魄，心意迷亂，請求大師送他回去。大師「哼」了一聲，使勁將他一推，周穆王身體直往下墜，一下子落到了他經常坐的坐具上。

| 出處 | •

《列子‧周穆王》：「乘虛不墜，觸實不硋；千變萬化，不可窮極。」

千金買骨

 釋義　花費千金購買死掉的千里馬的屍骨。比喻渴望得到人才。

戰國時,燕國發生內亂,齊國乘機發動進攻,把燕國軍隊打得大敗,奪取了燕國的大片土地。

燕昭王繼承王位以後,決心招納賢才,振興國家。有一天,他親自登門拜訪郭隗,向他請教招納人才的辦法。郭隗沒有直接向燕昭王說出自己的意見,先給燕昭王講了個故事。

從前有個國王,想用千金買一匹千里馬,過了好幾年,始終沒有買到。國王因為這件事,常常悶悶不樂。他的一個臣子為了完成國王的心願,自告奮勇要求擔當這一個任務,國王讓他帶上千金,去尋找、購買千里馬。

那個臣子到處打聽,費了三個月的工夫,終於聽說某地有一匹千里馬。等他興沖沖地趕到時,可巧那匹千里馬已經死去。他花了五百斤黃金買下那匹馬的頭骨,趕回京城向國王報告。

國王一聽大發雷霆,說:「我要買的是活馬,不是死馬,你說說,死馬買回來有甚麼用?何況還白白地浪費了五百斤黃金。」

那位臣子不慌不忙向國王解釋道：「買這匹死馬都花了五百金，不要說活馬了。這個消息很快就傳出去，天下人都知道大王願意出大價錢購買千里馬，真有千里馬的人聽到這個消息，一定會自動把千里馬送上門來。」

國王聽了他的話，覺得有些道理，氣也慢慢地消了。果然，不到一年的工夫，國王就得到三匹千里馬。

講完故事，郭隗接着說：「要是大王真想招納賢才，就以先任用我開始。像我這樣的人都被重用，比我有才能的人一定會自己跑到大王這裏來。」

燕昭王果真重用了郭隗，給他造官府，並且拜他做老師。各國的有才之士聽說了這件事，紛紛跑到燕國來做官。燕昭王依靠這些賢才，發奮圖強，勵精圖治，終於實現了自己的願望：打敗了齊國，收復了失地，振興了國家。

後人因「五百金」說起來不大順口，再則「千金」是人們的用詞習慣，便改成「千金買骨」。

| 出處 |

《戰國策・燕策一》。

| 例句 |

燕谷老人《續孽海花》第四十三回：「時局如此，依然敷衍閉塞，不思千金買骨，恐怕以後國事很危險吧。」

前倨後恭

釋義 倨：傲慢；恭：恭敬。原先傲慢，後來恭敬。

　　戰國時的蘇秦，因為想做官，跑到秦國勸說秦王採用連橫政策，將其他六國各個擊破。這時候秦國剛剛殺了商鞅，討厭滿嘴議論國家大事的書生，加上秦國還不夠強大，不具備吞併其他六國的條件，所以，儘管蘇秦說得天花亂墜，秦王只當耳邊風，根本不去理睬。

　　蘇秦在秦國待了很久，貂皮袍子穿破了，帶去的錢也花光了，在秦國再也待不下去，只得灰溜溜地回河南洛陽老家。

　　蘇秦到家時，臉色又黑又黃，腿上裹着破布片，腳上穿着爛草鞋，肩上挑着行李卷，一副狼狽相。他的妻子坐在織機上織布，看也不看他一眼；他讓嫂嫂弄點吃的，嫂嫂睬也不睬；連父母都恨這個不爭氣的兒子，也不跟他說話。蘇秦心裏很難過，暗暗下定決心，一定要爭口氣，混出個模樣給大家看看。

　　從這個時候起，蘇秦關起門來認真讀書，晚上打瞌睡時，就用錐子刺自己的大腿，讓疼痛趕走睡意。

　　一年之後，蘇秦認為自己學成了，跑到趙國勸說趙王，聯合其他國家抵抗秦國。趙王接受了他的建議。接着，他又說服燕、齊、韓、魏、楚五國國君，聯合起來對付秦國。蘇秦兼任六國國相，擔任了「約縱長」，好不神氣！

　　有一次，蘇秦前往趙國路過洛陽。他的身後有一百多輛車子跟隨，車上裝滿了金銀財寶，真是又威風，又闊氣。

　　他的父母聽到消息，連忙拄着拐杖，到三十里外等候；他的老婆見他來了，站在一旁不敢看他的眼睛；他的嫂嫂跪在地上，請求他饒

恕自己的過失。

　　蘇秦見到嫂嫂這般模樣，得意地問：「你為甚麼以前那般傲慢，現在如此謙恭？」嫂嫂趴在地上回答道：「因為你現在地位很高，又有很多錢財。」

　　蘇秦歎了口氣說：「哎，當我貧困時，父母都不拿我當兒子；現在我富貴了，連親人都害怕我，難怪人們要看重權力和錢財了。」

| 出處 |••••••••••••••••••••••••••••••••••••••

《戰國策・秦策一》：「蘇秦曰：『嫂何前倨而後卑也？』」

| 例句 |••••••••••••••••••••••••••••••••••••••

明・吳承恩《西遊記》第五十一回：「旁有葛仙翁笑道：『猴子是何前倨後恭？』」

黔驢技窮

釋義　黔：今貴州一帶；窮：盡。黔地驢子的那一點兒技能都用盡了。比喻很少的一點兒本領已經全部用完。

　　貴州一帶沒有驢子，有個人喜歡多事，運了一頭到貴州。很多人沒有見過驢子，把牠當作稀奇的東西。

　　驢子運到了那裏，既不能耕田，又拉不了車，甚麼用也沒有，只好把牠放在山下。老虎看到了驢子，嚇了一跳。好傢伙，這麼大的身軀，這麼長的臉，怪怕人的。老虎遠遠地躲在樹林裏，偷偷地看着

牠，心裏暗暗想道：這是甚麼怪物呀，怎麼從來沒見過？莫非是天上派來的神，管理我們百獸的？

有一天，驢子發出一聲鳴叫，老虎大吃一驚，以為牠要吃自己了，連忙逃得遠遠的。過了一會兒覺得沒事，又悄悄地回來。老虎在前面看看牠，又轉到背後去看看牠，覺得牠也沒有甚麼特別的能耐。

驢子又叫了一聲，老虎轉身就跑，聽聽後面沒有追趕的聲音，牠又停下了。慢慢地，老虎聽慣了驢子的鳴叫聲，又靠近些在牠前後試探，可是不知道驢子有多大的本領，不敢撲上去咬牠。

老虎漸漸地靠得更近了，膽子也越來越大，有時還故意去碰碰驢子，看看牠究竟能把自己怎麼樣。驢子非常惱火，用蹄子踢了老虎一下。老虎高興起來，暗暗思量：「哎呀，牠就這麼點兒本事啊！」牠大吼一聲，猛撲上去，咬斷驢子的喉嚨，把驢子的肉吃光，心滿意足地離開了。

以後從這個寓言故事產生兩個成語，「黔驢之技」和「黔驢技窮」。「黔驢之技」比喻很小的一點兒本領，跟「黔驢技窮」的比喻義略有不同。

| 出處 |

唐·柳宗元《三戒·黔之驢》：「黔無驢，有好事者船載以入，至則無可用，放之山下。虎見之，龐然大物也，以為神，蔽林間窺之。稍出近之，憖憖然，莫相知。他日，驢一鳴，虎大駭，遠遁，以為且噬己也，甚恐。然往來視之，覺無異能者，益習其聲；又近出前後，終不敢搏。稍近，益狎，蕩倚衝冒。驢不勝怒，蹄之。虎因喜，計之曰：『技止此耳！』因跳踉大㘎，斷其喉，盡其肉，乃去。」

| 例句 |

明·畢自嚴《請室課子歌》：「匪朝匪夕躬盡瘁，畏首畏尾力難任。黔驢技窮駑馬殫，倦鳥回首思高林。」

請君入甕

釋義　請你也到甕子裏去接受酷刑。比喻用他整治別人的辦法，整治他自己。

　　來俊臣是唐朝武則天時的大臣，也是歷史上有名的酷吏。他用各種殘酷的刑法逼迫犯人招供，使許多人屈打成招，含冤而死。據說，只要用來俊臣的名字來嚇唬小孩，哭泣着的孩子都不敢再哭。

　　有一天，來俊臣接到武則天的命令，要他逮捕、審訊另一位大臣周興。這可讓來俊臣傷透了腦筋。逮捕他倒也不難，難就難在怎樣審訊他。周興是逼迫犯人招供的老手，手段比他還要厲害。周興常常說：「凡是犯人，審訊時沒有一個不說自己是冤枉的。只要對他用上重刑，把他折磨得死去活來，就不喊冤枉了，老老實實招供。把犯人處死以後，這個案子就算了結。」

　　想要周興招供，不是一件容易事，必須好好動動腦筋才行。他苦苦地思索着，皺緊的眉頭終於舒展了。

　　來俊臣裝作沒事的樣子，請周興來喝酒。兩人一邊喝酒，一邊閒談。談着談着，話題落到了怎樣審訊犯人上。來俊臣皺着眉頭，用請教的口吻問周興：「老兄，我這裏有一個犯人，透着一股霸氣，甚麼刑具都用過了，就是不肯招供。不知老兄有甚麼辦法，能讓這個犯人開口？」

　　周興笑着說：「要他招供嘛，那可容易得很。我來告訴你個好法子：拿來一個大甕子，在甕子周圍架上火，把甕子燒熱以後，讓犯人爬進去，要是不招供，就繼續用火燒，甕子被燒得滾燙，犯人被燙得皮焦肉爛，再頑固的犯人也得招供。」

來俊臣聽了連聲說好，馬上命人抬來個大甕子，在甕子四周架上火。來俊臣對周興說：「宮中有人告你謀反，現在就請你爬到這個甕子裏去吧。」

周興嚇壞了，連忙跪倒在地，不住地說：「我有罪，我招供。」

| 出處 | ••

《資治通鑑‧唐紀‧則天皇后天授二年》：「有內狀推兄，請兄入此甕。」

| 例句 | ••

二月河《雍正皇帝》下第一回：「雖然猜中，你自己說出錯一字罰酒一壇，請君入甕。」

求田問舍

釋義　指購買田地房產。

陳登在漢末曾任廣陵（今江蘇揚州）太守，在任期間，為百姓做了不少好事。可惜他英年早逝，三十九歲就離開了人世。

當年，許汜曾去拜訪他。他鄉遇故知，本是一件快事，可是兩人話不投機，枯坐在一起話沒說上幾句。睡覺的時候，陳登獨自上了大牀呼呼大睡，許汜只好在小牀上睡了一夜。好多年過去了，許汜仍對當年受到陳登的冷遇耿耿於懷。

後來許汜跑到荊州，在劉表手下任職。有一天，劉表在酒席上評論人物，許汜忍不住說道：「陳登這個人只能算是草莽英雄，待人過

於粗暴。」

劉備聽了這話感到很驚訝，問劉表道：「許氾所論對不對？」

劉表是個老滑頭，來了個模棱兩可：「要是說不對，許氾是位名士，所論不會有虛；要是說對，陳登名重天下，口碑一直很好。」

劉備又問許氾：「你認為他待人粗暴，究竟是甚麼原因？」

許氾便把當年的事說了一遍。劉備聽完許氾的話，說：「現在天下大亂，皇上蒙難，有志之士都應當為國效力，你卻忙於買田置屋，跟人說話俗氣未脫，像陳登這樣的人怎能瞧得起你！幸虧你遇上的是陳登，要是遇上了我，我將睡在高樓之上，讓你席地而臥。」

│出處│ •

《三國志·魏書·陳登傳》：「今天下大亂，帝主失所，望君憂國忘家，有救世之意，而君求田問舍，言無可采。」

│例句│ •

明·凌濛初《初刻拍案驚奇》第十八卷：「如今這些貪人，擁着嬌妻美妾，求田問舍，損人肥己。」

曲高和寡

和：跟着別人唱；寡：少。曲調太高深，跟着一起唱的人很少。比喻作品、言論深奧，能理解的人很少。

楚國的宋玉，是屈原的學生，詩文寫得很好，當時也很有名氣。

有一天，楚襄王問宋玉：「現在不少人對你有意見，你是不是有甚麼不對的地方？」

宋玉明白楚王問話的意思，於是轉彎抹角地回答道：「有位歌唱家在我們都城演唱，一開始唱《下里》、《巴人》這些通俗歌曲，有幾千聽眾跟着唱起來，聽完之後齊聲喝采。唱《陽阿》、《薤露》這些歌曲時，跟着唱的只有幾百人了，喝采的人比原先少很多了。唱《陽春》、《白雪》這類高深歌曲時，能跟着唱的只有幾十人，好多原先喝采的人都離開了；到了唱更高深的歌曲時，跟着唱的只有幾個人了。從這裏可以看出，曲調越是高深，能跟着一起唱的人就越是少。」

楚王當然明白他話裏的意思，也就不說甚麼了。

| 出處 | ••

宋玉《對楚王問》：「客有歌於郢中者，其始曰《下里》、《巴人》，國中屬而和者數千人。其為《陽阿》、《薤露》，國中屬而和者數百人。其為《陽春》、《白雪》，國中屬而和者不過數十人。引商刻羽，雜以流徵，國中屬而和者不過數人而已。是其曲彌高，其和彌寡。」

| 例句 | ••

漢·阮瑀《箏賦》：「曲高和寡，妙妓雖工，伯牙能琴，于茲為朦。」

人面獸心

釋義 　　面目是人，心地卻像野獸一樣兇狠。比喻人兇殘卑劣。

　　春秋時期，有個人叫楊朱。有一天，他帶着學生從宋國經過，在一家旅店投宿。

　　旅店主人有兩個老婆，一個長得很漂亮，一個長得很醜陋。說來奇怪，長得醜的那個吩咐甚麼，長得漂亮的那個就做甚麼，看那個樣子，醜婆娘在家裏的地位高，漂亮媳婦在家裏的地位低。

　　楊朱對此有些不解，就問店主這是甚麼原因。店主說：「長的漂亮的白以為長得漂亮，我不知道她漂亮在哪裏；長的醜陋的自以為長得醜陋，我不知道她醜在何處。」

　　楊朱深受啟發，對學生們說：「大家記住了，一個人做了好事，拋棄了自以為做了好事的想法，這樣的人到甚麼地方不被人愛戴呢？」

　　《列子》的作者列禦寇接着說了一番大道理：身高七尺，手腳分工，頭上長着頭髮，嘴裏長着牙齒，直立行走的動物，叫做人，但人不一定沒有禽獸一樣的惡毒心腸。身上長着翅膀在天上飛翔，頭上長着犄角在地上奔跑的動物，叫做禽獸，但禽獸不一定沒有人一樣的善良心腸。女媧氏、神農氏、夏后氏，蛇身人面，牛首虎鼻，長的雖然不是人的相貌，品德卻很高尚。夏桀、殷紂、魯桓公、楚穆王，相貌七竅都和人相同，心腸卻像禽獸一樣。

　　看人不能光看相貌，主要還是要看人的品德如何。

| 出處 |

《列子・黃帝》：「夏桀、殷紂、魯醒、楚穆，狀貌七竅皆同於人，而有禽
獸之心。」

| 例句 |

李寶嘉《官場現形記》第十六回：「你當他做了官就換了人，其實這裏頭的
人，人面獸心的多得很哩！」

人人自危

 釋義 ***每個人都認為自己處於危險的境地。***

公元前 210 年，秦始皇出巡會稽，隨行的有丞相李斯、中車府令
趙高等。秦始皇疼愛小兒子胡亥，帶着他同行。

第二年夏天返回途中，車駕行至平原津，秦始皇得了重病。由
於旅途勞頓、酷熱難耐，病情一日重似一日。到了沙丘（今河北巨鹿
東），已是奄奄一息。他知道自己不行了，命趙高寫信給領兵駐紮在
邊疆的大兒子扶蘇，要扶蘇立即把兵權交給大將蒙恬，趕回咸陽主持
他的喪事。還沒等到詔書發出，秦始皇就斷了氣。

趙高跟胡亥密謀一番，偽造了一道遺詔，說是秦始皇立胡亥為太
子，由胡亥繼承帝位。另外偽造了一道詔書，斥責扶蘇、蒙恬，賜他
們自盡，把兵權交給裨將王離。丞相李斯本不同意這樣做，但在趙高
的威脅利誘下只得屈從。

經過一番陰謀活動，趙高的陰謀終於得逞，胡亥做了皇帝，他就是秦二世，趙高做了郎中令。從此以後，秦二世就成了傀儡，大權落到趙高手中。

趙高知道，沙丘之謀雖然十分詭祕，但是總有一天會敗露，何況現在已經有人生疑，萬一露出破綻麻煩就大了！他暗暗想道，當務之急是鞏固自己的地位，剷除那些有威脅的人物。趙高指使秦二世胡亥制定嚴刑峻法，使有罪者連坐，甚至誅滅九族。

秦王朝又一次血腥屠殺開始了，秦二世下令殺死一批舊臣，接著把對他的帝位有威脅的十幾個哥哥全都斬首，連他的十個姐姐也沒能倖免，全被酷刑處死。其他遭到株連的不計其數，弄得朝廷上下一片恐慌，人人都認為自己處於危險境地。曾經跟他們一起合謀的丞相李斯也遭毒手，最後被趙高陷害身亡。

秦王朝的暴政使人民生活在水深火熱之中，陳勝、吳廣揭竿而起，爆發了轟轟烈烈的農民起義。沒過多久，短命的秦王朝便宣告滅亡。

| 出處 |．．．．．．．．．．．．．．．．．．．．．．．．．．．．．．．．．．．
《史記・李斯列傳》：「法令誅罰日益深刻，羣臣人人自危，欲畔者眾。」

| 例句 |．．．．．．．．．．．．．．．．．．．．．．．．．．．．．．．．．．．
汪曾祺《多年父子成兄弟》：「當時人人自危，兒子惹了這麼一個麻煩，使我們非常為難。」

日暮途窮

釋義

天已經晚了，路到了盡頭。比喻面臨絕境。

　　春秋末年，楚國太子建有兩個老師，一個是伍奢，一個費無忌。楚平王寵愛費無忌，太子建和伍奢的關係密切。

　　楚平王的年紀漸漸大了，費無忌心裏犯了愁：等到太子建做了楚王，自己會有好果子吃？他便到楚平王那裏去告狀，誣告太子和伍奢心懷不軌，企圖篡權。楚平王這個老東西老不正經，霸佔了自己的兒媳婦，正嫌棄太子建礙眼，便乘機把他調往邊關。伍奢被關進大牢，性命難保。斬草要除根，費無忌慫恿楚王殺死太子建和伍奢全家，結果其他人都被殺害，唯有伍奢的小兒子伍子胥逃了出來。

　　楚王下令捉拿伍子胥，伍子胥一夜之間竟急白了頭髮。他歷經千辛萬苦，終於逃到吳國。伍子胥幫助闔閭殺死吳王僚，奪取了王位，隨後又幫助吳王治理國家，訓練軍隊，使得吳國日益強盛。

　　為了給父兄報仇，伍子胥率領吳軍攻打楚國。吳軍連連告捷，很快就攻下了楚國的首都郢。楚昭王惶惶如喪家之犬，一溜煙逃到隨國去了。

　　那時楚平王已經死去，可是這個仇還是要報。冤有頭債有主，報仇還是要找楚平王。他找到了楚平王的墳墓，命人將墳墓挖開，將楚平王的屍體抬了出來，伍子胥見到楚平王的屍體，怒火沖天，手持銅鞭狠狠地向屍體打下去，恨恨地說：「你活着的時候有眼無珠，不辨忠奸，殺死我的父兄，使他們蒙受天大的冤屈！」

　　伍子胥過去的好友申包胥知道了這件事，寫信來責備他，說他連死人都不肯放過，實在是太過分了。伍子胥對送信的人說：「我好比

是個走遠路的人，天色已晚，路還很遠，實在沒有辦法，才做出這樣違背常理的事來。希望申包胥能夠理解，不要責怪。」

| 出處 |
《史記・伍子胥列傳》：「為我謝申包胥曰：『吾日暮途遠，吾故倒行而逆施之。』」

| 例句 |
唐・杜甫《投贈哥舒開府二十韻》：「幾年春草歇，今日暮途窮。」

如火如荼

釋義　荼：茅草的白花。像火一樣紅，像茅草的白花一樣白，原形容軍隊氣勢雄偉。現常用來比喻氣勢旺盛、熱烈。

春秋末年，吳國打敗了越國以後，一天天強大起來。有一年，吳王夫差率軍北上，要和晉定公爭奪諸侯盟主。

夫差到了黃池（今河南封丘西南），與各國諸侯王相會。就在各國諸侯訂立盟約的時候，夫差和晉定公為了名次的先後吵了起來，鬧得不可開交。

夫差回到大營接到報告，被打敗的越王勾踐趁他領兵北上、國內空虛之機，大舉進犯吳國，攻破了吳國的首都。夫差大吃一驚，連忙把臣子們找來商量。

　　這可是左右兩難。立刻趕回去救援吧，不但霸主做不成，而且一撤兵就會走漏消息，弄不好各諸侯會對吳軍進行夾擊。要是不撤兵，越王勾踐志在報仇，吳國被他大肆燒殺擄掠，後果不堪設想。

　　吳王的臣子孫雒向他提出建議，先在盟會上給晉定公一個下馬威，爭到諸侯盟主，然後立即回兵救援。吳王認為他說得有道理，連連點頭表示贊同。

　　晚上，吳王下達命令，全軍上下吃飽喝足，穿好指定顏色的鎧甲，帶上指定顏色的裝備，等待命令準備出發。半夜時分，吳王領兵來到晉軍大營附近，要官兵們排成三個方陣。每個方陣都是橫一百人，豎一百人，共一萬人。三個方陣共三萬人。

　　天亮以後，各國諸侯來到晉定公的大營。這時，吳王夫差親自擂起戰鼓，三萬官兵聽到鼓聲士氣大振，雄起起地操演起來。只見中間的方陣，打着雪白的旗幟，官兵們穿戴着白鎧白甲，看上去像一片開着白花的茅草。左邊的方陣，甚麼都是紅的，看上去像一片火海。右邊的方陣，甚麼都是黑的，看上去一片烏黑。與會的諸侯看到這種氣勢，都驚呆了，只好讓吳王做盟主。

　　吳王達到了目的，立即傳令撤兵，火速趕回吳國救援。

| 出處 | •

《國語·吳語》：「萬人以為方陣，皆白裳、白旗、素甲、白羽之矰，望之如荼……左軍亦如之，皆赤裳、赤旗、丹甲、朱羽之矰，望之如火。」

| 例句 | •

周稼駿《紅花草》：「然而，我對紅花草的喜愛，還不單因她那如火如荼的生命力，更在於她那樸實、崇高的情懷。」

如魚得水

 釋義 像魚兒得到了水一樣。原比喻得到與自己情投意合的人。後也比喻得到適合自己的環境。

皇帝也有幾門窮親戚，劉備就是其中之一。他是中山靖王劉勝之後，年輕時跟他的母親以販鞋織蓆為生，已是販夫走卒一類的人物。他與關羽、張飛結為生死之交，《三國演義》更是敷衍出桃園三結義的動人故事。

東漢末年，爆發了黃巾起義。天下英雄趁勢而起，劉備也拉起了一彪人馬混跡其間。在軍閥混戰期間，他先後投靠過公孫瓚、曹操、袁紹等人。由於沒有好軍師，打起仗來經常落敗，幸虧有關羽、張飛左右相護，才得以屢敗屢戰，保住了一些兵力。官渡大戰以後，劉備帶着關羽、張飛逃往荊州，投奔了劉表。劉表給了他一些人馬，讓他駐紮新野。

後經徐庶介紹，劉備才知道有諸葛亮這麼個賢才。於是他三顧茅廬，去請諸葛亮出山。

一開始，關羽、張飛不把諸葛亮看在眼裏。劉備第三次去請諸葛亮的時候，關羽說：「諸葛亮也許只有一個空名，不一定有真才實學。」張飛更是老大不願意，說：「只要我一個人去就行了，要是他不肯來，用根繩子把他捆來。」

見到了諸葛亮以後，諸葛亮向劉備提出了奪取荊州、益州，東聯孫權，北伐曹操，形成蜀、魏、吳三足鼎立之勢的方略。劉備如同醍醐灌頂，一下子醒悟過來。他請求諸葛亮出山幫助自己，諸葛亮見他確實心誠，答應了劉備的要求。

從此以後，劉備每天跟諸葛亮在一起談論天下大事，跟諸葛亮的感情日益深厚。關羽和張飛很不高興，時常表露出不滿的神色。劉備耐心地向他們解釋，並且說：「我得到諸葛亮，就像魚兒得到了水一般，希望你們以後不要再說甚麼。」

| 出處 |••••••••••••••••••••••••••••••••••••

《三國志・蜀書・諸葛亮傳》：「於是與亮情好日密。關羽、張飛等不悅，先主解之曰：『孤之有孔明，猶魚之有水也。願諸君勿復言。』羽、飛乃止。」

| 例句 |••••••••••••••••••••••••••••••••••••

清・曹雪芹《紅樓夢》第六十六回：「次日，又來見寶玉。二人相會，如魚得水。」

如坐針氈

釋義 　像坐在裏面有針的氈子上一樣。比喻心神不定，坐立不安。

要是一屁股坐下去，坐墊上都是針，刺得滿屁股都是血，那滋味肯定不好受。晉朝大臣杜錫，就被太子這麼捉弄過，被捉弄以後還不好吭聲，裝作沒有這回事，真是窩囊之極。

杜錫，字世嘏，是位有名的飽學之士。後來做了太子舍人，負責教育太子。

太子司馬遹是晉武帝的孫子。當初，晉武帝為兒子司馬衷天生痴

呆而苦惱，後來添了個孫子司馬遹卻聰明伶俐，因此晉武帝對他鍾愛有加。司馬衷（晉惠帝）繼位後，司馬遹被立為太子。

司馬遹是宮女謝氏所生，皇后賈南鳳將他視為眼中釘、肉中刺。賈南鳳生怕太子有好名聲，以後不好除掉他，就想盡辦法教唆他幹壞事。太子從小就被慣壞了，現在傻乎乎的皇帝老子連他自己都管不了，如何去管這個兒子？如此一來，他常常由着性子胡來，常常以捉弄人為樂事。

有一次，他故意把鞦勒弄斷，要侍從騎到馬上去，侍從從馬上摔下來，他高興得拍手大笑。有人做事不稱他的心，他就自己動手捶打，並以把別人打得頭破血流為快事。

杜錫做了太子舍人，對太子嚴加管教。他知道皇后容不下太子，希望太子好自為之。可是頑劣成性的太子不聽他的，根本不理解杜錫的一片苦心。有一天，太子拿了許多針放在杜錫常坐的坐墊裏，杜錫不知就裏，一屁股坐了下去，痛得跳了起來，一看坐墊才知道是怎麼回事。

過了幾天，太子故意問杜錫：「那一天是怎麼回事？」杜錫不想讓太子太得意，說：「那天我喝醉了，甚麼都不知道。」

後來，不長進的太子終於都中了皇后的奸計，招來殺身之禍。太子死後不久，便發生了「八王之亂」，中原大地從此兵連禍結，西晉王朝搖搖欲墜。

| 出處 |
《晉書・杜錫傳》：「性亮直忠烈，屢諫愍懷太子，言辭懇切，太子患之。後置針着錫常所坐處氈中，刺之流血。」

| 例句 |
元・施耐庵《水滸傳》第三十三回：「小弟聞得，如坐針氈，連連寫了十數封書去貴莊問信。」

阮囊羞澀

釋義 阮囊:阮孚的口袋。阮孚的口袋空空,為此感到難為情。比喻身上沒錢,手頭拮据。

魏晉時的阮氏家族,名士風度四海聞名。

阮瑀,「建安七子」之一。曹操徵召他為官,他便逃入山中。曹操仍不放過他,他沒有辦法躲過,最終還是作了曹操的記室。有一次,曹操大宴賓客,阮瑀卻一言不發,曹操一怒之下將他趕入樂工隊列中,想要以此羞辱他,但阮瑀不以為意,撫弦而高歌。

他的兒子阮籍,是「竹林七賢」之一,喜飲酒,善鼓琴。司馬昭當初想為兒子司馬炎娶阮籍的女兒為妻,哪知阮籍整整沉醉六十日不醒,沒法跟他提起婚事。

阮咸,也是「竹林七賢」之一,阮籍的姪子,叔姪二人被人並稱為「大小阮」。他跟叔叔阮籍一樣,狂浪不羈。他曾與姑母家鮮卑婢女私通,並生了一個兒子,這個兒子就是阮孚。

有其父必有其子,阮孚的放誕絲毫不遜於他父親阮咸。他曾在朝廷為官,不理政事,只知道飲酒。有一次身上沒錢,竟然取下金貂(官帽上的飾物)換酒,有關官員為此彈劾他,皇上最後還是原諒了他。有一次,阮孚拿着一個黑色口袋到會稽遊玩,有人問他口袋裏裝的是甚麼,阮孚回答道:「裏面只有一個錢看着口袋,為的是害怕口袋因沒有錢而難為情。」

| 出處 |● ●

宋‧陰時夫《韻府羣玉‧一錢囊》：「阮孚持一皂囊遊會稽，客問：『囊中何物？』曰：『但有一錢看囊，恐其羞澀。』」

| 例句 |● ●

清‧淮陰百一居士《壺天錄》：「阮囊羞澀，行止兩難。」

塞翁失馬

釋義

塞翁：居住在邊塞的老人。居住在邊塞的老人丟失了馬，也許因此而得到好處。比喻壞事變好事。

古時候，邊塞上住着一位養馬老人，他善於占卜，占卜的結果非常靈驗。

有一天，他的一匹馬跑到胡人那邊去了，沒法找回來。人們都來安慰他，沒料想他倒挺開朗，說：「馬跑丟了，怎麼就一定不是好事呢？」

沒過多久，那匹跑丟的馬，帶着胡人的駿馬跑回來了。人們紛紛前來向他祝賀，沒料想他卻說：「這匹馬帶着駿馬回來，怎麼就一定不是壞事呢？」大家聽了他的話，都覺得很奇怪。

老人家裏有好多匹馬，他的兒子偏偏喜歡騎那匹帶回來的駿馬。有一天，他的兒子騎馬時從馬背上摔下來，把腿給摔斷了。人們又來安慰他，老人又說：「他把腿摔斷了，怎麼就一定不是好事呢？」人

們張口結舌，不知道該說些甚麼好。

　　一年以後，胡人大規模入侵，健壯的男子都應徵入伍，到前線去打仗，他的兒子因為殘疾，沒有應徵。這次戰爭打得異常慘烈，應徵入伍的人死了十分之九，他的兒子因為是個瘸腿，反倒因此保全了性命。

　　這個成語常和「焉（安）知非福」連用，「焉」是疑問代詞，「哪裏」「怎麼」的意思。

| 出處 | ●

《淮南子·人間訓》。

| 例句 | ●

蔣文杰《文章憎命達——文學人才成長的複合維生素》：「當然，我們列舉逆境對文學人才成長的意義，並不是主張『唯逆境成長論』，而是從『塞翁失馬，焉知非福』的角度來探討問題的。」

三顧茅廬

釋義　顧：拜訪；茅廬：草屋。屢次上門拜訪、相邀。

　　漢朝末年，爆發了黃巾軍起義，從此以後，羣雄並起，天下大亂。劉備的軍隊由於沒有有才能的軍師出謀劃策，常常打敗仗，劉備對此非常苦惱。後來聽說諸葛亮既有才學，又有謀略，就和關羽、張飛帶着禮物到諸葛亮家，請他出山幫助自己。

他們到了諸葛亮家，恰巧諸葛亮在這天早上出去了，問問他家裏的人諸葛亮甚麼時候回來，家裏人說不知道。劉備十分失望，只得快快而歸。

過了不久，劉備又和關羽、張飛冒着大風大雪前去相請。到了他家一問，諸葛亮和朋友出去雲遊了，不知哪一天才會回來。張飛本來就不願意來，見諸葛亮還是不在家，催着要回去。劉備只好留下一封信，表達自己對諸葛亮的敬仰之情，並且希望他幫助自己，使自己擺脫困境。

過了些日子，劉備吃了三天素，洗了澡，換上乾淨衣服，準備再去請諸葛亮。關羽不大願意去，說諸葛亮也許只有空名，不一定有真才實學；張飛說只要他一個人去就行了，要是他不肯來，用根繩子把他捆來。劉備把張飛責備了一通，三個人第三次前往諸葛亮家。

到了那裏一問，諸葛亮剛好在家，正在睡午覺。劉備不願驚動他，恭恭敬敬地站在台階上等，一直等到諸葛亮醒來，才走進去向他問候。

交談了一會兒，諸葛亮覺得劉備很有雄心，又是如此誠心誠意地請求自己幫助他，於是把天下的形勢分析給劉備聽，並且給劉備制定了先奪取荊州，然後佔領益州，聯結東吳，共同對付曹操的策略。諸葛亮在劉備的再三邀請下答應出山，和他們一起到軍中。

諸葛亮剛到軍中，就遇上曹操派大將夏侯惇前來進犯。當時劉備的人馬很少，情況非常危急。諸葛亮利用夏侯惇輕敵的弱點，誘敵深入，採用火攻的辦法，一舉擊潰曹操的十萬大軍，這便是諸葛亮的「初出茅廬第一功」。

| 出處 |

諸葛亮《出師表》：「先帝不以臣卑鄙，猥自枉屈，三顧臣於草廬之中。」

三令五申

 釋義 三、五：表示次數多。申：陳述、說明。一再發出命令，反復進行告誡。

　　春秋時期，有位著名的軍事家，名叫孫武。有一天，他帶着自己寫的《孫子兵法》去見吳王闔閭。吳王看了孫子的書，非常佩服，說：「你的兵書確實寫得很好，能不能演練一番讓我看看？」孫武道：「當然能。」吳王接着問：「讓宮女們操練行不行？」孫武點點頭說：「可以。」吳王讓人從宮中挑選出一百八十名美女，交給孫武訓練。

　　孫武把這些宮女分為兩隊，讓兩名吳王最寵愛的美女當隊長，叫她們拿起武器，排好隊形。孫武道：「你們知不知道胸口、左手、右手、後背的方向？」宮女們回道：「知道。」孫武道：「我命令你們向前，就向胸口對着的方向走；命令你們向左，就轉向左手的方向；命令你們向右，就轉向右手的方向；命令你們向後，就轉向後背對着的方向。大家聽明白了沒有？」宮女們答道：「明白了。」孫武把號令交代清楚，搬來了執行軍法的刑具，並再三強調，如果不服從號令，就按軍法處置。

　　操練開始了，孫武擊鼓傳令，要她們向右轉。宮女們覺得怪好玩的，一個個「咻咻」笑了起來，根本不聽從命令。孫武看到這種情況，說：「剛才我沒能講清楚，這是做上將的過錯。」接着又把各項要求反復講清，然後接着操練。命令剛一發出，這些宮女又「咻咻」笑個不停，沒人按照要求做。孫武沉下臉，嚴厲地說：「沒有講清是我的過錯，講清了不執行，那就是你們的過錯了。」下令將兩名隊長拖出來，斬首示眾。

　　吳王闔閭一聽要殺自己的寵姬，連忙上來給她們求情。孫武道：「主將在外，君王的命令可以不接受。」說完就把那兩名美女斬了。

　　孫武命令兩名排在最前面的宮女做隊長，繼續進行操練。宮女們嚇壞了，誰也不敢違抗命令。沒過多久，孫武就把宮女訓練好了。

| 出處 |‧‧‧
《史記‧孫子吳起列傳》：「約束既布，乃設鐵鉞，即三令五申之。」

| 例句 |‧‧‧
蔣子龍《弧光》：「雖然對勞動紀律三令五申⋯⋯遲到早退的事仍不斷發生。」

三人成虎

釋義　三個人說市集上有老虎，這種荒誕的說法就成了事實。比喻謠言或訛傳經過多人擴散，別人就會信以為真。

　　戰國時代，各諸侯國為了擴大領土、爭奪霸權互相攻打，戰爭經常發生。有一段時間，國與國之間結成了盟約，互相交換太子作為人質，如果哪個國家違反盟約發動進攻，就殺了哪一國的太子。

　　有一年，魏國和趙國訂立了盟約，魏王要把兒子從京都大梁送到趙國邯鄲做人質，派臣子龐蔥帶領隨從陪同前往。

　　龐蔥知道魏王耳根軟，容易偏聽偏信，特地在上路前拜見魏王。

　　魏王見了他，問道：「你還有甚麼事嗎？」龐蔥說：「事倒沒甚麼，只是有個問題想問問大王。」魏王笑了笑，說：「那你就問吧。」

　　龐蔥說：「如果現在有人匆匆忙忙跑來向大王報告，說市集上跑來一隻老虎，正在到處咬人，您是信呢，還是不信？」魏王不知道他為甚麼問這個問題，愣了一會兒才說：「老虎怎麼會跑到市集上去咬人呢？我當然不會相信。」

　　龐蔥接着問：「再過一會兒，如果又有人慌慌張張跑來向您報告，說市集上跑來隻老虎，在到處咬人，您相信了嗎？」魏王道：「要是有兩個人慌慌張張地來報告，我可就半信半疑了。」

　　龐蔥看着魏王，又問：「又過了一會兒，如果有第三個人氣急敗壞地跑來向您報告，說是市集上有老虎咬人，您是不是就相信了呢？」魏王想了想說：「要是三個人都這麼說，大概不會錯吧，我會相信的。」

　　龐蔥歎了口氣說：「市集上不會有老虎，這是明擺着的事，可是

經過三個人一說，倒像是真的了。這次我到趙國去，趙國離王宮比市
集離王宮遠得多，以後議論我的人，也決不會只有三個。我離開以
後，大王要心中有數才行。」

魏王這才明白龐蔥問話的用意，便點點頭說：「我明白了，你就
放心去吧。」

不出龐蔥所料，他一離開魏國，說他的壞話不斷地傳到魏王的耳
朵裏。說的人一多，魏王也就信以為真。太子回國以後，魏王再也不
讓龐蔥去見他。

| 出處 | ••
《戰國策·魏策二》：「夫市之無虎明矣，然而三人言而成虎。」

| 例句 | ••
李德民《謠言究竟是謠言》：「『三人成虎』、『曾參殺人』、『謠言重複一百遍
就是事實』，這都是人們所熟悉的關於謠言的故事。」

三紙無驢

釋義 書寫買賣驢子的契約，寫了三張紙沒有「驢」字。形容寫文
章廢話連篇，不得要領。

博士，顧名思義，就是博學多聞，通曉古今的人。漢代以後的博
士，專管經學教授；州學、府學、縣學也有博士，是學府的教授官。
總之，不管甚麼博士，都是很有才學的人。

有位博士打算買一頭驢，一大早就來到了市集。這一天賣驢的人不多，只有一個賣家，討價還價一番，談妥了價錢，雙方成交。博士把錢交給賣驢人，要賣驢人寫一份買賣契約給他。

大宗買賣雙方要訂立契約，這倒也是規矩。可是賣驢人不識字，便請博士代書。博士為了炫耀自己的才學，一口答應下來。

寫份契約本不費事，只要寫清買賣雙方姓名，交易的物品、金額、日期等即可。就算是寫得再詳細，也寫不滿一張紙。

博士討來紙筆，略加思索，便洋洋灑灑寫了起來，賣驢人站在一旁，只等博士寫好以後雙方畫押。博士寫了滿滿一張紙，把筆放下，賣驢人以為寫好了，要博士唸給他聽，哪知博士又拿起筆寫，在第二張紙上寫起來，說：「還沒寫好，寫好了唸給你聽。」

賣驢人有些奇怪，這張契約怎麼這麼難寫？轉念一想，博士是個有學問的人，一定要寫得清清楚楚、詳詳細細，免得以後有麻煩。

賣驢人等了許久，博士總算寫完了，說道：「讓我唸給你聽。」唸完以後，博士對賣驢人說：「來，畫押吧。」

賣驢人忙說：「且慢。你寫了三張紙，怎麼上面沒有一個『驢』字？」

| 出處 | •

北朝·北齊·顏之推《顏氏家訓·勉學》：「博士買驢，書券三紙，未有驢字。」

| 例句 | •

喻言中《也談寫文章》：「三紙無驢，也是寫文章的大忌。」

上下其手

釋義 上其手：抬起他的手；下其手：垂下他的手。做出不同的手勢要別人說假話。比喻串通一氣共同作弊。

公元前547年，楚軍準備攻打吳國，行至半途，發現吳國有了準備，便轉而攻打鄭國。

鄭國雖然是個小國，但是仍然派皇頡領兵拚死抵抗，結果鄭軍被楚軍擊潰，皇頡也被楚軍的穿封戌俘獲。

俘獲敵人的主將功勞不小，穿封戌打算押着皇頡前去領功。事有不巧，半道上遇上了公子圍，公子圍想要爭功，便把皇頡搶了過去，穿封戌哪裏肯依，跟公子圍爭奪皇頡。兩人鬧得不可開交，吵了半天也沒能有個結果，便請伯州犁來評判是非。

伯州犁有心偏袒公子圍，說：「現在你們兩個各說各的理，我也難以定奪。最好的辦法是讓皇頡自己來說，究竟是被誰擒獲的。」

伯州犁讓皇頡站過來，把手一抬，指着公子圍說，「這位是公子圍，是我們國君的大弟弟。」他又把手一垂，指了指穿封戌說：「這位是穿封戌，是我們楚國的一位縣尹。」他向皇頡看了一眼，問道：「你自己說，究竟是誰俘獲了你？」

看到伯州犁的手勢，皇頡當然明白其中的用意，於是回答道：「作戰時遇上公子圍，我的本領沒他大，被他打敗俘獲。」

| 出處 | •
《左傳·襄公二十六年》：「上其手，曰：『夫子為王子圍，寡君之貴介弟也。』下其手，曰：『此子為穿封戌，方城外之縣尹也。誰獲子？』」

| 例句 | ●●●●●●●●●●●●●●●●●●●●●●●●●●●●●●●●●●●●●

余秋雨《遙遠的絕響》：「宏謀遠圖不見了，壯麗的鏖戰不見了，歷史的詩情不見了，代之以明爭暗鬥、上下其手、投機取巧，代之以權術、策反、謀害。」

甚囂塵上

釋義

囂：喧嚷。喧鬧得很厲害，塵土也飛揚起來了。本形容軍中忙亂喧嘩的情狀。後形容到處議論紛紛，一片嘩然。也形容反動或錯誤言論十分囂張。

公元前 575 年，晉厲公以鄭國背叛晉國依附楚國為由，率領大軍攻打鄭國。鄭王向楚國求救，楚國答應了鄭國的要求。楚王率領大軍，決心與晉軍決一雌雄。

兩軍在鄢陵相遇，一場決戰一觸即發。每個月的最後一天稱「晦日」，夜裏沒有月光，一向為古代兵家用兵所忌。楚王偏偏選在六月晦日的拂曉，趁着晉軍不備，逼近了晉軍的大營，迅速擺好陣勢，企圖將晉軍一舉擊潰。

楚王本以為楚軍突然出現在面前，晉軍便會一片混亂，可是出乎他的意料，晉軍大營沒有甚麼異樣。他有些不解，便和伯州犁一起登上高車，觀察晉軍的動靜。

楚王問伯州犁：「晉軍的戰車有的向左奔馳而去，有的向右奔馳而去，這是幹甚麼？」伯州犁回答道：「這是在召集將領開會。」

過了一會兒，楚王說：「將領們都集中到中軍大營了。」伯州犁解釋道：「他們開始研究戰略了。」

又過了一會兒，楚王說：「現在晉軍大營喧鬧得厲害，塵土也飛揚起來了。」伯州犁說：「這是填平水井、剷平爐灶，打算列陣交戰了。」

楚王觀察時提出了許多問題，伯州犁都一一作出回答。

| 出處 | ●

《左傳·成公十六年》：「將發命也，甚囂，且塵上矣。」

| 例句 | ●

劉朱嬰《面對253萬：你為誰辯護》：「一時間，各種奇談怪論，甚囂塵上。」

生吞活剝

比喻生搬硬套別人的言論、文字或經驗、方法等。也比喻機械地學習，不加理解。

唐朝時，有個名叫張懷慶的棗強縣縣尉，附庸風雅，故作斯文。他明明不會吟詩作文，卻要剽竊人家的佳作，自己略加改動後，便算是自己的新作。

身在官場混，免不了和文人雅士打交道。別人常常拿來新作請大

家「雅正」，他也把抄襲來的詩文請大家品評。明眼人一看就知道他的「大作」是抄來的，但看在他是「父母官」的面上也不點破，有時還故意給他鼓吹鼓吹。

唐代著名詩人李商隱曾經寫過一首著名的《堂堂詞》：「鏤月成歌扇，裁雲作舞衣。自憐回雪影，好取洛川歸。」這首詩寫得極其工巧，得到大家一致讚賞。一時間，這首詩廣為流傳。後來，「裁雲鏤月」成為一個成語，比喻文字精美工巧。

張懷慶略通文墨，不知道這首詩廣為傳頌，看到了這首詩，覺得寫得還行，於是思量了半天，終於將這首五言詩改成七言詩。有一天，他把自己的新作拿給大家看，大家看了頓時目瞪口呆。這首詩寫道：「生情鏤月成歌扇，出意裁雲作舞衣。照鏡自憐回雪影，時來好取洛川歸。」

這個笑話鬧大了！如此一改，原詩的精煉清新蕩然無存，還顯得不倫不類。再說，誰會如此明目張膽地抄襲名家之作，真是不知天下還有羞恥二字。這件事迅速傳了出去，有人編了兩句話嘲諷他：「活剝王昌齡，生吞郭正一。」

| 出處 | ••••••••

唐・劉肅《大唐新語・諧謔》：「李義府嘗賦詩曰：『鏤月成歌扇，裁雲作舞衣。自憐回雪影，好取洛川歸。』有棗強尉張懷慶好偷名士文章，乃為詩曰：『生情鏤月成歌扇，出意裁雲作舞衣。照鏡自憐回雪影，時來好取洛川歸。』人謂之諺曰：『活剝王昌齡，生吞郭正一。』」

| 例句 | ••••••••

常風《回憶葉公超先生》：「我只好根據葉先生的指點生吞活剝地看了這本書，寫了篇連自己也覺得難為情的書評交給了葉先生。」

聲色俱厲

釋義　說話時的聲音、臉色都很嚴厲。

　　晉元帝的原配夫人庾皇后，最大的憾事就是自己沒生孩子，鮮卑族的宮女荀氏，倒給皇上生了兩個兒子。長子司馬紹聰明伶俐，深得元帝歡心。「日近長安遠」這個典故，便出於這個孩子。

　　有一天，元帝把司馬紹抱在膝上玩耍，正好長安有使者前來。元帝問司馬紹：「你說說看，是太陽遠還是長安遠？」司馬紹說：「太陽遠。」元帝接着問：「為甚麼太陽遠？」司馬紹說：「沒聽說過有人從太陽來，所以太陽遠，長安近。」元帝聽了非常高興。

　　第二天，元帝大宴羣臣。宴席上，他把昨天司馬紹說的話講給臣子們聽，臣子們都說這孩子聰明。元帝叫太監把司馬紹帶來，還問他昨天的問題。元帝話音方落，司馬紹便答道：「太陽近。」元帝大驚失色，問道：「你怎麼和昨天說得不一樣？」司馬紹說：「抬頭只看到太陽，看不到長安，所以太陽近。」元帝聽了大喜過望，臣子們也都說，這樣的話從小孩子嘴裏說出來，實在不容易！

　　公元 322 年，王敦以「清君側」為名，起兵攻入建康。王敦認為太子司馬紹聰明過人，繼位之後更難對付，打算藉這個機會廢掉太子，以除後患。

　　王敦大會百官，大聲問溫嶠：「太子有甚麼德行？」說這句話時，語氣、臉色都很嚴厲。他這麼問，是想讓溫嶠說出太子的不是來，好趁機廢黜太子。溫嶠為了保住司馬紹，回答道：「太子沒有甚麼深謀遠略，不過很有孝心。」大臣們七嘴八舌地說：「溫大人說得對。」大家都這麼說，王敦一時找不出廢黜太子的把柄，只得悻悻作罷。

| 出處 | ●

《晉書‧明帝紀》：「（王敦）⋯⋯大會百官而問溫嶠曰：『皇太子何以德稱？』聲色俱厲，必欲使有言。」

| 例句 | ●

茅盾《色盲》第三十四章：「這最後的一句，說得聲色俱厲，似乎敵人就在眼前。」

尸位素餐

 釋義 尸位：像死屍一樣空佔着位子；素餐：白吃飯。指空佔職位，白領薪俸。也指自謙，表示沒做甚麼事。

有個著名的典故，叫「折檻」，這個典故也就是「尸位素餐」的出處。

漢代的朱雲，學識淵博，為人正直，一向被人們敬重。他沒有做過大官，只做過小小的縣令。這個縣令非同一般，竟敢上書給元帝，批評丞相的所作所為。丞相韋玄成對他恨之入骨，找了個機會利用職權把他逮捕入獄。後來朱雲雖然被赦免，但是從此丟掉了官職。

元帝去世後成帝即位，成帝的老師張禹得到重用，時隔不久，當上了丞相。皇上對於自己的老師自然青睞有加，賞賜給他錢財無數。朱雲覺得就是他本事再大，也不該拿那麼多錢財，認為張禹貪財，不是個良吏。

朱雲生性耿直，決定告張禹一狀。要告丞相只有到皇上那裏去告，他便上書給成帝，請求皇上召見。

朱雲雖然是平頭百姓，可早就因為當年狀告丞相韋玄成出了名。成帝為了博得「賢君」的名聲，同意召見朱雲。

朱雲進了大殿，當着滿朝文武大臣的面說：「現在朝廷大臣，對上不能匡正皇上的過錯，對下不能造福百姓，都是空佔着職位白領俸祿。請陛下賜我一柄尚方寶劍，我要斬掉一個大臣的腦袋，以儆戒其他的大臣。」

成帝聽了大吃一驚，忙問：「你要砍下誰的腦袋？」朱雲高聲說道：「我要殺的就是當朝丞相張禹。」

成帝給氣壞了，拍案罵道：「你這個卑賤之徒，竟敢當廷辱罵朕的老師，罪在不赦，理當處死。」命令御史將朱雲拿下問罪。御史帶着武士要把他拖出去，朱雲死死地抱着欄杆不放，最後竟然把欄杆給拉斷了（折檻）。朱雲大聲說道：「我得以像古代的忠臣龍逢、比干一樣被處死，於心足矣，但不知朝廷以後會怎麼樣！」

左將軍辛慶忌為了保全皇上的名聲，連忙跪倒在地，一邊叩頭一邊對成帝說：「朱雲一向狂妄耿直，世人皆知。要是他說得對，就不能殺了他；要是他說得不對，也要對他寬容，臣願以性命為他擔保，請陛下饒他一命。」

成帝漸漸冷靜下來，認為左將軍說得有理，不能因為一個小小的朱雲，壞了自己「賢明」的美譽。成帝給了左將軍一個天大的面子，赦免了朱雲。

| 出處 | •

《漢書 · 朱雲傳》：「今朝廷大臣，上不能匡主，下亡以益民，皆尸位素餐。」

拾人牙慧

> **釋義**　牙慧：牙縫裏的餘食。撿拾別人牙縫裏的餘食。比喻襲用別人說過的話。

　　晉代的殷浩是個歷史名人，說他是「名人」，不是說他在歷史上有甚麼功績，而是他的言行異於常人。正因為如此，殷浩留下了一些典故，比如說，「咄咄怪事」、「束之高閣」、「拾人牙慧」這三個常用成語，都是出自於他。一個人的身上能出三個常用成語，確實罕見，是不是很有名？

　　殷浩喜歡跟別人亂扯，沒有甚麼實際本事。有一天，殷浩問眾人：「世上為甚麼正直善良的人少，奸邪的小人多？」劉尹回答道：「這就好比把水倒在地上，水向四邊流去，很少能流成圓形或方形。」殷浩對他的看法大加讚賞，認為這也是至理名言。甚麼「至理名言」，簡直就是胡扯談！庾翼曾經說：「像殷浩這樣的人就要像捆東西一樣捆起來，扔在高閣上不要管他，等到天下太平了，再去考慮讓他出來做點事。」

　　殷浩曾任建武將軍，率軍北伐，結果輜重盡失，死傷萬餘，大敗
而歸。他帶着殘兵敗將，悽悽惶惶逃回，因罪責難逃，被廢為平民。
他自己也弄不清是怎麼一回事，一天到晚在空中畫「咄咄怪事」四
個字。

　　殷浩被廢以後，把外甥韓康伯帶在身邊。自己不會打仗，偏偏要
教外甥用兵之道。他的外甥有點兒像他，沒有學到甚麼東西，卻經常
跟人誇誇其談。殷浩又看不過去，說外甥連他的牙慧都沒有撿到。

| 出處 |••
南朝・宋・劉義慶《世說新語・文學》：「殷中軍云：『康伯未得我牙後
慧。』」

| 例句 |••
清・袁枚《寄奇方伯書》：「大概著書立說最怕雷同，拾人牙慧。賦詩作
文，都是自寫胸襟。」

束之高閣

 釋義　捆起來放在高閣上。比喻棄置一旁。

　　東晉的文人雅士喜歡清談，成為一種風尚。

　　殷浩出身名門，喜好老莊玄學，能言善辯，年紀輕輕便有盛名。
他曾經擔任過庾亮的記室參軍，後任建武將軍。朝廷打算北伐，以殷
浩為中軍將軍，都督揚、豫、徐、兗、青五州軍事。

殷浩打仗不在行，閒聊起來卻頭頭是道。有一次，有人問殷浩：「為甚麼有人將做高官，晚上做夢卻夢見棺材；有人將發大財，晚上做夢卻夢見糞便？」殷浩回答道：「官爵本是腐爛發臭的東西，所以將要得到它時就夢見棺材；錢財本來就是糞土，所以將要得到它時就夢見糞便。」他的這番議論很快就傳播開來，大家都認為這是至理名言。

庾翼很看不起殷浩，說：「這樣的人要像捆東西一樣捆起來，扔在高閣上不要管他，等到天下太平了，再去考慮讓他出來做點事。」

後來殷浩率軍北伐兵敗，他自己也弄不明白是怎麼回事，一天到晚用手指在空中畫「咄咄怪事」四個字。

| 出處 | ●
《晉書·庾翼傳》：「此輩宜束之高閣，俟天下太平，然後議其任耳。」

| 例句 | ●
梁啟超《飲冰室文集·變法通議·論科舉》：「然則出洋學生中之未嘗無才，昭昭然矣。顧乃束之高閣，聽其自窮自達，不一過問。」

數典忘祖

釋義　數：數說；典：歷來的禮制、事跡等。數說歷代的禮制、事跡，卻忘了祖上的史實。比喻忘記了根本，也比喻對歷史的無知。

春秋時，周王室日益衰落。到了周景王時，王室入不敷出，財政困窘，各項用度往往無法開支，只得向各諸侯國乞討。各諸侯礙於祖宗成法，時不時地向周景王進貢，不過，有的諸侯大國往往不願交納貢品。

公元前527年，晉國以荀躒為使者，籍談為副使，去參加周王室穆后的葬禮。安葬完畢以後，周景王宴請荀躒。

宴飲時，周景王故意用魯國進獻的酒壺斟酒，說：「這一次，各國都有禮器送給王室，為甚麼偏偏晉國沒有？」

荀躒知道理虧，沒有開口，便向籍談作揖，讓他來說說。籍談說：「諸侯受封的時候，都在王室接受了寶器，晉國處於偏遠之地，沒有得到王室的賞賜。因此別國有禮器進獻，晉國沒有。」

周景王聽了這話，頓時來了氣，說：「籍談，你大概忘了吧，晉國的開國國君唐叔是成王的同胞兄弟，難道反而沒有得到王室的寶器？」接着，周景王一件一件數說王室對晉國的賞賜，最後說：「你的祖先掌管晉國的典籍，所以叫籍氏，你是史官的後代，為甚麼忘了這些呢？」籍談頓時面紅耳赤，一時說不出話。

荀躒、籍談離開以後，周景王說：「籍父大概沒有能繼承職責的後代吧，數說歷代的禮制、事跡，竟然忘了祖上的史實！」

| 出處 | ●

《左傳‧昭公十五年》：「數典而忘其祖。」

| 例句 | ●

陸文夫《圍牆》：「搞建設的人決不能數典忘祖，我們的祖先很早就懂得圍牆的妙用，光那名稱就有幾十種。」

雙管齊下

釋義

管：毛筆。用兩枝毛筆同時作畫。比喻兩方面的事同時進行。也比喻同時採取兩種措施。

能夠手持兩枝筆同時作畫的人可不多，最著名的是唐代畫家張璪。

張璪所作之畫神韻極佳，士大夫非常喜歡他的畫作，紛紛上門求索。大家稱讚他的畫是「神品」，他的特殊的繪畫方法被人們稱為「雙管齊下」。

張璪尤其擅長山水松石，畫松樹的時候，手持兩枝毛筆同時作畫，一枝筆畫新枝，一枝筆畫枯枝，無論是新枝還是枯枝，都畫得生動逼真，惟妙惟肖。

他的這種高超技法不是單靠苦練練出來的，僅有嫻熟的繪畫技法只能是「畫匠」。張璪繪畫有自己的理論系統，主要理論便是國畫大師們所熟悉的「外師造化，中得心源」，意思是只有仔細觀察事物的

體態，才能有豐富的繪畫素材準備，才能得心應手畫好畫作。這種得之於心、以心狀物的繪畫理論，直到現在還有重要的借鑒意義。正因為如此，他作畫能夠「雙管齊下」。

張璪在繪畫技法方面的創新是多方面的，現在大家普遍認為，指畫（用手指作畫）也是發端於他。

| 出處 |

宋·郭若虛《圖畫見聞誌》卷五：「唐張璪員外畫山水松石名重於世。尤於畫松特出意象，能手握雙管，一時齊下，一為生枝，一為枯幹，勢凌風雨，氣傲煙霞。」

| 例句 |

葉聖陶《〈普通勞動者〉是一篇很好的小說》：「他們倆談論長征故事的那一大段，作者是雙管齊下，竭力描寫小李，也竭力描寫林將軍。」

水滴石穿

釋義 水不斷地往下滴，時間長了能將巖石滴穿。原比喻小錯不改，日子長了要鑄成大錯。後多比喻只要堅持不懈，事情就能成功。也作「滴水穿石」。

宋朝時，張乖崖擔任崇陽（今湖北南陲）縣令。有一天，他在府中巡視，走到庫房附近，看見一個府吏慌慌張張從庫房裏走了出來。

張乖崖起了疑心，把他叫到身邊，仔細一看，他的頭巾下有一枚銅錢。張乖崖問他：「這枚銅錢是哪裏來的？怎麼到頭巾下面去了？」府吏神色更加慌張，支支吾吾答不出來。他斷定其中有鬼，再三追問。府吏沒有辦法說清楚，暗暗想道：「這個狗官，拿了一個錢又怎麼樣，何必如此頂真？」他狠了狠心，說：「不就是一個錢麼，是從庫房裏拿的呀。」

張乖崖大怒，命人把他押到大堂，狠狠打了幾十大板。府吏疼痛難熬，索性豁出去，吼道：「一個小錢不值甚麼，你為甚麼這麼狠心，打得我皮開肉綻。你能夠打我，難道還能因為一個小錢殺了我嗎？」

犯了罪不但不認罪，還如此囂張！張乖崖怒火中燒，拿起筆寫下判詞：「一日一錢，千日一千。繩鋸木斷，水滴石穿。」他當堂做出判決，判處那個府吏死刑，隨即便將那個府吏殺了。

│出處│ ●

《漢書・枚乘傳》：「泰山之霤穿石，單極之綆斷幹。水非石之鑽，索非木之鋸，漸靡使之然也。」宋・羅大經《鶴林玉露・一錢斬吏》卷十：「張乖崖為崇陽令，一吏自庫中出，視其鬢傍巾下有一錢，詰之，乃庫中錢也，乖崖命杖之。吏勃然曰：『一錢何足道，乃杖我耶？』乖崖援筆判曰：『一日一錢，千日一千。繩鋸木斷，水滴石穿。』」

│例句│ ●

紀宇《我站在祖國地圖前》：「行萬里路，是我的心願；讀萬卷書，學水滴石穿。」

司空見慣

釋義 司空：官名。這是您司空見慣了的常事。比喻經常看到，不足為奇。

劉禹錫，字夢得，是唐代著名的詩人。他於公元 793 年考中進士，從此平步青雲。唐德宗去世後，唐順宗繼位，任用王叔文等人改革朝政。劉禹錫積極參與其中，與王叔文、王伾、柳宗元同為核心人物，時稱「二王劉柳」。可惜這場朝政改革只進行了一百四十六天，便被保守派擊敗。唐順宗被迫退位，王叔文被賜死。

革新派的成員一個也脫不了關係，全都遭到沉重打擊。劉禹錫等人雖然僥倖保全了性命，卻逃脫不了被貶職的命運。劉禹錫起初被貶為連州（今廣東清遠一帶）刺史，行至江陵（今湖北荊州），再貶朗州（今湖南常德一帶）司馬。同時貶為邊遠州郡司馬的共有八人，史稱「八司馬」。公元 814 年十二月，劉禹錫與柳宗元等人一起奉召回京。第二年三月，劉禹錫又因為寫詩得罪執政，被貶為連州刺史。後來又擔任過夔州（今四川奉節一帶）刺史、和州（今安徽和縣一帶）刺史。直到公元 826 年冬，他才從和州奉召回洛陽。劉禹錫遭貶二十二年，直到五十五歲才結束被貶生涯。

劉禹錫奉詔回京，詩人李紳仰慕他的大名，設宴招待劉禹錫。席間，李紳讓歌伎演唱助興。劉禹錫深有感觸，即席賦詩一首，內有「司空見慣渾閒事，斷盡江南刺史腸」之句。意思是：你見慣了的平平常常的事，卻勾起了無限愁腸，令我肝腸寸斷。

|出處|● ●

唐‧孟棨《本事詩‧情感》:「司空見慣渾閒事,斷盡江南刺史腸!」

|例句|● ●

李寶嘉《官場現形記》第五十五回:「幸虧洋提督早已司空見慣,看他磕頭,昂不為禮。」

死灰復燃

釋義 死灰:燃燒後餘下的冷灰。冷灰重新燃燒起來。原比喻失勢後重新得勢。現也比喻原已消失的惡勢力又重新活動起來。

韓安國,西漢名將。《史記》中西漢名將單獨有傳的寥寥數人,韓安國就是其中一人,由此可見他的重要地位。

韓安國原本是梁王屬下,「七國之亂」時統率梁國兵馬,平定了吳楚之亂,為漢王朝的穩定立下赫赫戰功。後來漢景帝與梁王兄弟鬩牆,差點兒刀兵相見,韓安國居中調停,使他們兄弟言歸於好,及後更是名揚四海。從此以後,他既得漢景帝的信任,又得竇太后的歡心,在朝廷的地位穩穩當當。

誰也沒有想到,韓安國居然「坐法」被關進了蒙城牢房。至於韓安國到底犯的是甚麼罪,《史記》語焉不詳。

蒙城獄吏田甲大喜過望,送進一個這麼富有的囚犯,可以乘機大

撈一把。田甲向韓安國勒索錢財，韓安國居然沒答應他。田甲惱羞成怒，百般虐待韓安國。韓安國忍無可忍，向他大聲吼道：「死灰難道不會復燃嗎！」

田甲「嘿嘿」冷笑了幾聲，不屑地說：「死灰要是真的復燃了，我就撒泡尿把它澆滅！」聽了這話，韓安國差點兒被氣昏，後來仔細一想，死在牢房裏的功臣多着呢，難怪獄吏如此張狂。

韓安國「坐罪」的消息傳到太后的耳朵裏，這下子太后可不依了，她親自下了詔書，使韓安國得以釋放，隨後就讓他擔任了梁國內史。

不得了，死灰真的復燃了！田甲嚇得屁滾尿流，急急忙忙逃了出去。逃得了和尚逃不了廟，韓安國下了道命令：田甲擅離職守，已經觸犯刑律，要是還不到任，我就殺了他全家。

田甲知道再也躲不過去，脫光了衣服到韓安國那裏請罪。韓安國冷冷地對他說：「現在死灰已經復燃了，你可以撒尿了。」田甲跪在地上，不住地叩頭求饒。

出乎田甲的意料，韓安國笑了笑說：「我哪裏值得和你們這幫人鬥氣，你還是去做你的獄吏吧！」

｜出處｜ ••

《史記・韓長孺列傳》：「安國坐法抵罪，蒙獄吏田甲辱安國。安國曰：『死灰獨不復然乎？』田甲曰：『然即溺之。』居無何，梁內史缺，漢使使者拜安國為梁內史，起徒中為二千石。田甲亡走。安國曰：『甲不就官，我滅而宗。』甲因肉袒謝。安國笑曰：『可溺矣！公等足與治乎？』卒善遇之。」

｜例句｜ ••

宋・陳亮《陳亮集・卷一八・啟・謝曾察院啟》：「劫火不燼，玉固如斯；死灰復燃，物有待爾。」

四面楚歌

 釋義　四面都有人唱楚地民歌。比喻陷入四面包圍、孤立無援的困境。

　　五年的楚漢之爭，劉邦屢戰屢敗，有一次，連他的娘老子都被項羽活捉。經過不屈不撓的努力，劉邦終於強大起來，能跟項羽相抗衡。

　　公元前 203 年，項羽被劉邦打敗，於無奈中向劉邦提出建議：雙方以鴻溝（今河南滎縣境賈魯河）為界，東邊歸楚，西邊歸漢，互不侵犯。劉邦接受了建議，雙方罷戰。

　　經過短暫休整，劉邦聽從張良和陳平的規勸，趁現在項羽兵勢衰弱，將楚軍一舉殲滅。劉邦率領大軍追擊正在東撤的楚軍，將他們層層包圍在垓下（今安徽靈璧東南，沱河北岸）。

　　那時候，項羽兵微將寡，糧草將盡，已經陷入絕境。一天夜裏，項羽忽然聽到四面的漢軍官兵唱起了楚地民歌，吃驚不小，說：「難道漢軍已經佔領了楚地？不然的話漢軍中哪來這麼多楚人？」實際上，這是劉邦使出的計謀，擾亂楚軍軍心。

　　項羽從牀上一躍而起，在營帳裏喝起了酒。他一邊喝酒，一邊與虞姬唱起了悲歌。唱完之後，忍不住流下了英雄淚，部下見了非常傷心，也跟着流下了淚水。

　　過了一會兒，他率領八百騎兵趁着夜色衝出重圍，直到第二天早上漢軍才發覺。劉邦連忙派人追趕，終於在烏江邊追上了項羽。項羽無顏見江東父老，不願渡過烏江，最後自刎身亡。

《史記・項羽本紀》:「項王軍壁垓下,兵少食盡,漢軍及諸侯兵圍之數重。夜聞漢軍四面皆楚歌,項王乃大驚,曰:『漢皆已得楚乎,是何楚人之多也?』」

| 例句 | •

元・王逢《虞美人行・贈邵倅》:「四面楚歌那慷慨,芒碭天開五色雲。」

四體不勤,五穀不分

釋義 四體:指四肢;五穀:古代指稻、黍、稷、麥、菽。原指不參加勞動,分不清各種農作物。現多指脫離勞動,缺乏實踐知識。

子路跟隨孔子外出,卻落在了後面。他正在為找不到老師而焦急時,遇上個老頭兒。那老頭兒有點意思,除草的工具不扛在肩膀上,卻用拐杖挑着。

子路向他問道:「您看見我的老師了嗎?」老頭兒瞟了他一眼,說:「你這個人,不參加勞動,五穀都分不清,誰是你的老師?」說完,把拐杖插在地上去除草。子路見他氣度與眾不同,便恭恭敬敬地站在那裏。

天色漸漸暗了,老頭兒把他帶回家,殺雞做飯招待子路,並讓兩個兒子來拜見他。

　　第二天，子路向老頭兒告辭。他急急忙忙上了路，總算趕上了孔子。子路向孔子報告了掉隊的情況，並且把昨天遇見老頭兒的事告訴孔子。

　　孔子聽了連忙說：「這是個隱居的賢人。」讓子路立即回去拜見他。子路急急忙忙趕過去，老頭兒已經離開了。

| 出處 | ●

《論語·微子》：「四體不勤，五穀不分，孰為夫子？」

| 例句 | ●

清·文康《兒女英雄傳》第三十三回：「你只看『道千乘之國，使民以時』的那個『時』字，可是四體不勤，五穀不分的人，說的出來的？」

貪小失大

釋義　貪圖小的利益，損失了大的利益。比喻只求眼前的利益，不顧長久的利益。

　　戰國時的樂毅是燕國名將，為了報齊國伐燕之仇，率領五個國家的軍隊攻齊。

　　齊國不甘示弱，以觸子為主帥，達子為副帥，率領大軍抵禦諸侯聯軍。雙方在濟水邊紮下營寨，為將要進行的決戰做準備。

　　齊王根本不把敵人放在眼裏，認為五國軍隊不過是烏合之眾，得知觸子遲遲不跟敵人交戰，認為觸子膽小畏懼。齊王派人訓斥觸子：

「你要是再不跟敵人父戰，就殺了你一家，挖你家的祖墳！」

大敵當前，豈能草草出兵？身為齊軍主帥，正在為決戰做準備，沒料想遭到齊王這等辱罵。觸子實在嚥不下這口氣，暗暗打定主意：你不是要我立即出戰嘛，我就立即出戰，讓齊軍大敗而歸。

第二天，觸子指揮大軍向諸侯聯軍發起進攻。戰鬥剛剛開始，觸子就鳴金收兵。齊軍官兵不知道發生了甚麼突然變故，一個個沒命地向後逃竄，觸子駕上一輛戰車逃跑，很快就沒了蹤影。

副帥達子企圖阻攔向後逃跑的官兵，又怎能阻擋得住？他好不容易收拾了些殘兵敗將，在秦周駐紮下來。這是僅存的齊軍精銳，必須鼓起他們的鬥志，要鼓起他們的鬥志，就必須賞賜官兵。達子的身邊甚麼也沒有，只得向齊王要一筆金錢賞賜官兵。

打了敗仗還要賞賜？齊王立即破口大罵：「你們這些沒死的東西，怎麼能給你們賞金！」燕軍很快又追了上來，雙方又打了一仗。達子陣亡，齊軍作鳥獸散。燕軍緊追不捨，攻進齊國國都。齊王甚麼也顧不上了，一溜煙逃往莒國。燕軍官兵搶劫了齊國金庫，把齊王的金錢一搶而空。

講述了這個事例，作者評論道：這就是貪圖小利而丟失了大利。

| 出處 | ••

《呂氏春秋・權勛》：「（達子）使人請金於齊王，齊王怒曰：『若殘豎子之類，惡能給若金？』與燕人戰，大敗，達子死，齊王走莒。燕人逐北入國，相與爭金於美唐甚多，此貪於小利以失大利者也。」

| 例句 | ••

明・凌濛初《初刻拍案驚奇》第十六卷：「誰知倒為這婆子，白白裏送了兩個後生媳婦。這叫做『貪小失大』。」

談虎色變

色：臉色。一提到老虎傷人，臉色馬上就變了。比喻一提到可怕的事情，心裏就非常緊張。

儒學發展到南宋，理學佔了主導地位。漢儒以解釋字詞、弄清文意為主，宋儒以闡釋義理、兼談性命為主。宋代的程顥，和他的弟弟程頤，都是宋代理學的代表人物，被世人稱為「二程」。

程顥少年時，與胞弟程頤一起師從於名儒周敦頤。仁宗嘉祐年間，程顥考取進士，先做了一陣地方官，後來在朝廷任太子中允、監察御史等職。辭官回鄉以後，潛心治學。他的理學理論，被朱熹繼承發展，對後世的儒家理論產生了重大影響。

甚麼是真知，甚麼是常知，這是一個玄之又玄的問題。程顥利用形象的比喻，深入淺出地對這個問題進行了闡述。

程顥說：真知和常知有所不同。我聽說過有個農夫曾經被老虎咬傷，那可怕的一幕令他終生難忘。有一次，有人說老虎又出來傷人了，大家聽了驚恐萬分，生怕自己日後被老虎所傷。這個農夫的表現與眾不同，別人一提起這事，他的臉色一下子就變得煞白。因為他有被老虎咬傷的親身經歷，所以認知程度比大家深刻得多。研究學問的人要獲得真知，必須明白這個道理。

| 出處 | ●

《二程全書・遺書二上》：「真知與常知異。常（嘗）見一田夫曾被虎傷，有人說虎傷人，眾莫不驚，獨田夫色動異於眾。」

彈冠相慶

 釋義 冠：帽子。撣掉帽子的灰，為即將去做官而慶賀。也用以形容壞人得意。

漢代的王吉，字子陽，年輕時就以文才出眾、品德高尚聞名鄉里。

當年王吉貧賤時，住在鄉里老屋。隔壁人家有棵大棗樹，樹枝垂到王吉家的院子裏，到了秋天，樹枝上結滿了棗子。有一天，他的妻子順手採了幾個棗子吃，王吉知道了這件事，便將貪嘴的妻子趕出了家門。

鄰居聽說了這件事，非常過意不去，一定要王吉把妻子接回來。王吉執意不肯，鄰居操起斧子就要砍掉棗樹，說是全因棗樹惹的禍。經過大家再三勸說，王吉才把妻子接回來，鄰居也就沒有砍掉棗樹。

因為王吉的口碑好，被當地官員推薦給朝廷。王吉先做了幾任地方官，因為政績突出，被調到朝廷任職。漢昭帝時，王吉為昌邑王劉賀的中尉。漢昭帝去世後，昌邑王被大將軍霍光等迎立為帝。

昌邑王劉賀貪杯好色，到了皇宮猶如掉進了花叢，整日醇酒婦人，把個皇宮弄得烏煙瘴氣。王吉再三苦苦勸諫，昌邑王根本聽不進

去。昌邑王樂極生悲，只做了二十七天皇帝就被霍光趕下了寶座。昌邑王的臣僚多被處死或下獄，唯有王吉和龔遂因為屢次進諫而免罪。

王吉與貢禹志同道合，交往至深。王吉復出為官，貢禹非常高興。當時很多人說：「王吉在位，貢禹彈冠。」意思是：王吉當上大官，貢禹也揮掉帽子上的灰準備上任了。時隔不久，貢禹果然在朝廷擔任了官職。

|出處|● ●

《漢書・王吉傳》：「王陽在位，貢公彈冠。」

|例句|● ●

唐浩明《曾國藩》第二部第七章：「幕僚們彈冠相慶，喜氣融融。」

螳臂當車

釋義

螳臂：螳螂的前腿；當：阻擋。螳螂舉起前腿，想阻擋車子前進。比喻自不量力。常與「不自量力」連用。

春秋時，衛靈公的兒子為人兇殘，把殺人當兒戲。衛國的百姓遠遠地看到他，唯恐避之不及，就連殘暴無道的衛靈公，都覺得兒子的所作所為實在太過分。

魯國名士顏闔到衛國遊歷，衛靈公聘請他做太子的老師。顏闔不知道自己能不能勝任，便去向蘧伯玉請教，說：「太子為人殘暴，殺人成性。我去做他的老師，不知道行不行？我要是管他管緊了，他會

加害於我；我要是放任不管，那又算甚麼老師！」

蘧伯玉想了想說：「要去做他的老師，必須做到兩點。首先要在各方面端正自己的行為，給他做出榜樣；還要跟他建立感情，不要去觸怒他。即使這樣，還會有風險。你知道螳螂的事嗎？看到車子飛馳而來，牠卻不知道避讓，舉起自己的前腿，想阻擋車子前進，牠不知道自己沒有這種力量，當然要被車輪碾死。有這麼一個人，他太愛惜一匹劣馬了。有一天，他端着金盆盛馬糞，看見一隻牛虻叮在馬身上，便一巴掌向牛虻拍過去，結果馬受驚了，奮起蹄子把他踢死。」

聽了蘧伯玉的一番說話，顏闔哪裏還敢當太子的老師，連忙離開了衛國。

| **出處** | ....
《莊子·人間世》：「汝不知夫螳螂乎？怒其臂以當車轍，不知其不勝任也。」

| **例句** | ....
梁啟超《新羅馬傳奇·黨獄》：「爾等螳臂當車，豈非飛蛾送死？」

天下無雙

釋義 天下沒有第二個。形容出類拔萃，獨一無二。

秦、趙長平之戰，趙國任用只會紙上談兵的趙括，致使四十萬大軍全軍覆沒，秦軍乘勝追擊，包圍了趙國都城邯鄲。趙國已經沒有力

量與秦軍一較高下，只能一邊固守城池，一邊向魏國請求救兵。

魏王表面上答應了趙國的請求，讓晉鄙率領十萬大軍前去營救，但懾於秦國的威脅，讓晉鄙在半路上停止進軍，觀望兩國交兵的形勢。魏國公子信陵君屢次向魏王陳述利害，可是魏王就是不聽。

信陵君估計魏王不會同意援救趙國，打算帶着自己的幾百名門客前往，跟秦軍拚命。幾百個人去跟秦國大軍交戰，無異於以卵擊石。義士侯生給信陵君出了個主意，要他去求如姬幫忙，把魏王的兵符偷到手，然後指揮魏軍援救趙國。

信陵君過去對如姬有恩，求她幫忙她便一口答應下來。信陵君拿到如姬偷來的兵符，殺了率軍不前的晉鄙，領兵前往解救了趙國之危。

信陵君竊符救趙，回不了魏國，只好留在趙國。他聽說毛公和薛公很有才能，便派人前去相邀，但是兩人卻以各種藉口推辭，不肯相見。信陵君各處打聽，知道毛公藏在賭場裏，薛公躲在酒館內，便不顧自己的身分，到賭場、酒館尋找二人。信陵君終於見到他們，與他們結為相知。

趙國的平原君聽說信陵君到賭場、酒館裏去，歎息道：「以前聽說信陵君為人最講大義，天下沒有第二個人能跟他相比，現在看來他行為荒唐，徒有虛名。」

這話傳到信陵君的耳朵裏，信陵君說：「既然平原君恥笑我，我就要離開趙國了。」不久平原君知道了原委，連忙去向信陵君道歉，信陵君這才繼續留在趙國。

沒過多久，秦軍攻打魏國，魏王派人請信陵君回國。信陵君怕魏王治他偷走兵符之罪，不肯回國，並且告誡手下：「誰給魏王通報消息，立即處死。」信陵君的態度異常堅決，誰也不敢相勸。

毛公和薛公知道了這件事後，冒死進言：「如果秦國滅了魏國，

公子家破人亡，又怎樣面對天下人？」一句話點醒了信陵君，信陵君馬上動身回國。

回國以後，魏王把上將軍印交給信陵君，信陵君立即指揮大軍抵禦秦軍，他又聯合了其他五國，將秦軍打得大敗。六國軍隊乘勝追擊，一直到函谷關才收兵。

這一仗打下來，信陵君的名聲更大，天下賢能真的沒人能跟他相比。信陵君在世之日，秦國再也不敢對魏國用兵。

| 出處 |
《史記・魏公子列傳》：「始吾聞夫人弟公子天下無雙。」

| 例句 |
魯迅《古小說鈎沉・列異傳》：「夜半，有女子可年十五六，姿顏服飾，天下無雙。」

天衣無縫

天仙穿的衣裳沒有衣縫。比喻詩文渾然天成，沒有雕琢的痕跡。現多比喻行事沒有破綻。

有個年輕人，名叫郭翰。一個夏天的傍晚，由於天熱睡不着，搬了張小牀到院子裏乘涼。

涼風習習吹來，郭翰不禁說了聲「快哉，此風」。閒來無事，他便躺在小牀上仰望着滿天星斗，辨認天上的星宿。

忽然，看到一個仙女飄了下來，他使勁地揉了揉眼睛，莫非自己看的時間長了，眼花起來？睜大眼睛一看，果然是個仙女，已經飄落到他的身邊。

郭翰連忙坐起來，愣在那裏說不出話，只是直瞪瞪地望着天仙。仙女嫣然一笑，對郭翰說：「我是天上的織女，今夜偷空悄悄地到人間來玩玩。」聽了仙女的話，郭翰方才回過神來，站起來向仙女施禮。

仙女對人間的一切都感到新鮮，不停地向郭翰詢問人間事，郭翰一一詳細說給她聽。郭翰向仙女問起天上的情景，仙女歎了口氣說：「唉，沒意思。人們都說天上好，我看天上遠不如人間。」

郭翰仔細打量着仙女，發現她的衣裳沒有衣縫，便好奇地問她這是怎麼回事。仙女說：「天上神仙穿的衣裳都是織出來的，不用剪刀剪，針線縫，所以沒有衣縫。」

說着說着，不覺東方已經顯露出魚肚白，仙女連忙向他告辭，很快便飛上了天。

| 出處 | • • • • • • • • • • • • • • •
五代・前蜀・牛嶠《靈怪錄・郭瀚》。

| 例句 | • • • • • • • • • • • • • • •
李存葆《山上，那十九座墳塋》：「回去後，我用萬能膠把那破疙瘩往杯蓋上那麼一粘，保證天衣無縫。」

投筆從戎

釋義 投：扔掉；戎：軍隊。扔下筆去參軍。指棄文從武，讀書人去參軍。

王莽篡權以後，朝廷便與西域各國斷絕了來往，原本被擊退的匈奴乘虛而入，控制了西域一帶。

到了東漢初年，原來與漢朝友好交往的小國，在匈奴的脅迫下，也跟東漢王朝對峙。那段時間，匈奴和西域各國經常騷擾西部邊境，給東漢的安全造成很大的威脅。

班超，是著名史學家班彪的小兒子，哥哥便是《漢書》的作者班固。公元 62 年，班固被朝廷徵召做官，班超與母親隨同前往洛陽。由於家境貧寒，班超經常給官府抄寫公文，得到一些收入補貼家用。

班超自幼胸懷大志，現在整天在官衙裏幫着抄抄寫寫，過着庸庸碌碌的生活，與他的遠大理想大不相符。有一天，他抄完一份公文，把筆一扔，感慨地說：「大丈夫理當報國，要像傅介子、張騫一樣，到邊疆征戰沙場，怎能老死在書房中。」他毅然放棄了案頭工作，投奔大將軍竇固。

公元 73 年，漢明帝命竇固率軍攻打匈奴，班超隨軍出征。從此以後，班超便奮戰在西部邊陲，為保衛祖國的安全，為促進漢朝與西域各國的友好往來，為中華民族逐步趨向統一，貢獻出畢生的力量。直到公元 101 年，年屆七旬的班超才從西部邊疆回到洛陽。一個月後便離開了人世。

直到如今，班超「投筆從戎」的故事，仍然激勵着有志從軍報國的年輕人。

| 出處 | ●●●

《後漢書・班超傳》：「大丈夫無它志略，猶當效傅介子、張騫立功異域，以取封侯，安能久事筆硯間乎？」

| 例句 | ●●●

清・曾樸《孽海花》第二十五回：「雖出於書生投筆從戎的素志，然在發端的時候，還有一段小小的考古軼史。」

投鞭斷流

 釋義 讓將士們把馬鞭投入長江，也足以使長江斷流。形容人馬眾多，兵力強大。

　　公元 370 年，前秦苻堅消滅了勁敵前燕，接着，攻取了東晉梁、益二州，又滅前涼、滅代，統一了北方。

　　有一天，他在殿前召開會議，商討滅晉大事。苻堅說：「自從我繼承大業以來，掃除四方，只有東南一隅尚未平定。每當我想起此事，連飯都吃不下去。現在我略略計算一下，能夠聚集精兵九十七萬，依靠這些力量，足以掃平江南。不知大家意下如何。」

　　話音剛落，一向奉承苻堅的朱彤說：「陛下順時而動，甚合天意。陛下發動百萬雄師前往，必定有征無戰，大軍一到，晉主肯定投降。如果他們執迷不悟，負隅頑抗，那將死無葬身之地。」苻堅聽了這話，非常高興。

　　左僕射權翼提出反對意見：「臣以為現在攻晉時機不對。現在晉朝君臣和睦，上下同心，前去攻打，難以取勝。」

　　苻堅沉默了許久才說：「大家再說說自己的看法。」

　　太子左衛率石越說：「晉朝外有長江天塹，內無叛逆之臣，臣以為不宜攻打。」

　　一時間，臣子們紛紛表示反對。苻堅再也抑制不住心頭怒火，說：「長江天塹哪能阻擋我們，百萬將士們只要把馬鞭投入長江，足以使長江斷流！」

　　苻堅不顧羣臣的反對，揮動百萬大軍向晉朝發動進攻。結果經過「淝水之戰」，前秦精銳損失殆盡。打那以後，前秦逐步走向衰亡。

| 出處 | •

《晉書・苻堅載記下》：「以吾之眾旅，投鞭於江，足斷其流。」

| 例句 | •

清・魏源《默觚下・治篇一六》：「或有見於多多益善之說，而敗於投鞭斷流；或有見於以少擊眾，而敗於背城孤注。」

圖窮匕見

釋義

圖：地圖；窮：盡、完；匕：匕首；見：顯現，露出來。地圖全都打開了，藏在裏面的匕首也露出來了。比喻事情發展到最後，本意或真相畢露。也作「圖窮匕首見」。

戰國末年，秦國不斷向別國發起進攻。燕國害怕秦國前來攻打，把太子送到秦國做人質。太子丹在秦國受到粗暴待遇，憤而逃回。他時刻不忘在秦國受到的侮辱，立志要報仇雪恨。

太子丹找到田光，請他幫助自己。田光說：「我已年老，辦不成大事。不過，我的朋友荊軻機智勇敢，能夠派得上用場。」太子丹臨別再三囑咐他：「這件事關係到國家的命運，千萬不能泄露出去。」田光笑了笑說：「這個你就放心吧。」

田光來到荊軻家，把燕太子丹準備報仇的事告訴了他，說完他就自殺了，表示自己決不泄露機密。

荊軻見了燕太子，答應到秦國去刺殺秦王。好多天過去了，卻遲遲沒有動身。太子丹一再催促他前往，他說：「沒有秦王喜歡的東西作為禮物，秦王就不會接見我，見不到秦王，怎麼能刺殺他？最好的禮物有兩樣東西，一是樊於期的人頭，一是督亢地區的地圖。樊於期是秦王懸賞捉拿的人，現在逃到燕國來了；督亢地區與秦國相連，秦王一直想得到它。有了這兩件東西做禮物，秦王才會接見我，我在挨近秦王的時候，就能乘機殺了他。」

太子丹不肯殺了樊於期，荊軻找到了他並把自己的想法告訴了樊於期，樊於期慷慨地說：「只要能殺了秦王這個暴君，我絕不憐惜自己的生命。」說完就自殺身亡。

太子丹為荊軻準備了一把淬過毒藥的鋒利匕首，給他帶上樊於期的人頭和督亢地區的地圖，讓他前往秦國。太子丹領着知道這件事的賓客，穿着白衣、戴着白帽，為荊軻送行。

來到易水邊，喝了餞行酒，有人擊起了築（古代的一種樂器）。荊軻和着悲壯的曲調，高聲唱道：「蕭蕭的風啊，易水淒寒；壯士這一去啊，不再歸還。」送行的人聽了，都激動地流下了眼淚。

秦王得知燕國派人把樊於期的人頭和督亢地區的地圖送來了，非常高興，要手下對荊軻以禮相待，準備在宮中接見荊軻。

荊軻去見秦王之前，小心地把匕首捲在地圖中。進入戒備森嚴的秦宮，荊軻昂首闊步地登上大殿。秦王讓人檢查過樊於期的人頭，荊軻走上幾步，把地圖展開給秦王看。地圖全部展開了，匕首也露了出來。荊軻操起匕首，一把抓住秦王的衣袖，猛地刺了過去。秦王大吃一驚，使勁一掙，把衣袖扯斷，總算躲過了匕首。他馬上竄到柱子後面，繞着柱子逃跑，荊軻猛追過去，因為有柱子阻擋，沒能刺到秦王。

臣子們驚慌失措，不知怎麼辦才好。按照秦國規定，臣子上朝不准帶武器，侍衛們排在殿下，沒有命令不准上殿。秦王的佩劍又長又大，慌忙中拔不出來。有人喊道：「大王，把劍背在背上！」秦王把劍背起，反手拔出劍來，砍傷荊軻的大腿。荊軻將匕首向秦王擲去，沒有投中。秦王狠狠地連刺八劍，荊軻終於壯烈就義。

荊軻雖然沒能殺死秦王，但他的英勇事跡一直被後世傳頌。

| 出處 |••

《戰國策·燕策三》：「發圖，圖窮而匕首見。」

| 例句 |••

李國文《賈芸寫效忠信》：「緊接着第三，圖窮匕見，就該流露心跡了。」

推心置腹

置：安放。把自己的心放到別人的肚子裏去。比喻真心地
對待別人。

公元 23 年，王莽政權敗亡。綠林軍擁立更始政權，遷都中原
重鎮洛陽。更始帝劉玄命令劉秀（後來的光武帝）到北方去，擴展勢
力，安撫民心。

亂世之時，泥沙俱下。王郎詐稱自己是漢平帝的兒子劉子輿，在
邯鄲起兵建都。漢平帝是西漢的最後一個皇帝，假如他真是劉子輿，
就是漢王朝的嫡系繼承人，甚麼劉玄呀，劉秀呀，都得滾到一邊去。
許多人信以為真，北方州郡紛紛歸附王郎。

劉秀知道他是冒牌貨，第二年五月攻破邯鄲，斬殺王郎。此後，
劉秀的力量日益強大。劉玄怕他的力量過於強大，以後沒有辦法控
制，封劉秀為蕭王，命令他撤兵回洛陽。劉秀藉口北方尚未平定，拒
不執行命令。

那時候，北方有大大小小幾十支農民起義軍，成為劉秀佔領北
方的主要障礙。劉秀與農民起義軍徹底決裂，跟起義軍展開大規模
作戰。

公元 24 年秋，劉秀擊敗了銅馬起義軍，收編了銅馬軍的三十萬
人馬。對於投降的起義軍首領，劉秀大都委派了官職。但是，投降的
官兵放心不下，害怕劉秀以後將他們除掉。劉秀為了穩定軍心，對他
們進行安撫，並讓各位降將仍歸本部，統領原有人馬。劉秀到各部巡
視，只帶少數隨從，表示對他們的信任，消除了他們的擔憂。

劉秀的這一做法，取得了很大成效。投降的官兵非常感動，紛紛

說道：「蕭王把自己的心放到了我們的肚子裏，我們怎麼會不為他拚死打天下呢？」

| 出處 |

《後漢書‧光武帝紀上》：「降者更相語曰：『蕭王推赤心置人腹中，安得不投死乎？』」

| 例句 |

劉心武《班主任》：「他們一貫推心置腹，就是吵嘴，也從不含沙射影，指桑罵槐，總是把想法傾巢倒出，一點底兒也不留。」

退避三舍

 釋義 舍：古代行軍以三十里為一舍。為避免衝突後撤九十里。比喻對人退讓，避免衝突。

春秋時，晉獻公立他的小兒子奚齊為太子，逼死太子申生，他的另外兩個兒子夷吾和重耳逃往國外。

重耳在國外流亡了十九年，歷盡艱辛。他先後到過狄國、衛國、齊國、曹國、宋國、鄭國，而後到了楚國。

楚成王一向敬重公子重耳，認為他遲早會回到晉國執政，於是在重耳到來之時，用接待國君的隆重禮節歡迎他。以後，楚成王經常和重耳一起遊玩、打獵，兩人的關係十分融洽。有一次，楚成王舉行盛大宴會，熱情招待公子重耳。酒喝得正高興，楚成王問重耳：「公子

如果回到晉國執政，打算怎樣來報答我？」

機靈的重耳一聽，知道他要的不是一般禮物，是要為他向北推進、稱霸中原給予幫助和支持。重耳站起來恭恭敬敬地說：「玉帛珍寶、姣童美女，您都應有盡有，我還有甚麼來報答您呢？」

楚成王見他故意迴避這個問題，毫不放鬆，追問道：「話雖這麼說，可是你總有可以報答我的地方。」

公子重耳想了想，說：「假如託您的福，我能回到晉國執政，祝願我們兩國友好共處。萬一兩國交戰，我一定指揮人馬後撤三舍（九十里），作為對大王恩惠的報答。」

重耳的話軟中有硬，楚成王的臣子聽了非常生氣，暗地裏勸楚成王殺了重耳，除去後患。楚成王不同意，認為重耳志向遠大，有一大批人為他出謀劃策，如果處理得不當，不但殺不了重耳，還會招致災禍。楚成王思前想後，把重耳一行送往秦國。

第二年，重耳在秦國的幫助下回國，奪取了王位，他就是春秋五霸之一晉文公。

公元前 632 年，晉國與楚國為了爭奪霸權，發生了一場戰爭。兩國軍隊相遇時，晉文公果然履行了自己的諾言，指揮大軍後撤三舍（九十里）。由於楚軍不肯罷休，繼續挺進，被晉軍打得大敗。

| 出處 | ●

《左傳‧僖公二十三年》：「晉楚治兵，遇於中原，其辟君三舍。」

| 例句 | ●

清‧吳趼人《二十年目睹之怪現狀》第四十二回：「我說姊姊不過，只得退避三舍了。」

完璧歸趙

釋義 完：使……完好無損。使和氏璧完好無損地回到趙國。比喻將東西完好無損地送還原主。

戰國時，趙惠文王得到一塊價值連城的「和氏璧」。秦昭王知道了這件事，派人給趙王送來一封信。信中說，願意拿十五座城池來換這塊「和氏璧」。

這可急壞了趙惠文王，連忙把大臣找來商量。商量來商量去，還是沒個結果。不給秦王吧，怕他出兵攻打趙國；給了秦王吧，又怕他得了「和氏璧」就賴賬。眼下，該如何回覆秦王？

有個叫繆賢的臣子，向趙王推薦了自己的門客藺相如，說他機智勇敢，很有才幹，如果派他出使秦國，一定能巧妙答覆秦王。

趙王召見了藺相如，向他說明了情況，並且徵求他的意見。藺相如說：「秦王用十五座城池來換『和氏璧』，趙國不同意，理虧的是趙國。趙國給了『和氏璧』，秦王不肯給十五座城池，理虧的是秦國。兩下一比較，寧可答應下來，讓秦國承擔理虧的責任。」他又當場表示，如果秦王給了趙國十五座城池，「和氏璧」就留在秦國，否則的話，一定把「和氏璧」完完整整地帶回來。

藺相如到了秦國，秦王接見了他。秦王捧着「和氏璧」看了又看，根本不提用城池交換「和氏璧」的事。藺相如看出秦王根本不想用城池來交換，走上前去，說：「這寶玉上有一點小毛病，讓我指給大王看。」藺相如拿過「和氏璧」，向後退了幾步，靠着柱子站着，怒氣沖沖地指責秦王不講信義。藺相如接着說：「大王要是逼迫我把『和氏璧』交給你，我的頭就跟『和氏璧』一起撞碎在這根柱子上。」

說完，他高高地舉起「和氏璧」，兩眼斜視着柱子，隨時準備把「和氏璧」向柱子砸過去。秦王生怕藺相如砸壞「和氏璧」，連忙站起來向他道歉，馬上叫來有關官員，攤開地圖指指點點，說明從這裏到那裏的十五座城池劃給趙國。

藺相如知道秦王在耍手腕，推託說：「『和氏璧』是天下奇珍異寶，趙王敬畏秦王，不敢不獻。他舉行了隆重的儀式，才讓我拿來。大王也要舉行隆重的儀式，我才能獻給您。」

秦王看看眼前的情況，沒有辦法把「和氏璧」硬搶過來，只好答應藺相如的條件，並且把他安排到驛館住宿。

藺相如估計到，秦王一旦把「和氏璧」拿到手，一定不會把十五座城池給趙國。他讓隨從換上粗布衣裳，懷藏着「和氏璧」，抄小路逃走，把「和氏璧」送回趙國。

舉行接受「和氏璧」儀式的那天，藺相如見到秦王，說：「秦國國君說話一向不算數，我已經派人把『和氏璧』送回趙國。只要您把十五座城池給趙國，趙王就會立即把『和氏璧』送來。我知道欺騙大王應得死罪，我情願下油鍋。請大王和您的臣子好好商量這件事吧。」

秦王和他的臣子你看看我，我看看你，一個個目瞪口呆，誰也說不出話來。有的臣子氣極了，要把藺相如拖下去處死。

秦王冷靜地考慮了一下，說：「現在殺了他，還是得不到『和氏璧』，反而斷了秦趙兩國的交情。不如好好對待他，讓他回去吧。」

藺相如回到趙國，趙王因他出使秦國回覆了秦王，並將「和氏璧」完整送回，為趙國立下大功，任命他為上大夫。

| 出處 | •
《史記・廉頗藺相如列傳》。

| 例句 | •

姚雪垠《李自成》第一卷第二十六章：「請放心，不要多久，這兩件東西定會完璧歸趙。」

玩火自焚

 釋義 玩弄火的人最後燒了自己。比喻幹害人或冒險的勾當，到頭來害了自己。

衛桓公的弟弟州吁狼子野心，心狠手辣，為了奪取君位，找來心腹石厚密謀，殺死了哥哥衛桓公，奪取了君位。他倆狼狽為奸，對內殘酷壓榨百姓，對外發動戰爭，朝廷上下怨聲載道。

魯隱公得知州吁殺死兄長篡奪了君位，問大臣眾種：「衛國的州吁如此殘忍，能不能保住君位？」

眾種回答說：「只能用德行來安撫百姓，動用武力怎麼能使百姓安定？這就好比整理亂絲，越是扯越是亂。州吁這個人，依仗自己的武力，做事過於殘忍，依仗武力就沒有人擁護，過於殘忍就沒有人親近。民眾背叛，親信離去，怎麼能夠長久呢？」

眾種略略停了一會兒，繼續說：「武力這個東西，就像火一樣。如果不加收斂，就會焚燒到自己。看看州吁的所作所為，就是這種情況。」

不出眾種所料，州吁篡位不到一年，衛國人就把他殺了。

| 出處 | ●●●

《左傳‧隱公四年》：「夫兵，猶火也，弗戢，將自焚也。」

| 例句 | ●●●

柯靈《阿波羅降臨人世》：「這是一個活生生的玩火自焚的例證。」

亡羊補牢

釋義

亡：丟失；牢：養牲口的圈。羊跑掉了，趕緊修補羊圈。比喻犯了錯誤及時設法補救。

莊辛，是楚國的大臣，他見頃襄王整天跟州侯、夏侯、鄢陵君、壽陵君幾個奸臣混在一起，只顧吃喝玩樂，不管國家大事，心裏十分着急。

有一天，他勸頃襄王說：「大王在宮中，左有州侯，右有夏侯；外出的時候，鄢陵君、壽陵君跟在大王的車後。您成天跟這四個人在一起，講究享樂，不問國事，再這樣下去，楚國就危險了。」

頃襄王聽了怒氣沖沖地罵道：「你是不是老糊塗了，盡說些甚麼呀！」

莊辛見頃襄王不聽勸告，料想這樣下去楚國一定會出現危險，於是辭去了官職，到趙國去避難。

莊辛離開楚國才五個月，秦國就派軍隊攻打楚國，由於頃襄王長期不理朝政，人心渙散，軍隊腐敗，根本不堪一擊。秦軍長驅直入，

很快就佔領了楚國都城鄢（今湖北江陵北）。頃襄王慌忙逃到城陽（今河南信陽），這才後悔沒有聽從莊辛的勸告，於是派人到趙國，把莊辛請回來。

莊辛到了城陽，見到了頃襄王。頃襄王哭喪着臉說：「我沒有聽從你的勸告，落到如今這般地步，這該怎麼辦呢？」

莊辛勉勵楚王道：「我聽說過這樣的俗話：看到了兔子才回頭呼喚獵犬去追，還不算晚；羊跑掉了才去把羊圈補好，還不算遲。古代的商湯、周文王，原來只有百里方圓的土地，由於發奮圖強，漸漸強盛起來，終於奪取了天下，建立了商朝和周朝。夏桀、商紂兩個暴君，雖然佔有整個天下，卻免不了亡國。現在楚國的土地雖然比以前少，粗粗算來，方圓還有幾千里，哪止方圓百里呢？只要您能改正錯誤，楚國還是大有希望的。」

說到這裏，莊辛頓了頓，看着頃襄王嚴肅地說：「如果您好了傷疤忘了痛，還和從前一樣，那可就死無葬身之地了。」

| 出處 |
《戰國策・楚策四》：「見兔而顧犬，未為晚也；亡羊而補牢，未為遲也。」

| 例句 |
郭沫若《悼一多》：「日本投降了，我們幸而免掉了亡國之痛，亡羊補牢，尚未為晚。」

網開一面

釋義　把捕鳥獸的網收起一面。比喻放開一條生路。也作「網開三面」。

　　夏朝末年，暴君夏桀殘暴無道，天下人對他恨之入骨。商湯關心民眾疾苦，深受天下人的愛戴。他任用伊尹和仲虺為左右相，國力一天天強大起來。

　　有一天，商湯巡行於外，看到有人正在張網捕捉鳥獸。網剛張好，那人口中便唸唸有詞：「天上飛的鳥，地上跑的獸，全都落入我的網中。」

　　商湯聽了對那人說：「唉，你這麼做太殘忍，天下的鳥獸豈不要被捕盡！除非夏桀這樣的人，誰會做這樣趕盡殺絕的事！」

　　商湯把那人架好的網收起三面，只留下一面，教那人重新禱告：「天上飛的鳥，地上跑的獸，願意往左就往左，願意往右就往右，願意往上就往上，願意往下就往下，我只捕捉那些不要命的。」

　　這件事很快就傳遍了天下，漢水以南的諸侯紛紛說：「商湯太仁慈了，連鳥獸都得到了恩澤。」很快，又有四十多個小國歸順了商湯。

　　這個成語本為「網開三面」，後來常作「網開一面」。

|出處| ●

《史記‧殷本紀》：「湯出，見野張網四面，祝曰：『自天下四方，皆入吾網。』湯曰：『嘻，盡之矣！』乃去其三面。」

｜例句｜
清·李綠園《歧路燈》第九十三回：「老先生意欲網開一面，以存忠厚之意，這卻使不得。」

望梅止渴

釋義 遠遠地看見梅林，口水直流，止住了口渴。比喻用空想來安慰自己。

一年夏天，曹操領兵攻打張繡。正值三伏天，烈日當空，酷暑難當。士卒們身背沉重的武器，艱難地行走在崎嶇的小路上。將士們大汗淋漓，衣服都被汗水濕透，更要命的是，因為找不到水源，連一口水都喝不上，一個個口渴難忍。士卒們喘着粗氣，舐着乾裂的嘴脣，拖着疲憊的步伐，行進的速度越來越慢。

曹操不免焦急起來，兵貴神速，千萬不能貽誤戰機！可是，天這麼熱，將士們沒有水喝，這可怎麼辦？看着又渴又累的士卒，曹操不禁皺起了眉頭，別說是讓他們快些走，就這樣走下去都吃不消了。派出去找水的士卒紛紛回來了，他們帶回了壞消息：附近沒有小河，沒有山泉，根本就找不到水。曹操暗想：在無水的荒原上停留的時間越長，越有危險，得趕快走出這片要人命的荒原。

可就是這麼眉頭一皺，一條計謀給他想出來了。他騎馬跑到高處，裝作向遠處眺望，突然間，他用馬鞭向前一指，高聲說道：「你

們看，前面有片梅林！這時節，樹上一定結滿了果子。梅子又酸又甜，吃了一定解渴。」

聽說前面有梅子，士卒們都來了精神，不用當官的催促，一個個加快了行進的步伐。曹操指揮部隊迅速往前趕，終於走出荒原，擺脫困境。

|出處| ••••••••••••••••••••••••••••••••••••
南朝・宋・劉義慶《世說新語・假譎》：「魏武行役，失汲道，軍皆渴，乃令曰：『前有大梅林，饒子，甘酸可以解渴。』士卒聞之，口皆出水，乘此得及前源。」

|例句| ••••••••••••••••••••••••••••••••••••
馬南邨《有書趕快讀》：「如果現在丟開這些基本的書籍不認真苦讀，一心想找祕本，只恐望梅止渴，無濟於事。」

望洋興歎

釋義　望洋，仰視的樣子。黃河的河神仰視着海神若，為自己遠遠不如海神發出歎息。原比喻看到人家偉大，才感到自己渺小。現也比喻力量不夠，無可奈何。

到了秋季，綿綿秋雨下個不停，各條支流的洪水灌入黃河，黃河水暴漲，河面頓時寬闊起來。滔滔的黃河水傾瀉而下，濁浪滔天，隔岸望去，迷迷茫茫一片，甚麼也看不清楚。

　　這時候，黃河的河神河伯洋洋得意，趁着水勢順流而下，要仔細看一看黃河的壯麗景觀。河伯心裏暗暗想：天下的水流都匯集到自己這裏來了，天下最偉大的人，除了我還會是誰呀！

　　到了黃河入海口，河伯頓時驚呆了。哎呀呀，只見巨浪翻騰，洶湧澎湃，天連着水，水連着天，怎麼也看不到邊。這裏的水面不知比黃河要寬闊多少倍，這裏的景觀不知要比黃河壯麗多少倍！站在高大的海神若的跟前，他再也神氣不起來，過了好一會兒，他抬起頭仰視着海神若，歎了一口氣說：「俗話說：『聽說過許多道理，就以為自己懂得很多，沒有人能比得上自己。』說的就是像我這樣的人啊。今天要不是我到你的門前看一看，我還是那樣自高自大，那可就太危險啦，我肯定要被有大學問的人恥笑了！」

| 出處 | ....

《莊子‧秋水》：「於是焉河伯始旋其面目，望洋向若而歎曰⋯⋯」

| 例句 | ....

李欣《一知半解》：「在學習的道路上，切忌淺嘗輒止、過門不入、故步自封、望洋興歎和半途而廢。」

危若累卵

釋義 累：堆積。像把蛋一個個堆起來那樣危險。比喻處境十分危險。

春秋時，晉靈公只圖自己享樂，不顧人民死活。他強迫老百姓放下手中的農活，給他造一座宏偉壯麗的九層高台。大臣們都勸晉靈公不要浪費人力、物力，可是晉靈公就是不聽，聽得實在煩了，下令說：「誰要是再敢阻攔，我就殺死誰！」

有個叫荀息的老臣求見晉靈公。晉靈公拿起弓，搭上箭，等待他前來。只要他一開口勸阻，就一箭射死他。

荀息進了宮，看到晉靈公的那副樣子，連忙說：「我不是來勸大王的，是來耍套把戲給大王看的，我學了套把戲，讓大王高興高興。」晉靈公有些奇怪，問道：「你會耍甚麼把戲？」荀息說：「我能用棋子搭成平台，然後把九個雞蛋放在上面。」

晉靈公從來沒有聽說這個老頭兒會耍把戲，今天倒要見識見識。他讓人把棋子跟雞蛋拿來，要荀息當場表演一下。

荀息蹲下身子，先把十二顆棋子整整齊齊放好，又小心翼翼地把五個雞蛋豎着放在棋子上面，然後再拿三個雞蛋，準備放在五個雞蛋上面。雞蛋又圓又滑，一不小心就往下掉，荀息放了好一會兒，總算把三個雞蛋放穩當。荀息拿着最後一個雞蛋往上放，晉靈公和周圍的人都很緊張，連大氣都不敢出一口。最後一個雞蛋終於放上去了，晉靈公長長舒了一口氣說：「好險哪！好險哪！」

荀息見時機到了，說：「這還不算危險，危險的還在後面呢。」

晉靈公道：「你就說說看。」

　　荀息說：「大王要造九層高台，就比我剛才堆九個雞蛋危險。造高台要三年時間，在這三年裏，老百姓沒有時間耕種、織布，吃的、穿的從哪裏來？鄰國看到我國發生了危機，就會攻打我們，就有亡國的危險，這不是比我剛才堆九個雞蛋還要危險嗎？」

　　晉靈公聽了荀息的一席話，恍然大悟，說：「唉，沒想到我的錯誤已經發展到如此嚴重的地步。」他立即下令，停止建造九層高台。

| 出處 |

《韓非子‧十過》：「其君之危，猶累卵也。」《史記‧范睢蔡澤列傳》張守節正義引《說苑》：「荀息正顏色，定志意，以瀉子置下，加九雞子其上。左右懼慄息，靈公氣息不續。公曰：『危哉，危哉！』荀息曰：『此殆不危也，復有危於此者。』」

| 例句 |

梁啟超《清議報敍例》：「國勢岌岌，危若累卵。」

為虎作倀

釋義　倀：倀鬼，傳說中被老虎咬死以後，給老虎找人吃的鬼。給老虎當倀鬼。比喻給壞人當幫兇。

　　一頭餓極了的老虎，在森林裏轉來轉去，尋找、捕捉食物。突然，他看見一個人，急忙追趕過去。那人拚命奔跑，還是沒有逃脫，被老虎撲住，一口咬斷了喉嚨。

老虎美美地吃了一頓，打了個飽嗝，又撲住那人的靈魂，不讓離開。

「你連我的骨頭都吃下去了，為甚麼還不讓我離開？」那人氣憤地問。

老虎「嘿嘿嘿」地奸笑了幾聲，說：「今天我才知道，人肉最鮮美。你要是想離開我，就必須找個人來給我吃。不然的話，你休想離開我半步。」

那人的靈魂只想早點離開老虎，也不管別人的死活了。他當了老虎的倀鬼，給老虎找人吃。

| **出處** | ●

《太平廣記》卷四三〇：「倀鬼，被虎所食之人也，為虎前呵道耳。」宋·孫光憲《北夢瑣言·逸文》卷四：「凡死於虎，溺於水之鬼號為倀，須得一人代之。」

| **例句** | ●

沈從文《給一個在芒市服務的小學教員》：「然而凡是為虎作倀的，壞處分分明明，有目共睹，人所不齒。」

未能免俗

 釋義　沒能擺脫一般人的習俗。

　　魏晉時的「竹林七賢」，是指嵇康、阮籍、山濤、王戎、向秀、劉伶、阮咸七位風流名士。由於當時社會動蕩不安，國家長期處於分裂狀態，統治者對文人進行政治迫害，一些文人不得不借酒澆愁，以酒避禍。其中，阮咸是比較突出的一個。

　　有一天，阮咸跟家族的幾個人聚集在一起飲酒。他們把酒倒在盆子裏，圍坐在一起用手捧着喝。這時候來了一羣豬，跑到這裏來搶食，他們就跟豬夾雜在一起，又吃又喝。

　　每年七月初七那天，人們照例要將衣服拿出來曬一下，祛除濕氣、霉氣，防止衣裳霉蛀。住在道路北邊的阮姓都是富戶，大家把紗、羅、錦、緞等衣物都拿出來曬。住在道路南面的阮姓都比較貧苦，阮咸家就住在道南。那一天烈日當空，阮咸把一條短褲曬在院子裏。別人感到奇怪，問他這是幹甚麼，他說：「今天大家都曬衣服，我沒能擺脫一般人的習俗，姑且也這麼做。」

│出處│ •

南朝・宋・劉義慶《世說新語・任誕》：「未能免俗，聊復爾耳。」

│例句│ •

周瘦鵑《梅花時節話梅花》：「就中有少數劈梅，以整株老梅對劈而成，可以成雙作對，猶如孿生的兄弟姐妹，這是『香雪海』花農們的傳統風俗，未能免俗，聊備一格而已。」

卧薪嘗膽

釋義

薪：柴草；膽：苦膽。睡在柴草上，吃飯前嚐一下苦膽。比喻刻苦自勵，發憤圖強。

春秋時，吳、越兩國世代為仇，你攻我，我打你，沒休沒止。

有一次，吳王闔閭率領軍隊攻打越國，越國軍隊奮力抵抗，闔閭被亂箭射中，傷勢嚴重。臨死前，他對兒子夫差說：「你一定要打敗越國，為我報仇。」

夫差繼承王位以後，日夜操勞，加緊訓練軍隊，兵力一天天強大。越王勾踐想先發制人，卻被吳王夫差擊敗。夫差乘勝追擊，將勾踐包圍在會稽山上。

這時候，越王勾踐只剩下五千人馬，沒有力量繼續抵抗，只好派文種去求和。吳王夫差一心要報仇，拒絕了越國的求和條件。

大臣文種想盡了辦法，買通了吳國太宰伯嚭，請他幫着說情。伯嚭一番花言巧語，終於使夫差接受了勾踐的投降條件。夫差把勾踐夫婦二人押回吳國，關在父親墓旁的石屋裏，要他們看守墳墓，飼養馬匹。

越王勾踐在那裏住了三年，處處小心謹慎，時時忍受恥辱。吳王夫差坐車出門，勾踐就給他駕車拉馬，伺候得非常周到。有一次，吳王夫差生了病，勾踐親自殷勤服侍，就像兒子服侍老子一般。夫差病好之後，放勾踐夫婦回國。

回國以後，勾踐決心報仇雪恨。他睡覺時連褥子都不用，就睡在柴草堆上，提醒自己不要忘了飼養馬匹時所過的苦難生活；他在住的地方掛着一枚苦膽，飯前或休息的時候都要嚐一嚐苦味，提醒自己不

要忘了所受的痛苦和恥辱。

越王勾踐還制定了復興計劃，準備用十年時間發展生產、訓練軍隊。經過艱苦努力，不到十年工夫，越國就恢復、發展、強大起來。

經過長期準備，勾踐趁夫差到北方參加會盟、吳國後方空虛的機會，攻打吳國首都。夫差連忙回來救援，但無法抵擋越國的攻勢。公元前 473 年，夫差被越軍團團包圍，最後自殺身亡。

|出處| ....
《史記·越王勾踐世家》：「苦身焦思，置膽於坐，坐臥即仰膽，飲食亦嘗膽也。」

|例句| ....
宋·蘇軾《擬孫權答曹操書》：「僕受遺以來，臥薪嘗膽，悼日月之逾邁，而歎功名之不立。」

蕭規曹隨

釋義 蕭何制定了政策法令，曹參接任後一切照着辦。比喻按前人的成規行事。

秦朝末年，爆發陳勝、吳廣農民起義。蕭何、曹參等擁立劉邦為沛公，在沛縣起兵響應。曹參是最早跟隨劉邦的大將，是劉邦的心腹之一。

劉邦建立漢王朝後，蕭何擔任丞相。蕭何兢兢業業、勵精圖治，

創下了漢王朝的太平江山。劉邦去世後，蕭何繼續擔任丞相。

蕭何病重時，漢惠帝問他，誰能勝任丞相一職，蕭何毫不猶豫地推薦了曹參。蕭何去世後，曹參擔任了丞相。

曹參信奉黃老之學，主張治理國家以清靜無為為上。過去，他在任齊相時，不以政令擾民，贏得了「賢相」的美譽。如今擔任了丞相，依然我行我素，實施「無為而治」的主張。身為丞相，他卻不問朝政。日夜飲酒，尋歡作樂。有時大臣有要事稟報，進了丞相府門便被他拉住飲酒，直到把人家灌醉。

漢惠帝本希望他像蕭何一樣有所作為，沒料想他卻不問朝政。惠帝實在看不下去了，要他兒子勸勸父親。曹參的兒子不會說話，把漢惠帝的話變成自己的話去規勸父親。曹參聽了勃然大怒，狠狠地揍了兒子一頓，怒氣沖沖地對他說：「你快去伺候皇上，國家大事不是你該管的。」

第二天上朝，惠帝責備曹參不該教訓兒子，說明是自己要他去規勸曹參的。曹參聽了連忙謝罪，說：「請陛下想一想，是先帝聖明還是您聖明？」惠帝說：「我怎麼能跟先帝相比。」曹參又問：「陛下看看，是蕭何有才能還是我有才能？」惠帝說：「你比不上蕭何。」曹參接着說：「陛下說得很對。先帝跟蕭何平定了天下，制定了一系列的法令法規。如今陛下垂拱而治，我等謹守職責，嚴守原來的法令使它沒有改變，這樣就能治理好國家。」

聽了曹參的這番話，惠帝也沒有多說甚麼，只是說：「知道了，你休息去吧。」

| 出處 | ●
漢·揚雄《解嘲》：「夫蕭規曹隨，留侯畫策，陳平出奇，功若泰山，響若坻隤。」

小鳥依人

釋義　就像小鳥一樣依傍着人。原比喻馴順可愛。後多比喻孩童或女子嬌小可愛。

「起居注」是封建時代日記體史冊，記載皇帝言行、兼記朝廷大事。唐代於門下省設「起居郎」、「起居舍人」，隨侍皇帝左右，編修「起居注」。按照定例，皇上本人不許看「起居注」，新皇帝繼位後，為先帝編修「實錄」，「起居注」是史料的主要來源之一。後朝為前朝編寫正史，「起居注」也是重要的史料。由此可見，編寫「起居注」的官員一定是皇上的親信，要「飛鳥依人」般依從皇帝才好，否則，把皇上寫成昏君模樣，那還得了！皇上自己也怕遺臭萬年呀。

褚遂良是唐代的名臣，也是著名的書法家，貞觀十年（公元636年），曾為祕書郎的褚遂良出任起居郎一職，編修「起居注」。唐太宗李世民讓他擔任起居郎，不僅因為他的文采好，更重要的是褚遂良深得唐太宗歡心。

唐太宗曾對開國第一功臣、宰相長孫無忌說：「褚遂良這個年輕人，學問大有長進，為人剛正，對朝廷忠貞不渝，對我很有感情。他那一副飛鳥依人的模樣，不得不讓我憐愛。」看看，用褚遂良做起居

郎，多稱唐太宗的心。

　　話雖這麼說，樣子還是要做的。有一天，唐太宗故意問褚遂良：「你每天都記錄我的言行起居，我不知道你記了些甚麼，你寫下來的東西，能不能讓我看看？」

　　褚遂良嚴肅地說：「自古以來，帝王的言行都要如實記下，哪怕說錯了話、做錯了事，也要如實記載。記載的內容皇上不能看，這是自古以來的定制。」實際上，所有的「起居注」，哪有不「為尊者諱」的，哪能全都如實記載！

　　後世將「飛鳥依人」改為「小鳥依人」，更加形象生動。

|出處| ● ● ● ● ● ● ● ● ● ● ● ●
《舊唐書‧長孫無忌傳》：「褚遂良學問稍長，性亦堅正，既寫忠誠，甚親附於朕，譬如飛鳥依人，自加憐愛。」

|例句| ● ● ● ● ● ● ● ● ● ● ● ●
張潔《如果你娶個作家》：「你也別指望她撅着小嘴，小鳥依人地讓你皮夾子一掏，牡丹卡一亮買件手飾或穿戴，一現你大丈夫的英雄氣概。」

小時了了

釋義　了了：形容聰明懂事。年幼時很聰明。

　　孔融是東漢末年著名的文學家，為「建安七子」之一。

　　孔融自幼聰慧懂事。四歲的時候，曾和幾個弟兄一起吃梨。梨有

大有小，孔融撿了一個最小的吃。大人問他為甚麼不拿大的，他說：「哥哥比我大，大的給哥哥吃。」這便是教育孩子時常說的「孔融讓梨」的故事。

十歲時，孔融跟隨父親來到了洛陽。當時，李元禮的名氣很大，普通人進不了他的家門，在他家進出的，都是才智出眾之士。有一天，孔融來到李元禮的府門，對看門人說：「我是李府君家的親戚，我要去見李府君。」看門人不敢怠慢，連忙進去通報。

孔融進了大廳，李元禮看到他有些奇怪：這是誰家的孩子，說是我的親戚，我怎麼不認識呢？李元禮問道：「你和我是甚麼親戚關係？」孔融振振有詞地說：「我的祖先孔仲尼（孔子）曾經拜你的先人李伯陽（老子）為師，我和您是世家通好的關係。」聽孔融這麼一說，李元禮暗暗稱奇，連聲向賓客誇獎道：「這孩子聰明。」

大家正說着，太中大夫陳韙來了，大家就把孔融剛才說的話講給他聽。哪知陳韙聽了淡淡一笑，冷冷地說：「別看他小時候聰明，長大了未必有出息。」

孔融馬上回了一句：「想來您小時候一定很聰明。」

一句話就把堂堂的太中大夫給戧住了，頓時面紅耳赤，好半天都沒能說出一句話。

需要注意的是，單說「小時了了」，是稱讚孩子聰明；這個成語常和「大未必佳」連用，是「小時候聰明，長大了未必有出息」的意思，沒有稱讚的意味。

| 出處 |⋯⋯⋯⋯⋯⋯⋯⋯⋯⋯⋯⋯⋯⋯⋯⋯⋯⋯⋯⋯⋯⋯⋯⋯

南朝・宋・劉義慶《世說新語・言語》：「太中大夫陳韙後至，人以其語語之，韙曰：『小時了了，大未必佳。』文舉曰：『想君小時必當了了。』」

| 例句 |••••••••••••••••••••••••••••••

張心陽《崇尚愚蠢》：「有一個孩子在大人面前賣了一個乖，結果就遭到了嘲諷：『小時了了，大未必佳。』這孩子還能說甚麼？」

笑裏藏刀

 釋義 笑容裏面藏着刀子。比喻外表和善，內心陰險毒辣。

　　唐代有兩個大奸臣，一個是口蜜腹劍的李林甫，一個是笑裏藏刀的李義府。

　　李義府也不是沒有一點兒本事，能寫得一手好文章。唐太宗時，他就是憑着這一點，被劉洎、馬周看中，推薦到朝廷為官。

　　善於看風使舵的李義府，與晉王李治交往甚密。李治是唐太宗李世民的第九個兒子，上有胞兄太子李承乾、四兄魏王李泰，在一般人看來，他只是個繼位無望的王子。但在激烈的宮廷鬥爭中，不與兄長爭位的李治漁翁得利，反倒被立為太子。唐高宗李治即位以後，李義府得以被重用。

　　武則天本是唐太宗的「才人」，賜號「武媚」，唐太宗去世後曾出家為尼。唐高宗看上了她的美貌，將她接回宮中封為「昭儀」。

　　李義府又看準了機會，為武則天出謀劃策，武則天得以封后，裏面也有李義府的功勞。武則天當上了皇后，便迫不及待地參與朝政。曾經反對立她為后的褚遂良和長孫無忌，都先後被她罷免，而善於奉迎的李義府，卻穩穩地當上了右丞相，可謂一人之下、萬人之上了。

李義府為官，劣跡斑斑。得勢後結黨營私、賣官鬻爵，把個堂堂的李氏王朝，弄得烏煙瘴氣。有一次，他看中了一個美貌的女囚，竟然讓人把她弄出來供自己享樂。事情敗露後，唐高宗下詔查辦，為他辦事的人畏罪自殺，他卻一點事也沒有。

李義府看上去恭謙溫和，跟人說話總是面帶笑容，可是心地陰險，行事狠毒。有誰做事違背他的心意，他就想盡辦法加以陷害。當時人們都說，李義府笑容裏暗藏着刀子，是個殺人不見血的惡棍。

| 出處 |••

《舊唐書・李義府傳》：「義府貌狀溫恭，與人語必嬉怡微笑，而褊忌陰賊。既處權要，欲人附己，微忤意者，輒加傾陷。故時人言義府笑中有刀。」

| 例句 |

茅盾《腐蝕》：「在這個地方，人人是笑裏藏刀，攔人上屋拔了梯子，做就圈套誘你自己往裏鑽。」

行將就木

釋義　行將：將要；就：靠近；木：棺材。快要進棺材了。比喻快要死亡。

春秋時，晉獻公寵愛妃子驪姬，將她的兒子奚齊立為太子。原來的太子申生被迫自殺，他的兩個弟弟夷吾和重耳流亡在外。

重耳先跑到自己的封地蒲城，晉兵聞訊追來，重耳匆匆逃往狄國。狄國國君同情他的遭遇，將他收留下來。

狄國攻打咎如，俘獲了這個部落的兩個姑娘，一個叫季隗，一個叫叔隗。重耳娶了季隗為妻，叔隗嫁給了跟隨重耳流亡的趙衰。重耳在狄國住了十二年，和季隗生了兩個孩子。

晉獻公去世以後，晉國又陷入了混亂。大夫里克立即發難，殺死了驪姬和十五歲的奚齊。當時晉獻公尚未安葬，大夫荀息力主立奚齊的弟弟卓子為國君。里克又殺了卓子，迫死大夫荀息。

里克原打算迎立公子重耳為國君，遭到重耳拒絕，里克百般無奈，只好迎立重耳的弟弟夷吾為國君，這便是晉惠公。

晉惠公認為哥哥重耳是自己的最大威脅，派人前去行刺。重耳得到了消息，打算逃到齊國去。臨行前，他對妻子季隗說：「你等我二十五年，要是到那個時候我還沒有回來，你就改嫁吧。」季隗傷心地說：「等你二十五年，我就快進棺材了！讓我一心等着你回來吧。」

| 出處 | ●●●●●●●●●●●●●●●●●●●●●●●●●●●●●●●●●●●●

《左傳·僖公二十三年》：「我二十五年矣，又如是而嫁，則就木焉。」

| 例句 | ●●●●●●●●●●●●●●●●●●●●●●●●●●●●●●●●●●●●

清·吳趼人《痛史》第二十五回：「但老夫行將就木，只求晚年殘喘。」

虛與委蛇

委蛇：隨順、敷衍。虛情假意敷衍應付。

鄭國有個看相的巫師，名字叫季咸。他能預測人的生死禍福，預測的結果都很靈驗。列子對他佩服得五體投地，把自己的所見所聞都說給老師壺子聽，最後感歎道：「以前我以為先生的道術是最高明的了，現在我看到更高的道術。」壺子說：「你去把季咸請來，讓他給我相相面。」

第二天，列子果然帶着季咸來了。給壺子相過面，季咸和列子走到屋外。季咸對列子說：「你的老師快死了，最多還能活十天。」列子聽了心裏非常難過，忍不住哭了起來。

列子回到屋內，臉上還有淚痕。他把季咸的話說給壺子聽，壺子卻絲毫不為所動，說：「剛才我是把寂然不動的心境露給他看，恐怕他只能看到我閉塞的生機。你明天再把他帶來，讓他給我相相面。」

第三天，列子帶着季咸來了。季咸給壺子相過面，跟列子走到門外。列子連忙詢問相面的結果，季咸說：「你的老師幸虧遇上了我，能夠痊癒了。我看到他昨天閉塞的生機，今天有了變化。」

列子非常高興，連忙進屋把季咸的話告訴老師。壺子微微一笑，說：「今天我是把陰陽二氣調和的心境露給他看，所以他說我有了生機。明天你還把他帶來，再給我相相面，聽他又會怎麼說。」

第四天，列子又帶着季咸來了。一看到壺子，季咸轉身就跑，壺子對列子說：「趕快去追他！」等到列子追到門外，已經不見季咸的蹤影。

回到屋裏，列子弄不明白究竟是怎麼一回事。壺子對他說：「今

天我的心境跟他假意應酬，如同隨波逐流一般，他沒法弄清我的情況，只得倉皇逃去。」

| 出處 |••

《莊子‧應帝王》：「鄉吾示之以未始出吾宗，吾與之虛而委蛇。」

| 例句 |••

李潔非《「實話實說」雜想》：「我們仍然喜歡直言如矢的人士，討厭或害怕虛與委蛇、言不由衷之輩。」

懸梁刺股

 釋義 股：大腿。把自己的頭髮吊在屋樑上，用錐子刺自己的大腿。比喻發奮刻苦學習。

漢代的孫敬，字文寶，從小愛學習。他常常一早就起來讀書，直至深夜，人們稱他「閉戶先生」。孫敬讀書，一有心得就隨手記下，經常於不知不覺間讀到深夜。有時難免打起瞌睡，清醒以後又懊悔不已。他找來一根繩子，把自己的頭髮吊在屋樑上，打瞌睡時頭一低下，頭髮就拽着頭皮，疼痛不已，這樣就可以趕跑睡意，繼續讀書。年復一年地刻苦學習，使他飽讀詩書，博學多聞，成為通曉古今的大儒。

戰國時的蘇秦，年輕時曾經到秦國游說秦王，結果遭到冷遇，只得灰溜溜地回到家中。回家以後沒人理睬他，連父母都不把他當兒

子。他決心發憤讀書，學好各種知識。晚上讀書疲倦時，他就用錐子刺自己的大腿，有時候鮮血流到腳背上，他也渾然不知。疼痛趕走了睡意，他便繼續讀書。經過刻苦努力，蘇秦終於學有所成，周遊列國進行游說，最後身佩六國相印，成就了一番大事業。

| 出處 | •
《戰國策·秦策一》：「(蘇秦)讀書欲睡，引錐自刺其股，血流至足。」《太平御覽》卷三六三引《漢書》：「孫敬字文寶，好學，晨夕不休。及至眠睡疲寢，以繩繫頭，懸屋梁。後為當世大儒。」

| 例句 | •
明·徐霖《繡襦記》第三十三齣：「豈不聞古之人懸梁刺股，以志於學。」

學富五車

釋義　五車：五車子書，形容書多。形容讀書多，學識淵博。

春秋戰國時期，百花齊放，百家爭鳴，出現了「三教九流」。「九流」中有一家為「名家」，代表人物是惠施。那時候，出現了許多名不副實的情況，「名家」主要探討「名」與「實」的關係。

莊子跟惠施是同一時代的人，是道家的代表人物之一。他把「貴生」、「為我」引向「達生」、「忘我」，歸結為「道」、「我」合一。

莊子和惠施是好朋友，但也經常為自己的學術思想爭論。有一次，莊子看到河裏的魚，說：「魚在河裏自由地游來游去，多快樂

啊。」惠施馬上說：「你不是魚，怎麼知道魚快樂？」莊子馬上反問道：「你不是我，你怎麼知道我不知道魚快樂？」

實際上，惠施認為人不是魚，說人知道魚快樂那是名實不符。而莊子強調「忘我」，認為「道我合一」。由於觀點不同，所以兩個人對事物的看法不一致。

不過，莊子對惠施很尊敬，說他讀書多，學識淵博（學富五車）。

| 出處 | ●
《莊子·天下》：「惠施多方，其書五車。」

| 例句 | ●
清·曾樸《孽海花》第九回：「原來小燕是個廣東人，佐雜出身，卻學富五車，文倒三峽。」

言過其實

釋義 原指說話誇誇其談，與他的實際才能不相符。現也指說話誇張，與實際情況不相符合。

三國時的馬謖，自幼熟讀兵書，談論起如何用兵打仗，頭頭是道，讓人刮目相看。劉備和諸葛亮對他的看法不同，劉備認為他「言過其實，不可大用」，諸葛亮卻認為他是個難得的人才。

諸葛亮這麼看他，也不是沒有根據。當年諸葛亮平定南方，馬謖針對南方少數民族桀驁難馴的特點，提出了「攻心為上，攻城為下，

心戰為上，兵戰為下」的策略。這個策略被諸葛亮採用，才有以後的「七擒孟獲」，保證了大後方的穩定。

公元228年，諸葛亮一出祁山，希望完成統一中原的大業。偏偏這一次他看人看走了眼，讓馬謖鎮守街亭，犯下了一生中最大的錯誤。

實際上，讓馬謖參謀參謀，提點建議也還不錯，讓他領兵打仗那可不行。戰場上的形勢千變萬化，靠紙上談兵的那一套肯定行不通。

剛愎自用的馬謖到了街亭，一意孤行，完全不聽別人的勸告。他不去把守交通要道，執意要把大營駐紮在遠離水源的山上，別人說被敵人切斷了水源太危險，他卻說甚麼這叫「置之死地而後生」。他這個按照教條做出的決定，斷送了蜀軍出師北伐的前程。

魏國大軍一到，立即把山團團包圍。馬謖命令蜀軍衝下山與魏軍決一死戰，可是軍中沒人聽他指揮。馬謖大怒，一連殺了二將，官兵們這才衝下山來。蜀軍衝擊了一番，魏軍巋然不動，蜀軍只得退回山上大營。

蜀軍沒了水源，飯也吃不上，水也喝不成，一下子亂了套。官兵們軍心動搖，紛紛打開營寨大門，下山投降魏軍。馬謖知道再也守不住，只好帶着殘兵敗將殺下山逃命。

街亭失守，蜀軍的後路將被切斷，諸葛亮大驚，只得命令各路大軍急速返回。這一次北伐，就這樣草草收兵。

馬謖回去以後，立即被諸葛亮斬了，《三國演義》把這一段演繹為「諸葛亮揮淚斬馬謖」。

| 出處 |

《三國志・蜀書・馬良傳》：「馬謖言過其實，不可大用。」

言必信，行必果

 釋義　　說話一定要守信用，做事一定要果斷。

在孔子的七十二弟子中，子貢最為勤學好問。《論語》中記述孔子與弟子答問，子貢的最多。後世一般認為，孔子的名聲之所以能夠傳揚天下，子貢的大力傳播功不可沒。

有一天，子貢問孔子：「甚麼樣的人可以稱作『士』？」

孔子說：「要用羞恥之心來約束自己的言行，出使各國不辱使命，這樣的人可以叫做『士』。」

子貢又問：「那次一等的呢？」

孔子說：「宗族裏的人稱讚他孝敬父母，鄉里人稱讚他尊敬兄長。這樣的人也可以稱作『士』。」

子貢接着問：「請問再次一等的。」

孔子說：「說話一定要守信用，做事一定要果斷。這種人不管別人怎麼樣，只管自己貫徹執行，也可以說是再次一等的『士』了。」

子貢繼續問道：「現在那些做官的怎麼樣？」

孔子說：「咳，那些見聞不廣、氣量狹小的人，算是甚麼東西！」

| 出處 |●●●

《論語‧子路》:「言必信,行必果,硜硜然小人哉。」

| 例句 |●●●

吳非《發誓不是打噴嚏》:「真要立誓言,當知要言必信,行必果,應是牢記一輩子的。」

掩耳盜鈴

釋義

掩:捂住。捂住耳朵偷鈴鐺。比喻自欺欺人,企圖掩蓋不能掩蓋的事實。

春秋末期,晉國貴族智伯消滅了另一個貴族范氏。有個人潛入范氏家中,想趁着混亂偷范氏家中的東西。

那人看到一座演奏音樂的大鐘,想把它偷走,可是他立刻遇到困難,這鐘太大了,實在背不動;放在這裏不要吧,可又實在捨不得。

他想到了一個辦法,把鐘砸碎了分幾次拿走。那人找來了錘子,使勁朝鐘砸下去,只聽到「哐」的一聲巨響,把他嚇了一跳,鐘的餘音繚繞,久久不能停息。

聲音這麼響,別人聽到了要來搶,這該怎麼辦呢?那人靈機一動,用手捂住自己的耳朵,這辦法還真靈,聲音一下子就聽不到了。

| 出處 | ●●●●●●●●●●●●●●●●●●●●●●●●●●●●●●●●●●

《呂氏春秋·自知》：「百姓有得鐘者，欲負而走，則鐘大不可負。以椎毀之，鐘況然有音，恐人聞之而奪己也，遽掩其耳。」

| 例句 | ●●●●●●●●●●●●●●●●●●●●●●●●●●●●●●●●●●

聞一多《謹防漢奸合法化》：「硬把漢奸合法化了，只是掩耳盜鈴的笨拙把戲，事實的真相，每個人民心頭是雪亮的。」

葉公好龍

釋義

好：喜歡。葉公喜歡龍，真龍來了他卻被嚇跑了。比喻表面上喜愛某人或某一事物，實際上並不喜愛。

孔子有個學生，叫子張。有一次，他去見魯哀公，可是哀公就是不見他。哀公不見，子張也不走，雙方就這麼僵持了好幾天。

到了第七天傍晚，子張知道魯哀公不可能接見自己，再這麼下去也沒意思，於是讓人給魯哀公捎話：「我聽說你喜歡人才，因此不遠千里趕到你這裏來。一路上，我冒着風霜，頂着風沙，好不容易才趕到這裏。沒想到你不肯見我，我在這裏白等了七天。大王說自己喜歡有才之士，就跟葉公好龍一樣。葉公特別喜歡龍，屋樑上、柱子上雕了龍，牆壁上畫着龍，衣服、被子上繡着龍，碗、盤等用具上也都有龍的圖案。天上的真龍知道了這件事，打算去見見這位喜歡自己的葉公，讓他看看真龍究竟是甚麼模樣。一天，真龍來到葉公家，頭從窗

子裏探進去，尾巴拖到廳堂上。沒想到葉公見到了真龍，嚇得魂都沒了，轉過身子拚命往外跑，真龍是甚麼樣子，葉公根本沒有看清楚。葉公所喜歡的，只是像龍的東西而並非真龍。」

| 出處 | •

漢・劉向《新序・雜事五》：「葉公子高好龍，鈎以寫龍，鑿以寫龍，屋室雕文以寫龍。於是夫龍聞而下之，窺頭於牖，施尾於堂，葉公見之，棄而還走，失其魂魄，五色無主，是葉公非好龍也，好夫似龍而非龍者也。」

| 例句 | •

李建永《武二郎開店》：「不過，武二郎的『思賢若渴』只是『葉公好龍』罷了。」

一不做，二不休

釋義 本來的意思是：第一，不要做，第二，既然已經做了就不要罷休。後指既然已經做了就不要罷休。

公元 755 年，唐朝發生了「安史之亂」。養兵千日用兵一時，大將王思禮奉命領兵平叛。

這一仗打得異常慘烈，血流成河，屍橫遍野。在混戰中王思禮的戰馬被箭射中，他從馬背上栽倒在地。就在這千鈞一髮之際，部下張光晟拍馬趕到。他翻身下馬，把王思禮扶上自己的坐騎，使王思禮撿回了一條性命。

平叛以後論功行賞，王思禮得以升官。他時時不忘張光晟的救命之恩，屢次向朝廷保舉張光晟，在王思禮的提攜下，張光晟得以步步高升。

公元 783 年，駐守在涇原的軍隊發生嘩變，向首都長安殺來，唐德宗猶如驚弓之鳥，匆忙逃往奉天（今陝西乾縣）。叛軍擁立太尉朱泚為首領，由朱泚統一號令，史稱這次兵變為「涇卒之變」。朱泚自稱大秦皇帝，改元應天。次年正月，又改國號為漢，改元天皇。張光晟以為唐王朝氣數已盡，依附了朱泚，成為朱泚的左膀右臂。

這時候，唐王朝已經得到喘息，大將李晟率軍攻打叛軍。叛軍本是烏合之眾，被李晟的大軍擊潰。張光晟見大勢已去，便暗中派人與李晟聯繫，表示願意率領部下投降，歸順朝廷。能夠兵不血刃地取得勝利，這自然是求之不得的事。李晟答應了張光晟的要求，等待張光晟反正。

張光晟回到長安，卻也不忘故舊，力勸朱泚離開長安。大勢已經如此，朱泚同意了張光晟的策劃。張光晟護送朱泚離城後返回長安，率領部下向李晟投降。

張光晟率部投降後，李晟向德宗上奏章，要求對張光晟減罪任用。為了慶賀勝利，李晟帶着張光晟參加慶功宴。

部下對此十分反感，有的甚至當眾發作。華州節度使路元光在宴會上怒道：「決不與反賊同席！」李晟見眾怒難犯，只得將張光晟拘禁起來，等待朝廷發落。

沒過多久，德宗頒發詔書，處死叛逆張光晟。臨刑前，張光晟對歸順朝廷非常後悔，早知難逃一死，不如拚個魚死網破！行刑官問他還有甚麼話要說，他歎了一口氣道：「傳話給我的後人，第一，不要做，第二，既然已經做了就不要罷休。」

|出處| •

唐·趙元一《奉天錄》卷四:「傳語後人:第一莫做,第二莫休。」

|例句| •

茅盾《子夜》第七章:「到這地步,一不做二不休,我是打算拚一拚了。」

一飯千金

 釋義　飢餓難忍時別人給自己吃了一頓飯,日後自己發達了當以千金相報。比喻貧困時受到別人資助,發達後重謝予以報答。

　　韓信少年喪父,家境貧困,可是他既不肯種田幹活,也不會做買賣,成天在外面遊蕩。好在母親疼愛他,情願自己餓肚子,也要省給他吃,他也就這麼混下去。

　　這種日子沒過多久,他母親也撒手人寰。母親一死,沒了管束,韓信更是東遊西蕩,肚子餓了就到處混飯吃。

　　當地的亭長和他有過來往,他便經常到亭長家蹭飯。亭長的家人對他十分嫌棄,可是韓信還是厚着臉皮到他家混吃混喝。

　　有一天,快要吃飯的時候,韓信又來到亭長家。亭長已經跟妻子說好,讓妻子早早吃好飯,自己故意躲出去,等會兒韓信來了,看他怎麼辦?韓信進了門,有一句沒一句地跟亭長的妻子搭話,亭長的妻子不但不理睬他,還時不時地指桑罵槐說些難聽話。過了很長時間,

不見亭長回來，也不見亭長家人開飯。他突然明白過來，人家是討厭自己呀，故意讓自己餓肚子，自己還傻乎乎地在這裏乾等！韓信憤憤地離開了，發誓再也不進亭長的家門。

韓信無處可去，只好到淮水邊釣魚。能釣到魚就再好不過了，好歹也能用牠來充飢，可是他不會釣魚，幾天下來沒釣到幾尾。韓信餓壞了，臉色蒼白，渾身乏力。

有個老婆婆，以洗紗為生。看到韓信可憐的樣子，就把自己的飯分一半給韓信吃。一連好幾天都是如此，韓信對她十分感激。

有一天，韓信吃完飯，對婆婆說道：「婆婆這麼關心我，我一定銘記於心。等我發達以後，一定好好報答您。」

婆婆不領他的情，教訓他道：「你連飯都混不上，算甚麼男子漢！我是看你可憐才給你飯吃，哪裏指望你來報答。」

韓信聽了羞愧萬分，決心洗心革面發憤努力，一定要成就一番事業，出人頭地。

不久，他到起義軍首領項梁那裏從軍，項梁死後便跟隨項羽，最後他投靠了劉邦，為劉邦奪取天下立下赫赫戰功。

韓信被封為楚王以後，不忘婆婆的恩德。他找到了婆婆，送給婆婆千金作為報答。他又找到了亭長，賞給他小錢一百，說：「你做好事沒能做到底，是個被人看不起的小人。」

| 出處 | ●

《史記・淮陰侯列傳》。

| 例句 | ●

明・湯顯祖《牡丹亭》第四十九齣：「太史公表他，淮安府祭他，甫能勾一飯千金價。」

一鼓作氣

釋義　比喻趁着精力旺盛、情緒高漲的時候，一口氣把事情做好。

公元前 684 年，齊國派出大軍攻打魯國。齊國強大，魯國弱小，齊國國君認為這一仗是穩操勝券。

在這危急時刻，魯國平民曹劌打算求見魯莊公，為莊公出謀劃策。臨行前，有的鄉親對他的做法不理解，說：「這些事自有大官來謀劃，你又何必參與其間？」曹劌道：「那些大官目光短淺，不能深謀遠慮。」他沒聽鄉親的勸阻，隻身去見魯莊公。

魯莊公正為沒有得力的臣子為他謀劃而發愁，聽說有人求見，連忙把他請了進去。曹劌問魯莊公：「齊軍大兵壓境，我軍的實力遠遠不如齊軍，您憑甚麼跟齊軍作戰？」莊公先說有神靈保佑，曹劌搖搖頭；莊公又說有百官擁護，曹劌還是說「不行」；最後莊公想到了老百姓，曹劌這才大聲說：「大王說得對，憑這一點就能跟齊軍決一勝負。交戰的時候，請讓我跟隨您前往戰場。」

齊、魯兩軍在長勺（今山東萊蕪東北）相遇，很快擺開了陣勢。齊軍仗着兵強馬壯、人多勢眾，擂鼓展開進攻。莊公打算擂鼓迎擊，被曹劌阻止住了，說：「不行，擊鼓的時機還沒到。」魯軍將士堅守陣地，齊軍怎麼也攻不動。過了一會兒，齊軍第二次擂響戰鼓，莊公又打算擂鼓應戰，還是被曹劌阻止了，說：「不行，擂鼓的時機還沒到。」齊軍見魯軍這邊沒有動靜，認為魯軍早已嚇破了膽，不敢應戰，漸漸鬆懈下來。

齊軍擂響了第三通戰鼓，曹劌對莊公說：「行了，擂響戰鼓吧！」霎時間，魯軍的戰鼓震天價響了起來。魯軍戰士早就憋足了一口氣，

聽到了戰鼓聲，一個個就像猛虎下山，直向敵人衝殺過去。鬆懈了的齊軍一下子給打懵了，經不起魯軍的猛烈衝擊，被徹底擊潰。這一仗，魯軍大獲全勝。

戰鬥結束以後，莊公問曹劌為甚麼這樣做。曹劌說：「打仗，靠的是勇氣。第一次擊鼓時，士卒們勇氣鼓得足足的；第二次擊鼓時，勇氣就衰退了；等到第三次擊鼓，根本就提不起士卒的勇氣。齊軍擊了三次鼓，士卒已經沒有甚麼勇氣，而我們才第一次擊鼓，士卒的勇氣正旺盛，所以打敗了敵人。」

| 出處 | ●

《左傳·莊公十年》：「夫戰，勇氣也。一鼓作氣，再而衰，三而竭。」

| 例句 | ●

葉文玲《駑馬十駕功不捨》：「積蓄在胸中的一腔熱情，猶如開閘之水，我一鼓作氣地寫了《年飯》、《春夜》、《山裏人》。」

一箭雙雕

釋義 一箭射出去射下兩隻雕。比喻做一件事同時達到兩個目的或得到兩方面的好處。

一箭射過去射下兩隻大雕，聽起來難以置信，可南北朝時的武將長孫晟，就有這麼高超的射術。長孫晟從小聰明，學習勤奮，成年後精通兵法，武藝高強，尤其擅長射術。

　　當時，北方少數民族突厥首領攝圖為了鞏固跟中原地區的友好關係，派了使者到長安，向北周王朝求親。北周皇帝宇文邕和大臣們商量了一番，決定嫁一個公主給攝圖，並且委派長孫晟率領大隊人馬千里迢迢護送公主前往。

　　到了突厥，攝圖非常高興。他早就聽說長孫晟的大名，對長孫晟非常客氣，一有空閒，就拉着長孫晟出去遊玩、打獵。

　　長孫晟用的弓強勁，箭射出去時聲音嘹亮刺耳，被當地人稱作「霹靂」；他騎術高明，馬跑得像風一般快，被當地人誇讚為「閃電」。攝圖見了，心裏暗暗佩服。

　　有一天，攝圖帶着大隊隨從，和長孫晟一起去打獵，野雞、兔子打了一大堆。忽然，攝圖看見空中有兩隻大雕糾纏在一起，仔細一看，原來一隻大雕在搶另一隻大雕嘴裏的肉。

　　攝圖有心試試長孫晟的本領，抽出兩枝箭給他，說：「請將軍把兩隻大雕都射下來。」隨從們一聽都愣住了，射下一隻還好說，射兩隻就難了。一隻射下來了，另一隻還不趕快飛走嗎？雕飛得那麼快，再射還來得及嗎？

　　長孫晟知道攝圖的用意，把箭接了過來。他騎馬飛馳過去，搭上箭，拉滿弓，趁兩隻大雕爭肉互不相讓時，「嗖」的一聲把箭射了出去。那枝箭穿透一隻雕的身體，又深深刺入另一隻雕的體內，兩隻雕串在一起筆直掉了下來。

　　隨從們大聲歡呼，不停地稱讚。有的說：「長孫晟不愧為北周大將，名不虛傳。」有的說：「今天總算是開了眼了，一枝箭能射下兩隻大雕來。」攝圖把自己的子弟都叫過來，命令他們拜長孫晟為師，好好向他學習武藝。

|出處| ●●●●●●●●●●●●●●●●●●●●●●●●●●●●●●●●●●●●●●●

《北史·長孫晟傳》：「嘗有二雕飛而爭肉，因以箭兩枝與晟請射取之。晟馳往，遇雕相攫，遂一發雙貫焉。」

|例句| ●●●●●●●●●●●●●●●●●●●●●●●●●●●●●●●●●●●●●●●

胡適《歸國雜感》：「所以我以為中國學校教授西洋文字，應該用一種『一箭雙雕』的方法，把『思想』和『文字』同時並教。」

一毛不拔

 釋義　　一根毫毛也不肯拔下。比喻非常自私、吝嗇。

　　墨子，名翟，戰國時期的大思想家，墨家學派的創始人。他主張「兼愛」，認為人與人之間要互相關愛，不應有貴賤親疏之別；主張「非攻」，反對殺戮，反對戰爭。為了宣傳自己的主張，他四處奔走，以致渾身都是傷。差不多同一時期，有一位哲學家叫楊朱，他反對墨子的主張，提倡「貴生」，重視個人生命；強調「貴己」，反對他人對自己的侵奪。雙方各不相讓，為自己的主張爭論不休。

　　有一次，墨子的學生禽滑釐問楊朱：「如果拔下你身上一根汗毛，而能使天下人得到好處，你願不願意？」這個問題聽起來很簡單，可它牽涉到雙方爭論的原則問題：究竟是要「兼愛」，還是要「貴己」？

　　對於楊朱來說，這是道難解的問題。他略作思索，不做正面回答：「天下人的問題，決不是拔一根汗毛所能解決的！」

　　禽滑釐緊迫不捨，說：「假如能使天下人都得到好處，你願不願意？」楊朱被問得張口結舌，說不出話來。說願意吧，有違自己的「貴己」主張；說不願意吧，豈不要被天下人笑話！愣了半天，楊朱還是默不作答。

　　孟子聽說了這件事，就此作了評論：「楊朱主張『為我』，如果拔他身上一根汗毛能使天下人得利，他也是不幹的；墨子主張『兼愛』，只要對天下人有利，他便四處奔走，即使磨光了頭頂，走破了腳板，也心甘情願。」

　　另外，成語「摩頂放踵」，比喻不辭辛勞，四處奔走，也出自這裏。

| 出處 | •
《孟子‧盡心上》：「楊子取為我，拔一毛而利天下，不為也。墨子兼愛，摩頂放踵利天下，為之。」

| 例句 | •
清‧吳敬梓《儒林外史》第四十一回：「都像你這樣一毛不拔，叫我們喝西北風！」

一鳴驚人

釋義 大鳥要麼不叫，一旦叫起來就讓人大吃一驚。比喻平常默默無聞的人，一下子做出驚人的成績。

淳于髡，戰國時齊國人，個子矮小，相貌醜陋，因為家裏貧窮，討不起老婆，只好入贅到女家為婿。這麼樣的一個人，怎能被人看得起？人不可貌相，就是這個不起眼的人物，幹下了一番大事。

齊威王即位以後，不問國家大事，整天待在後宮，和妃子們吃喝玩樂，好不快活。上樑不正下樑歪，臣子們有的醉生夢死，有的違法亂紀，朝廷一片混亂。少數正直的大臣看在眼裏，急在心頭，卻也只能乾着急。齊威王有個壞脾氣，就是不聽勸，要是哪個臣子敢進諫，輕則遭到辱罵、責罰，重則丟了腦袋。

別的諸侯國見齊國衰落了，乘機向齊國發起進攻，侵佔了大片土地，齊國危在旦夕。

有一天，淳于髡來到宮廷求見齊威王，齊威王接見了他。他走到齊威王跟前，笑着說道：「大王，臣子有個謎語，特來說給您聽。」

齊威王雖然沉湎於酒色，人卻絕頂聰明。再難的謎語只要說出來，他歪着腦袋略加思索，便能猜出謎底。聽說猜謎語，齊威王來了勁，忙說：「甚麼謎語？快說給我聽聽。」

淳于髡說：「我們國家有隻大鳥，停歇在王宮已經有三年了，可牠從來沒有飛過一次，也沒聽牠叫過一聲，大王知道這是甚麼鳥嗎？」

這哪要猜，齊威王一下子就明白過來，於是笑了笑說：「這隻鳥要麼不飛，一旦飛起來就直衝雲霄；要麼不叫，一旦叫起來就讓人大

吃一驚。」

　　從此以後，齊威王就像變了個人似的，整頓朝綱，勵精圖治，決心重振國威。他把官員們召集到宮中，有功的當眾獎賞，有過的當眾處罰，還殺了幾個行賄受賄、顛倒黑白的大臣。

　　內憂消除了，齊威王又着手解決外患。他整頓軍隊，加強訓練，提高軍隊的戰鬥力。有一次，魏國又來侵略齊國，齊威王親自率領大軍迎擊，把魏軍打得望風披靡。他又領兵攻打鄰近的國家，奪回以前的失地。其他諸侯國的國君對齊威王突然奮發起來感到吃驚，紛紛歸還以前侵佔的土地，齊國終於又強盛起來。

| 出處 |••
《韓非子‧喻老》：「雖無飛，飛必沖天；雖無鳴，鳴必驚人。」《史記‧滑稽列傳》：「此鳥不飛則已，一飛沖天；不鳴則已，一鳴驚人。」

| 例句 |••
清‧文康《兒女英雄傳》第三十二回：「只可憐安公子經他兩個那日一激，早立了一個一飛沖天，一鳴驚人的志氣。」

一竅不通

釋義　七竅沒有一竅是貫通的。比喻甚麼也不知，甚麼也不懂。

　　商朝最後一位國君紂王，是歷史上有名的暴君。他有個寵妃妲己，跟他是一丘之貉。說起他們的暴行，真是罄竹難書。

紂王迷戀於妲己的美色，不理朝政，日夜宴遊。他命人挖了一個池子盛酒，把肉掛在樹林的樹枝上，稱之為「酒池肉林」。有時候，在那裏參加宴飲的人多達三千。

紂王聽說九侯（封地在今河北省臨漳）的女兒十分美麗，下令將她招入宮內。九侯女看不慣妲己的所作所為，招來了殺身之禍。

紂王的叔叔比干，是個忠心耿耿的大臣，他對紂王的所作所為實在看不下去了，勸說紂王不要沉迷於酒色，不要亂殺忠臣。

比干的苦諫令紂王十分惱怒，妲己趁機說道：「大王，假如比干真的是忠臣，就讓他把自己的心拿出來。」紂王聽了妲己的話，果真殺了比干，並且把他的心取出來看個究竟。

比干死了以後，大臣們個個心寒。紂王的叔叔都不能保全性命，其他的臣子擔心說不定哪天就會被紂王殺死。大臣們有的逃往他鄉，有的緘口不言。沒過多久，商朝就滅亡了。

後世的孔子聽說這件事，說：「紂王的心竅不通，如果通了一竅，就不會殺害比干了。」

| 出處 | ●

《呂氏春秋·過理》：「殺比干而視其心，不適也。孔子聞之，曰：『其竅通，則比干不死矣。』」

| 例句 | ●

茅盾《子夜》第六章：「雖然他是個一竅不通的混蛋，可是雙橋鎮上並無『鎮長』之流的官兒，他也還明白。」

一人得道，雞犬升天

釋義 一個人得道成仙，連雞狗也跟着飛升仙境。比喻一人做官或得勢，跟他有關係的人也跟着沾光。

淮南王劉安是漢高祖劉邦的親孫子，可謂一人之下，萬人之上。這個王爺與眾不同，既不好好做官，也不好好享福，一心迷戀於煉製仙丹。

要想掌握煉丹之術並非易事，淮南王煉丹久久不成。他於心不甘，下重金招募道術之士。消息一經傳出，道術之士趨之若鶩，紛紛來到淮南王府。淮南王虛心向他們請教，不斷改變煉丹的配方，日子一天天過去，仙丹仍然沒能煉成。

有一天，來了八個老態龍鍾的老人。門吏見他們連路都走不穩，不給他們通報。一位老者笑了笑說：「既然府上不喜歡老人，我們就變年輕些吧。」話音剛落，八位老人變成了八個英俊的小伙子。

門吏見狀大吃一驚，連忙跑進去向王爺稟報。劉安聞報大喜過望，真是踏破鐵鞋無覓處，得來全不費工夫，多年來尋覓高人沒能找到，現在他們自己來到了門前。他連忙迎出去，將八位老者請入府內。

八位老者神通廣大，能騰雲駕霧、呼風喚雨。他們在劉安面前略略施展了本領，把個淮南王佩服得五體投地。他們又把煉丹之術傳授給劉安，要他專心煉製仙丹。

仙丹終於煉製成功。他將全家人喊來，要他們跟着自己一起將仙丹吞服下去。不一會兒，全家人都飄了起來，身子越飄越高，升天而去。

淮南王府內，煉丹爐還在那裏，爐壁、四周的地上散落着一些靈藥。王府裏的雞、狗吃了這些藥，也跟着飛上了天。

| 出處 | ●

漢‧王充《論衡‧道虛》：「淮南王學道，招會天下有道之人，傾一國之尊，下道術之士，是以道術之士並會淮南，奇方異術，莫不爭出。王遂得道，舉家升天，畜產皆仙，犬吠於天上，雞鳴於雲中。」

| 例句 | ●

姚雪垠《李自成》第一卷第九章：「照他手下人的說法，這就是俗話所說的『朝中有人好做官』，『一人得道，雞犬升天』。」

一網打盡

一網撒下就把獵物全部捕獲。比喻全部抓獲或盡數消滅。

自古以來，賽神會上總是熱鬧非凡。這一年，賽神會將至，各個官府衙門不甘寂寞，打算好好熱鬧一番。進奏院也不例外，蘇舜欽打算讓大家玩個痛快。

多年以來，宋朝官府有個不成文的規矩，每年賽神會前，官府便將一些沒有用的東西賣掉，所得銀兩作賽神會的花費。蘇舜欽按照舊例，讓人把進奏院裏拆下的舊公文封套賣掉，自己也拿出了十千錢，作為賽神會上玩樂之資。

到了賽神會那天，蘇舜欽擺下宴席，請各位同僚宴飲。他還發了一些請柬，邀請別的衙門的同好一起來湊個熱鬧。酒至半酣，蘇舜欽見大家歡聲笑語不絕，心想：大家一年到頭忙得辛苦，今天索性讓大家玩個盡興。他將屬吏叫到跟前，要他去叫些歌女來陪酒助興。這一天，參加宴飲的一個個盡歡而散。

御史劉元瑜跟蘇舜欽一向不和，知道了這件事覺得有機可乘，立即上奏章給宋仁宗，告了蘇舜欽一個惡狀。蘇舜欽是革新派的人物，宰相呂夷簡將他視為眼中釘。呂夷簡見時機到了，落井下石。宋仁宗本來就對革新派有所不滿，得知了這件事更是怒不可遏，定下個「監守自盜」的罪名，撤了蘇舜欽的官職。

參加宴會的革新派人物都沒能倖免，罷官的罷官，降職的降職，有的被調往邊遠地區。經過這一次打擊，革新派大傷元氣。

有一天，劉元瑜見到呂夷簡，興沖沖地向他表功：「這下可好了，我幫您把蘇舜欽一夥一網打盡了。」

| 出處 | ·······················

宋·魏泰《東軒筆錄》卷四：「劉待制元瑜既彈蘇舜欽，而連坐者甚眾，同時俊彥，為之一空。劉見宰相曰：『聊為相公一網打盡。』」

| 例句 | ·······················

聞一多《謹防漢奸合法化》：「人民也會想到：使漢奸合法化的，自己就是漢奸，而對於一切的漢奸，人民的決心是要一網打盡的。」

一葉障目

釋義 用一片樹葉遮蔽自己的眼睛。比喻不能認清事物的全面或根本的情況。也作「一葉蔽目」。

有個書呆子，家裏很窮，卻一心做着發財夢。一天閒來無事，隨手拿起本《淮南子》讀起來。讀着讀着，他突然瞪大了眼睛，只見書上寫道：螳螂捕蟬時用樹葉遮蔽自己的身子，蟬就看不到牠，假如有人得到那片樹葉，就能用它遮蔽自己的身子。

連看了好幾遍，書呆子放下書想道：要是能得到那片樹葉，那該有多好。我用樹葉遮住自己，想要甚麼就到市集上拿甚麼，再也不用過這些苦日子。

想到這裏，他扔下書就往樹林跑去。他抬起頭，一棵樹一棵樹找過去，連脖子都酸了，也不見那種樹葉的蹤影。

忽然，他看見一隻螳螂躲在一片樹葉的背後，正準備捕蟬。書呆子連忙爬上樹，採摘那片樹葉。由於他過於激動，哆嗦着的手沒能把樹葉拿穩，葉子飄落到樹下，跟地上的許多樹葉混在一起。究竟哪片樹葉是呢，他怎麼也分辨不清。好不容易找到的寶貝樹葉總不能不要呀，書呆子脫下衣服，將樹下的樹葉全都包了回去。

回去以後，他一片一片拿起樹葉，遮住自己的眼睛，問他的妻子：「你能看見我嗎？」剛開始，他的妻子如實相告：「看得見。」後來見他沒完沒了地問，實在不耐煩，便賭氣說：「看不見了。」書呆子高興得跳了起來，大聲喊道：「寶貝找到了！寶貝找到了！」說完，拔腿就往市場跑。

市場裏人挨着人，十分熱鬧，貨物琳瑯滿目，應有盡有。書呆子

一隻手拿樹葉遮住自己的眼睛，另一隻手去偷人家的東西，結果被人家當場抓獲，被扭送到縣衙。

縣官審問他的時候，他老老實實地說：「我找到一片能夠隱身的樹葉，用它遮住自己的眼睛，別人就看不見我了。不知怎麼搞的，這片樹葉失靈了，拿東西時被別人看見，把我逮住了。」

縣官聽了他的話，不禁「哈哈」大笑，知道逮着的賊是個書呆子。縣官狠狠訓斥書呆子一頓，就把他放了。

| 出處 | ·

《鶡冠子・天則》：「一葉蔽目，不見泰山；兩豆塞耳，不聞雷聲。」

| 例句 | ·

李欣《論自覺》：「也有這樣情況，由於一葉障目、利慾熏心、自滿自圓、無所用心等等原因，認識停滯，總也達不到自覺境地。」

一字千金

 釋義 能增刪文中一個字賞予千金。比喻詩文寫得很好，價值很高。

戰國末年，大商人呂不韋在趙國邯鄲遇到了充當人質的秦王的孫子異人。異人既不是太子的長子，也不受寵愛，當年趙國要人質，這個倒霉的差事便落到了異人頭上。呂不韋知道異人的身世後，認為奇貨可居，花費了許多錢財，想了許多辦法，不僅讓異人回到秦國，還

當上了秦國國君，他便是秦莊襄王。

異人登上秦王的寶座以後，為了報答呂不韋，讓呂不韋當丞相。秦莊襄王去世後，年幼的秦王政繼位，他仍以呂不韋為丞相，並尊他為「仲父」。

從一個商人變成一人之下、萬人之上的丞相，這場豪賭他當然賭贏了。可是，在那個年代，商人被人瞧不起，如今雖說當上了丞相，朝廷中的百官嘴上不敢說甚麼，心裏卻很不服氣。

戰國時期，四公子的名頭響着呢，呂不韋跟他們相比，相差得實在太遠。那時候，有錢有勢的人喜歡把一些有才能的人養在家裏，以便隨時為自己服務，這種依靠權貴生活的人叫「門客」。門客越多，主子的名頭也越響，四公子的門客多達三千。

為了提高自己的政治地位，呂不韋也養了三千門客。光有門客還不夠，必須讓他們為自己做些事才行。他左思右想，決定讓門客們寫一部書，這樣既能揚名，又能垂範後世。

三千門客一齊動手，很快就把書寫好了。這部書分十二「紀」、八「覽」、六「論」三大部分，共一百六十篇、二十多萬字。內容包括天文地理、風土人情、古今治亂的道理等等，真是應有盡有，洋洋大觀。呂不韋看了非常高興，給這部書取了個名字，叫做《呂氏春秋》。

書寫好了，怎樣才能使它名揚四海呢？呂不韋又想出了好辦法。他把這部書放在咸陽公開展覽，從國內、國外請了許多知名人士來參觀，並在書旁堆放着千金，公開宣佈：「誰要是能增加或刪去書中的一個字，書旁的千金就賞給他。」時間一天天過去了，居然沒有一個人來改一個字。

實際上，這部書並不是完善到不能改動一個字的地步，只不過呂不韋是權勢顯赫的丞相，大家都知道他是想藉這部書來揚名，誰還有那麼大的膽子，敢來改動它呢！

| 出處 | •

《史記‧呂不韋列傳》：「呂不韋乃使其客人人著其所聞，集論以為八覽、六論、十二紀，二十餘萬言，以為備天地萬物古今之事，號曰《呂氏春秋》，布咸陽市門，懸千金其上，延諸侯遊士賓客有能增損一字者予千金。」

| 例句 | •

南朝‧梁‧鍾嶸《詩品》卷上：「文溫以麗，意悲而遠，驚心動魄，可謂幾乎一字千金。」

衣不解帶

釋義 解帶：解開衣帶，指脫衣。不脫衣睡覺。形容日夜辛勞。

殷仲堪，是晉代儒將。當初，大將軍謝玄對他十分器重，請他擔任參軍，後來又讓他擔任長史。不久，朝廷任命他為晉陵（今江蘇鎮江）太守。

有一天，家人趕到他的任所向他報告：老父病重，臥牀不起。他連忙辭去官職，急急忙忙趕回家。

他的父親已經得病多年，請了許多名醫診治，始終不見療效。問問醫生父親究竟得的甚麼病，眾說紛紜，誰也說不準是甚麼病。

殷仲堪找來各種醫書，悉心鑽研書中的精妙之處。他自己開藥方，自己為父親熬藥。熬藥的時候火頭不能大，煙熏火燎，有的時候他一邊擦眼淚，一邊熬藥，日子久了，被煙熏瞎掉了一隻眼睛。

殷仲堪日夜辛勞，每天晚上只是躺一會兒，從來不脫衣睡覺。雖然經過他親自醫治、悉心服侍，但是老人終因油乾燈草盡，離開了人世。從此以後，殷仲堪的名聲響遍天下。

在家守孝三年之後，朝廷徵召他為太子中庶子，領黃門郎。不久升遷為振威將軍、都督荊益寧三州諸軍事、鎮守江陵（今湖北荊州），成為朝廷重臣。

| 出處 | •

《晉書・殷仲堪傳》：「父病積年，仲堪衣不解帶，躬身學醫，究其精妙，執藥揮淚，遂眇一目。」

| 例句 | •

清・吳敬梓《儒林外史》第四十回：「看見父親病重，他衣不解帶，伏伺十餘日，眼見得是不濟事。」

依樣葫蘆

 釋義 依照樣子畫葫蘆。比喻一味模仿，沒有創新。也作「依樣畫葫蘆」。

陶穀，本姓唐，因為避後晉石敬瑭諱而改姓陶。他從小博覽群書，十多歲就能寫一手好文章。成年後先後在後晉、後漢、後周為官，趙匡胤建宋後入宋。

陶穀的文字不錯，筆記《清異錄》便是他的著作。他官癮太大，

為了做官把自己的姓都改了。入宋後因為他的文字流暢，趙匡胤讓他做翰林院學士。這個官位說大不大，說小不小，主要為皇上起草一些文件。

陶穀自認為歷經數朝，為官幾十年，理應受到重用，對久久不能升遷耿耿於懷。宋太祖趙匡胤準備選拔一位參知政事，陶穀便躍躍欲試。他自己不好對宋太祖說，就讓年輕的同僚在宋太祖面前吹噓自己，說自己為朝廷出力不少。不料宋太祖聽了淡淡一笑，說：「翰林起草詔告，都是撿前人的舊本略加修改，所謂依樣畫葫蘆罷了，要出甚麼大力！」

陶穀聽了心中鬱悶難消，寫了一首詩發泄心中的不滿，其中有兩句為「堪笑翰林陶學士，年年依樣畫葫蘆」。宋太祖知道了這件事，下決心不再重用陶穀。

| 出處 |
宋‧魏泰《東軒筆錄》卷一：「頗聞翰林草制，皆檢前人舊本，改換詞語，此乃俗所謂依樣畫葫蘆耳，何宣力之有。」

| 例句 |
梁遇春《途中》：「旅行的人們也只得依樣葫蘆一番，做了萬古不移的傳統的奴隸。這又何苦呢？」

以卵擊石

釋義 用雞蛋去砸石頭。比喻以弱擊強，不自量力。

墨子打算到齊國去，路上遇到一位算卦的老熟人，那人對墨子說：「天帝今天在北方殺黑龍，你的皮膚也很黑，去了有危險。」墨子沒聽他的話，繼續前行。到了淄水邊，洪水氾濫，墨子沒有辦法渡河，只好返回。

算卦的看到墨子回來了，對墨子說：「怎麼樣，我說不能去吧，你不聽我的話，偏要前往。」

墨子說：「今天打算渡河的人，有的皮膚白，有的皮膚黑，為甚麼都沒能過得去？洪水氾濫，南北兩方的人都受阻，跟黑白沒有關係。假如天帝在東方殺青龍，在南方殺赤龍，在西方殺白龍，在北方殺黑龍，按照你的說法，天下人都不能走路了！」

算卦的一時語塞，不知說甚麼才好。

墨子接著說：「我的話足以駁倒你的謬論了，你要是還想用甚麼話來反駁我，就像是拿雞蛋來砸石頭，就是把天下的雞蛋都砸過去，石頭依然不會受一點損傷。」

算卦人聽了十分羞愧，悻悻地離開了。

| 出處 | ●

《墨子·貴義》：「以其言非吾言者，是猶以卵投石也，盡天下之卵，其石猶是也，不可毀也。」

| 例句 |
郭沫若《虎符》第二幕：「我僅僅帶着三千食客，要去和幾十萬的秦兵死拚。有好些人在埋怨着說：這是以卵擊石。」

以貌取人

 釋義　根據人的相貌來取用人。

　　春秋時的孔子，弟子三千，學有所成、有所作為的有七十二人。在這些學生中，一個叫宰予，一個叫子羽。

　　宰予初到孔子那裏，因為能說會道，孔子很喜歡他。時間長了孔子發現，宰予不僅好吃懶做，人品也不好，幾經教育，不見悔改。孔子對他大失所望，罵他「朽木不可雕也，糞土之牆不可杇也」。

　　離開師門以後，宰予到齊國做官。一開始，因為他是孔子的學生，得到齊王的重用。沒過多久，他本性暴露，與別人一起作亂，最終被齊王處死。

　　子羽，也是孔子的學生，他的情形跟宰予相反。因為其貌不揚，孔子對他有點兒嫌棄，態度也非常冷淡，最後子羽只得退學。

　　回家以後，子羽發奮讀書，刻苦鑽研，成了有名的學者。很多年輕人聞名而來，投到子羽門下，跟從子羽學習各方面的知識，子羽因此名揚四方。

　　後來孔子發現自己錯了，說：「過去我以容貌取人，把子羽看錯了；以言詞取人，把宰予看錯了。」

這位老先生，能作自我批評，值得人們尊敬。

|出處| ●

《韓非子‧顯學》：「故孔子曰：『以容取人乎，失之子羽；以言取人，失之宰予。』」《史記‧仲尼弟子列傳》：「孔子聞之，曰：『吾以言取人，失之宰予；以貌取人，失之子羽。』」

|例句| ●

張愛玲《談女人》：「男人挑選妻房，純粹以貌取人。」

亦步亦趨

 步：走；趨：快步走。人家慢走，也跟着慢走；人家快步走，也跟着快步走。比喻跟在別人後面處處模仿。

顏回對他的老師孔子說：「您在前面慢步走，我們也跟着慢步走；您在前面快步走，我們也跟着快步走；您在前面跑起來了，我們也跟着跑；您要是腳不點地地飛奔，我們只好落在後面乾瞪眼了。」

孔子說：「顏回啊，你說這些話是甚麼意思？」

顏回說：「您在前面慢步走，我們也跟着慢步走，說的是您說甚麼，我們也跟着說甚麼。您在前面快步走，我們也跟着快步走，說的是先生進行辯論，我們也跟着辯論。您在前面跑起來了，我們也跟着跑，說的是先生談論大道，我們也跟着談論大道。您要是腳不點地地飛奔，我們只好落在後面乾瞪眼了，意思是先生無論說甚麼，都能夠

取信於大家；雖然不對別人表示親熱，情意卻很自然周到；雖然不居高位、沒有權勢，而老百姓都聚集在先生的跟前，我們不知道先生為甚麼能夠做到這些，自己卻怎麼也做不到。」

| 出處 | •

《莊子・田子方》：「夫子步亦步，夫子趨亦趨。」

| 例句 | •

鄒韜奮《經歷・幾個原則》：「刊物的內容如果只是人云亦云，格式如果只是亦步亦趨，那是刊物的尾巴主義。」

迎刃而解

釋義　迎：向着、對着；解：分開。順着刀口就裂開了。比喻主要問題解決了，次要問題就很容易解決。

公元 265 年，司馬炎廢了魏帝曹奐，自己做了皇帝，建立了晉王朝。

那時候，蜀國已滅，還剩下南方的吳國。司馬炎為了統一全國，打算南下滅吳。公元 279 年春，晉武帝司馬炎命杜預為主帥，統領大軍向吳國發起進攻。杜預文武雙全，是位久經沙場的名將，只用了十天時間，就攻佔了大片土地，並且活捉了吳軍統帥孫歆。

這時候，杜預召集各路人馬的主將開會，商討下一步的軍事行動計劃。有人認為，吳國建國已有五十多年，基礎比較牢固；眼下正值

夏季，正是發水季節，行軍很不方便。現在就此收兵，積蓄力量，做好各項準備，等到冬季一到，再向敵人發起猛攻。

杜預堅決不同意，說：「現在我們打了大勝仗，士氣正旺盛，應當抓住這個大好時機，全力攻打吳國，決不能給敵人喘息的機會。現在攻打吳國就好比劈竹子，頭上幾節劈開以後，下面的就順着刀口分開了。」杜預說服了持有不同意見的人，率領部隊繼續前進。

由於吳國國君孫皓奢侈腐朽，已經失去了民心，又由於晉軍力量強大，指揮得當，所向披靡。第二年春天，孫皓向晉軍投降，結束了漢末以來三國鼎立的局面，國家得以統一。

| 出處 | •

《晉書·杜預傳》：「今兵威已振，譬如破竹，數節之後，皆迎刃而解。」

| 例句 | •

竺可楨《哥白尼》：「他根據前人和自己的觀察結果，認為如果以地動學來說明天體現象，一切困難都可以迎刃而解……」

庸人自擾

釋義 自擾：自惹麻煩。平庸的人無事生事，自找麻煩。

唐玄宗時，陸象先曾任益州（今四川一帶）劍南道按察史。有一天，韋抱貞對他說：「治理百姓必須施刑以樹威名，不然的話老百姓就沒有畏懼。」陸象先不以為然，說：「治理百姓何必用嚴刑來樹威，

這恐怕不是仁人應當做的事。」在任期間，他關心民眾疾苦，對犯人從來不施酷刑。

後來陸象先在蒲州（今山西一帶）任刺史。有一天，陸象先審問一個犯人。那個犯人並沒有甚麼大罪，陸象先責備他幾句就把他放了。他的一個屬官對陸象先的做法很不理解，問道：「這樣的罪行也該挨幾板子，大人怎麼不施刑就把他放了？」陸象先說：「人心總是差不多的，我這樣教訓他，難道他不明白我的意思？如果一定要施刑樹威的話，首先從你開始。」這位屬官碰了一鼻子灰，只得訕訕退去。

陸象先常常對人說：「天下本來沒有甚麼大事，平庸的人無事生事，自找麻煩。只要冷靜對待，從根本上加以解決，就無需擔心治理不好。」

| 出處 |
《新唐書‧陸象先傳》：「天下本無事，庸人擾之為煩耳。」

| 例句 |
清‧文康《兒女英雄傳》第二十二回：「據我看起來，那庸人自擾，倒也自擾的有限。」

優孟衣冠

> 優孟：春秋時著名的演員，擅長以說笑表演進行諷諫。優孟穿了戲服演出進行諷諫。比喻模仿古人或他人。也指演戲。

　　春秋時楚國令尹孫叔敖，是位有名的忠臣名相。他盡心治國，廉潔奉公，因為功勛卓著，楚莊王屢次對他進行封賞，可是孫叔敖都堅決推辭，不肯接受。說來令人難以置信，功勛如此卓著的國相，去世時連口棺材都沒有。孫叔敖身後非常淒涼，他的家人在貧困中煎熬，過着衣不蔽體、食不果腹的生活。

　　楚莊王最喜歡的一個演員叫優孟，一天他有事外出，半道上遇見一個面黃肌瘦的小伙子，背着一捆柴草吃力地在山路上行走。他無意中聽說，那個小伙子就是孫叔敖的兒子。優孟大吃一驚，令尹大人的兒子竟然落到這個地步！以前光聽說令尹大人一生廉潔，但決沒想到孫叔敖為官數十年，一點積蓄也沒有。優孟又覺得楚王太薄情，對功臣的家人竟然沒有一點照顧。

　　他找來孫叔敖穿過的衣服、戴過的帽子，練習模仿孫叔敖。練了整整一年，把孫叔敖走路的姿勢，坐着的樣子，說話的語氣，都模仿得惟妙惟肖。

　　有一天，優孟假扮孫叔敖去見楚莊王。楚莊王見到他，大吃一驚，以為孫叔敖又活過來了，高興地說：「哎呀，我好想你啊，你還來做楚國令尹吧！」只見「孫叔敖」眉頭皺了皺，說：「不是我不願意做令尹，是我妻子不讓我當令尹。」楚莊王有些奇怪，問道：「這是為甚麼？」孫叔敖說：「做令尹一貧如洗，連家人都養不活。」

楚莊王聽了這話，察覺出是優孟在扮演孫叔敖。不過他還是被觸動了，派人找到孫叔敖的兒子，對他進行封賞，使他的一家人衣食無憂。

| **出處** |

《史記‧滑稽列傳》。

| **例句** |

何滿子《論風格》：「宋以後多多少少詩人規模杜甫，其結果都是優孟衣冠，杜甫沒學像，捎帶着把自己的個性特徵也賠上了，落得一個製造假古董的藝謚。」

有名無實

 釋義　只有虛名沒有實際。

有一天，晉國大夫叔向去看望老朋友韓宣子。韓宣子的官職很高，家裏卻很貧困，他正為自己的貧困發愁，叔向卻向他表示祝賀。

韓宣子聽了有點兒不高興，說：「我空有晉卿的虛名，卻沒有與之相稱的財產。因為我沒有甚麼錢財，所以難以跟卿大夫們交往，眼下我正為這件事發愁，你卻來向我道賀，這究竟是為甚麼？」

叔向說：「問我為甚麼向你祝賀，我們不妨先看看欒武子祖孫三代。欒武子沒有甚麼財富，可是他卻能傳播美德，遵循法度。諸侯們親近他，戎狄歸附他，名聲傳到諸侯各國，使得晉國得以安定。他的

兒子桓子驕傲自大，貪得無厭，奢侈無度，胡作非為，本應遭受大難，靠着父親的餘蔭得以倖免。他的孫子懷子，學習祖父的德行，本來可以消災，可是受到父親的連累，沒法在晉國待下去，只得逃往楚國。我們再看看郤昭子，他總算是富有了。他的財產有國家的一半，他家奴僕的人數有三軍的一半，靠着自己的富有，過着奢侈的生活，最後陳屍朝堂，全家族的人都被殺盡。現在你有欒武子的清貧，你也能夠繼承他的品行，如果不為自己的品行不夠完美而擔憂，只為自己的財產不足而發愁，我向你表示哀憐都來不及，哪裏還能表示祝賀？」

韓宣子聽了叔向的這番話，愁雲頓時消散。他對叔向行了個大禮，說：「多謝你的指教，不然的話，自己走向滅亡也不知道。」

| 出處 |

《國語·晉語八》：「吾有卿之名，而無其實，無以從二三子，吾是以憂，子賀我何故？」

| 例句 |

林斤瀾《春風》：「北京人說：『春脖子短。』南方來的人覺得這個『脖子』有名無實，冬天剛過去，夏天就來到眼前了。」

餘音繞梁

釋義 歌聲停了，餘音繞着屋樑三日不息。比喻歌聲或樂曲聲非常優美動聽，令人難以忘懷。

　　有個名叫薛譚的年輕人，聽說秦青的演唱技藝很高，從老遠的地方趕來，拜秦青為師，學習歌唱。

　　過了些日子，年輕人自認為學得差不多了，便向秦青告辭。秦青明知道他還沒真正學會，也不阻攔他，在郊外的大路上擺下宴席，為薛譚送行。

　　酒過三巡，秦青擊打着樂器悲壯地唱起歌來。那歌聲，使路邊的樹木都震動了，樹葉「颯颯」作響；歌聲直衝雲霄，擋住了飛雲。薛譚一下子聽呆了，等到秦青唱完了，久久說不出話來。突然間，他一下子撲倒在地，一再向秦青道歉，並且要求返回繼續學習。秦青答應了他的要求，從此以後薛譚再也不說回去的事。

　　有一天，秦青對大家說：「有一次，韓娥來到齊國都城臨淄，靠賣唱維持生計。有一天，她在雍門下唱歌，聽眾圍了裏三層、外三層。她那優美的歌聲，使所有的人都聽出了神。韓娥唱完離開以後，歌聲的餘音一直在城門的屋樑上環繞，三天三夜都沒有斷絕。聽到歌聲的餘音，大家還以為韓娥沒有離開呢。」

| 出處 | ．．．．．．．．．．．．．．．．．．．．．．．．．．．．．．．．．．．．．．．
《列子・湯問》：「昔韓娥東之齊，匱糧，過雍門，鬻歌假食，既去而餘音繞梁欐，三日不絕，左右以其人弗去。」

愚公移山

 釋義　老愚公下決心要把山移走。比喻做事只要有恆心、有毅力，不怕困難，就能獲得成功。

北山有個愚公，年紀將近九十，住在兩座大山的正對面。愚公苦於山北道路阻塞，出出進進都要繞遠路。

有一天，他把全家人召集在一起商量，說：「我和你們盡力挖平兩座大山，使大道一直通到豫州南部，到達漢水南岸，你們看行不行？」大家聽了，紛紛表示同意。

他的妻子提出疑問，說：「憑您的力量，連魁父這樣的小山都挖不掉，能把太行、王屋怎麼樣？再說，把挖下來的土石堆放到哪裏去？」大家紛紛說：「把土石扔到渤海邊，那裏能夠堆得下。」

商量好了以後，愚公帶領子孫鑿石頭，挖泥土，用箕畚運送到渤海邊。鄰居寡婦有個孤兒，剛七八歲，也蹦蹦跳跳給他們幫忙。

有個叫智叟的老頭兒，笑着勸阻愚公，說：「你呀，真是太不聰明了。憑你的力氣，連山上的一根草都毀不掉，又能把整座大山怎麼樣？」

北山愚公長歎一聲，說：「你思想頑固，頑固到不能改變的地步，連寡婦和孩子都不如。即使我死了，還有兒子在呀，兒子又生孫子，孫子又生兒子，子子孫孫沒有窮盡的；可是山不會增高加大，為甚麼擔心挖不掉？」聽了愚公的話，河曲智叟沒有話回答。

山神聽說了這件事，怕他不停地挖下去，便向天帝報告。天帝被愚公的誠心感動，命令誇娥氏的兩個兒子背上兩座山，一座放在朔方的東部，一座放在雍州的南部。從此，冀州的南部，直到漢水的南岸，再也沒有高山阻隔了。

| 出處 | ⋯⋯⋯⋯⋯⋯⋯⋯⋯⋯⋯⋯⋯⋯⋯⋯⋯⋯⋯

《列子・湯問》。

| 例句 | ⋯⋯⋯⋯⋯⋯⋯⋯⋯⋯⋯⋯⋯⋯⋯⋯⋯⋯⋯

周恩來《植樹造林是百年大計》：「面對黃河流域 28 萬平方公里水土流失區，只要有雄心壯志，有愚公移山的精神，就能戰勝它。」

與虎謀皮

釋義 跟老虎商量要牠的皮。比喻商量的事跟對方（多指壞人）有根本利害衝突，無法辦成。

古時候，有個人家境不算富裕，可他喜歡跟人家攀比。別人穿甚麼好的，他也想穿甚麼；別人吃甚麼好的，他也想吃甚麼。要是得不到，就會想入非非。

　　有一天上街，他看見一個有錢人穿着一件華麗的裘皮大衣，非常羨慕，便也想弄件裘皮大衣穿穿。他走進店鋪一看，掛着的裘皮大衣琳瑯滿目，其中有件狐皮大衣，最中他的心意。問問價錢，把他嚇了一跳，這樣的千金裘他根本買不起。

　　他快快地走出店鋪，垂頭喪氣打算回家。走着走着，突然有了主意，那件大衣不是用狐狸皮做的嗎，為甚麼不去跟狐狸商量商量，讓牠把自己的皮毛送給我？有了狐狸皮，還愁沒有狐皮大衣？

　　他興沖沖地向樹林奔去，找到了狐狸。他對狐狸說：「我想做件狐皮大衣，請你幫幫忙，把身上的皮毛送給我做大衣。」狐狸一聽嚇壞了，扒了自己的皮，自己哪還有性命？牠立即叫了一聲，呼喚妻兒向深山飛奔而去。

　　快過年了，富貴人家祭拜祖先，桌子上擺了許多好吃的，看得他直流口水。他越看越饞，就像貓爪子在抓他的心肝。他突然想道：羊肉最好吃，為甚麼不去跟羊商量商量，讓牠把身上的肉送給我吃？

　　進山找到了山羊，他對山羊說：「我特別想吃羊肉，你把身上的肉送給我好不好？」怎麼，要吃自己的肉啊！山羊掉頭就往樹林裏跑，很快就沒了蹤影。

　　由於「虎」「狐」二字諧音，再說用「虎」字比用「狐」生動，後人就把「與狐謀皮」改成了「與虎謀皮」。

│出處│ ● ● ● ● ● ● ● ● ● ● ● ● ● ● ● ● ● ● ●

《太平御覽》卷二〇八引《符子》：「欲為千金之裘而與狐謀其皮，欲具少牢之珍而與羊謀其羞，言未卒，狐相率逃於重丘之下，羊相呼藏於深林之中。」

│例句│ ● ● ● ● ● ● ● ● ● ● ● ● ● ● ● ● ● ● ●

劉思《評貪官的「教訓」》：「指望貪官污吏會自認不是甚麼好東西……無異於與虎謀皮。」

與人為善

釋義 本指跟別人一起做好事。現在指給予別人善意幫助,也指跟別人友善相處。

舜是古代傳說中的賢君,他修正曆法節令,統一了度量衡標準,修明禮儀,廢除酷刑,功彪千秋。

禹也是上古的賢君,他不辭勞苦,辛勤治水,三過家門而不入,終於治理了水患,為百姓造福。

子路是孔子的大弟子,性格耿直,為人直爽,曾經跟隨孔子周遊列國,為實現孔子的政治理想四處奔波。

孟子評價這三個人時說:「子路,別人指出他的缺點,他就非常高興。大禹,聽到別人正確的意見,就給人家行禮致謝。舜就更了不起了,做好事不分你我,接受別人的正確意見,拋棄自己的錯誤看法。他種過莊稼,做過瓦器,當過漁夫,後來做了天子,無論做甚麼,一直都在吸取別人的長處。吸取別人的優點幫助自己做好事,就是和別人一起做好事。所以君子的最高德行,就是跟別人一起做好事。」

| 出處 | •

《孟子·公孫丑上》:「故君子莫大乎與人為善。」

| 例句 | •

葉兆言《紀念》:「父親和別人合作寫劇本,常常把自己名字寫在別人後面,很多人都說這是父親與人為善,不爭名奪利。」

越俎代庖

俎：古代祭祀時放置祭品的几案；庖：廚師。管理祭祀的人放下祭品去做廚師的事。比喻超越職權範圍去做別人所管的事。

遠古的所謂「天子」，和後世的天子有所不同，這些天子不是父子相傳，而是各部落首領共同推選出來的。那時候的「天子」，實際上是部落聯盟的首領；這種繼承制度，叫「禪讓」。相傳黃帝以後，黃河流域先後出現了三位賢明的部落聯盟領袖，他們就是堯、舜、禹。他們之間的「禪讓」，有很多動人的故事。

堯已經七十歲了，做事漸漸力不從心，打算挑選一位繼承人。他不是沒有兒子，兒子的名字叫丹朱，可是他很不爭氣，脾氣暴躁，經常鬧事。有人推舉丹朱為堯的繼承人，可是堯堅決不同意。

堯自己看中了一個人，那人就是許由。許由道德高尚，行為端正，作風正派，是合適的天子人選。堯把自己的打算對他一說，他堅決不同意，說：「你把天下治理得很好，我可不願意坐享你的好名聲。即便廚師不燒飯做菜，管祭祀的人也不能越位來代替他下廚房。」這便是「越俎代庖」的來歷。

後來部落首領們又開會，推舉堯的繼承人。大家都說，舜很有才能，德才兼備，是個合適的人選。堯聽了非常高興，同意了大家的意見。大家又對他進行考察，讓他協助堯管理天下。舜為人正直，辦事公道，刻苦耐勞，深得人心。堯對舜非常滿意，把自己的兩個女兒娥皇、女英嫁給他，三年以後，舜繼承堯為天子。

| 出處 | ••••••••••••••••••••••••••••••••••••••

《莊子・逍遙遊》：「庖人雖不治庖，尸祝不越樽俎而代之矣。」

| 例句 | ••••••••••••••••••••••••••••••••••••••

宋・陳亮《與呂伯恭正字書》四則之三：「大著何不警其越俎代庖之罪，而乃疑心惻井渫不食乎？」

鑿壁偷光

 釋義　在牆壁上鑿個洞，引來隔壁人家的燈光讀書。比喻貧苦好學。

　　漢代的匡衡，家裏世代務農。雖然他出身於窮苦人家，卻非常有志氣，刻苦學習，從不懈怠。

　　因為家裏貧困，買不起蠟燭，他看見隔壁人家晚上點着蠟燭，便在牆上鑿了個洞，把書拿過來湊在洞口，藉着蠟燭的光亮讀書。

　　隔壁是個大戶人家，主人卻不識字，他們家前輩留下的書很多，深深地吸引着匡衡。匡衡到他家做工，不要報酬，主人問他要甚麼，匡衡說只要借他家的書看。主人哪裏找得到這樣的便宜事，滿口答應下來。

　　匡衡非常愛惜書，借來的書從不損壞。隔壁人家的主人被他的苦學精神感動，匡衡要看甚麼就借給他甚麼。日子久了，匡衡把他家的書全都讀完。

　　按照漢朝的規定，掌握了「六經」中的一經，就可以參加考試，考試合格便可授予官職。匡衡前前後後參加了九次考試，終於考試合格，由此登上了仕途。

　　漢元帝時，由於他的才華出眾，官職得以步步高升。公元前36年，匡衡做了宰相，封樂安侯。

| **出處** | ••••••••••••••••••••••••••••••••

漢・劉歆《西京雜記》卷二：「匡衡，字稚圭，勤學而無燭。鄰舍有燭而不逮，衡乃穿壁引其光，以書映光而讀之。」

| **例句** | ••••••••••••••••••••••••••••••••

魯迅《難行和不信》：「一個說要用功，古時候曾有『囊螢照讀』、『鑿壁偷光』的志士。」

債台高築

> **釋義**　比喻欠下了很多債務。

　　周赧王，名姬延，是東周王朝最後一位國君，在位五十九年。周赧王在位期間，已是戰國末年，周王室的統治地區，僅限於洛邑（今洛陽附近）；統治地區的人口，僅三萬餘。

　　那時候，秦國已經非常強大，開始為統一全國而征戰。韓、趙、魏的廣大地區，已經被秦國佔領，周王室的統治地區，將要暴露在秦軍的眼前。

就在周赧王憂心忡忡之際，楚國派來了使者。楚王希望周赧王以天子名義，號令各國派兵合力攻秦。這正中周赧王下懷，他馬上命令西周公，湊起了一支幾千人的隊伍。軍隊算是有了，可是缺少武器、糧餉。周赧王向境內的富戶借貸，付給他們債券，向他們做出許諾，班師之日以戰利品償還。一切準備就緒，周赧王任命西周公為大將，率領五千人馬伐秦，並且發出號令，要六國諸侯到伊闕（今河南洛陽南）會合。等到軍隊會齊以後，一起攻打大逆不道的秦國。

周赧王萬萬沒有想到，除了楚、燕兩國派了些許人馬，其他四國的軍隊都沒有前來。要是憑這點兒兵力跟秦國的幾十萬大軍作戰，無異於以卵擊石，西周公不敢行動，幾個月後帶着五千人馬無功而返。

富戶見軍隊回來了，紛紛向周赧王討債，他們從早到晚聚集在宮門外，喧嘩聲一直傳入內宮。周赧王無可奈何，只得跑到宮後的一座高台上躲債。後來大家知道了，稱這座高台為「逃債台」。

秦國豈肯善罷甘休，向王城直撲過來。周赧王無力抵抗，到祖廟哭拜了一場，三天之後，帶着家眷、圖冊，到秦軍大營投降。秦王受降以後，封周赧王為周公。至此，東周宣告滅亡。

| 出處 |

《漢書·諸侯王表序》：「分為二周，有逃債之台。」

| 例句 |

他已是身無分文，債台高築，怎麼可能再拿出這麼多錢來？

招搖過市

招搖：張揚炫耀。張揚炫耀地從鬧市走過去。比喻故意炫耀自己，引起大家的注意。

孔子五十五歲那年，為了實現自己的政治抱負，帶着顏回、子路、子貢、冉有等十多個弟子，離開「父母之邦」魯國，周遊列國，開始了長達十四年的顛沛流離生活。

孔子首先到衞國。衞國國君久聞孔子的大名，對他以禮相待。孔子以為衞靈公將要重用自己，自己的抱負可以施展，心裏非常高興。

實際上，衞靈公昏庸無能，大權掌握在南子手裏。南子是衞靈公的愛妃，為人輕佻，名聲很不好。南子要見孔子，孔子難以推託，只得前往。南子見孔子時故意賣弄風騷，將玉佩弄得「叮噹」作響，孔老夫子哪見過這種架勢，寒暄了幾句連忙告辭。

子路知道了這件事，對孔子非常不滿，去見這種風騷女人，豈不是壞了老先生的清譽？急得老先生向子路發誓：「我去見南子，是因為她掌握着衞國大權。我要是有甚麼別的念頭，老天爺會懲罰我的！老天爺會懲罰我的！」

有一天，衞靈公和南子出遊，叫太監雍渠坐在車子的一邊，讓孔子坐的車子跟在後面。一路上，南子更是不安分，時不時地搔首弄姿，引得行人注目相看。衞靈公為了顯示自己的威風，故意讓車子大肆炫耀地從街市駛過。孔子可給氣壞了，說：「衞靈公不是賢君，只不過是個好色之徒罷了。」

孔子這次到衞國，前前後後只有一個多月，因為在衞國無法實現自己的理想，便離開了衞國前往陳國。

|出處|••

《史記‧孔子世家》:「居衞月餘,靈公與夫人同車,宦者雍渠參乘,出,使孔子為次乘,招搖市過之。」

|例句|••

明‧許自昌《水滸記》第三齣:「你若肯行奸賣俏,何必獻笑倚門?你不惜目挑心招,無俟招搖過市。」

昭然若揭

釋義 昭然:明亮的樣子,引申為明白、明顯的樣子。揭:高舉。本形容像高舉着太陽、月亮一樣明亮。後多形容事情的真相可以分辨得很清楚。

　　古時候,有個叫孫休的人,心裏經常憤憤不平。有一天,他去問自己的老師扁慶子:「我居住在鄉里,沒有人說我品行差;面對危難,沒有人說我不勇敢。然而我種地,從來沒有過好收成;為國效力,從來沒遇上聖明的君主。到頭來我被鄉里人擯棄,被地方官放逐。我的命怎麼這麼不好,這究竟是甚麼原因?」

　　扁慶子說:「你聽說過聖人的所作所為嗎?他們忘卻自己的肝膽,不管自己的耳目,只做自己應當做的事,不在乎別人說他甚麼。這樣的人有才能卻不恃才傲物,有所建樹卻不邀功。再看看你自己,裝扮得很有才能,以求嘩眾取寵;裝扮得很有修養,以顯示別人品行

低下。你一點也不謙虛，就像舉着太陽、月亮在外面行走，生怕別人看不到自己。你呀，能好好地活到如今，就已經很不錯了。我沒有工夫跟你一起怨天尤人，你還是離開這裏吧。」

| **出處** | ● ● ● ● ● ● ● ● ● ● ●

《莊子・達生》：「昭昭乎若揭日月而行也。」

| **例句** | ● ● ● ● ● ● ● ● ● ● ●

方諭《逛街三味》：「『君子坦蕩蕩，小人長戚戚』，古人有明訓，苦樂之辨，昭然若揭。」

朝三暮四

早晨吃三個，傍晚吃四個。原指玩弄手法進行欺騙。後多比喻常常變卦，反覆無常。

　　宋國有個喜歡養猴子的人，大家叫他「狙公」。他的家裏養了一大羣猴子，狙公早已摸透了猴子的脾氣。

　　由於家裏養的猴子太多，狙公漸漸負擔不起，打算減少猴子的口糧，又擔心猴子不聽自己的話，就想了個辦法騙猴子。

　　那天清早，他餵猴子的時候對猴子說：「早晨吃三個橡實，傍晚吃四個橡實，這樣夠了嗎？」猴子們一聽就不高興了，一下子炸了鍋，又跳又鬧，表示不同意。

過了一會兒，狙公改口說：「早晨吃四個橡實，傍晚吃三個橡實，這總行了吧？」猴子們聽了，一個個高興起來。

| 出處 | ●●●●●●●●●●●●●●●●●●●●●●●●●●●●●●●●

《莊子・齊物論》：「狙公賦芧，曰：『朝三暮四。』眾狙皆怒。曰：『然則朝四而暮三。』眾狙皆悅。」

| 例句 | ●●●●●●●●●●●●●●●●●●●●●●●●●●●●●●●●

胡適《領袖人才的來源》：「然而這些新起的『大學』，東抄西襲的課程，朝三暮四的學制，七零八落的設備……也都沒有造就領袖人才的資格。」

鄭人買履

釋義　履：鞋子。鄭國人量了尺寸去買鞋，不肯用腳去試鞋的大小。比喻只信教條，不信實際。

如果只信教條不管實際，那可真是害死人。

從前有個人，名叫卜子，他的褲子破了，讓妻子給自己做一條新的。妻子問他：「新褲子打算做成甚麼樣的？」卜子說：「就跟我的舊褲子一樣。」

他妻子很快就按照尺寸把新褲子做好了，看來看去跟舊褲子不同。她把丈夫的舊褲子拿來，照樣子把新褲子剪破，弄得跟舊褲子差不多。

從前，有個鄭國人，打算到市集上買雙鞋子。他把自己腳的大小

量了一下，寫好尺碼，可是臨行前把尺碼忘在凳子上。

到了市集，找到賣鞋子的地方，打算買鞋，發現尺碼忘在家裏了。他對賣鞋子的人說：「我忘了帶尺碼了，等我回去把尺碼拿來了再買。」

他急急忙忙跑回去，拿了尺碼，又匆匆忙忙跑到市集上。這時候，天色已晚，市集已經散了，鞋子沒買上。

有人知道了這件事，問他：「你為甚麼不用自己的腳去試試鞋子的大小？」那個鄭國人說：「我寧願相信尺碼，也不相信我的腳。」

| 出處 |●●

《韓非子・外儲說左上》：「鄭人有欲買履者，先自度其足而置之其坐。至之市而忘操之，已得履，乃曰：『吾忘持度。』反歸取之，及反，市罷，遂不得履。人曰：『何不試之以足？』曰：『寧信度，無自信也。』」

| 例句 |●●

洪峯《幻想不可述說》：「後來有機會讀到川端康成的一篇散文《初秋山間的幻想》，終於知道那番尋找屬於盲人摸象或者鄭人買履，也叫削足適履了。」

之乎者也

釋義

> 之、乎、者、也：這四個字都是文言虛詞。譏笑人咬文嚼字，故作斯文。現也形容半文半白的話語或文章。

　　公元959年，後周世宗柴榮突然病死，年僅七歲的柴宗訓繼立為帝，他就是後周恭帝。殿前都點檢、歸德軍節度使趙匡胤抓住這個時機，陰謀發動兵變。

　　公元960年正月初一，在趙匡胤等人的指使下，鎮州（今河北正定）、定州（今河北定縣）長官派人謊報軍情，說是北漢和遼國的軍隊聯合南下，請求朝廷火速增派援兵。宰相范質不辨真偽，急急忙忙地派趙匡胤帶領精銳部隊前往抵抗。趙匡胤率領大軍走到陳橋驛便停了下來，當晚發動了「陳橋兵變」，眾將擁立趙匡胤為帝，趙匡胤得以黃袍加身，他便是宋朝的開國皇帝宋太祖。

　　趙匡胤當上皇帝以後，準備拓展首都外城。他帶着「半部《論語》治天下」的大臣趙普來到朱雀門前，察看那裏的地勢，策劃動工計劃。趙匡胤抬頭看見門額上寫着「朱雀之門」四個大字，越看越覺得別扭，不禁回頭問趙普：「為甚麼不寫『朱雀門』三個字，偏偏要寫『朱雀之門』四個字？多用一個『之』字有甚麼用？」趙普一本正經地答道：「這個『之』字是語助詞。」趙匡胤聽後「哈哈」大笑，說：「之乎者也這些虛字，能夠助得甚麼事情！」

　　後來，民間流傳着這麼一句俗話：「之乎者也已焉哉，用得成章好秀才。」

| 出處 | ●●●

宋·釋文瑩《湘山野錄》:「上(宋太祖)指門額問普曰:『何不只書朱雀門,須著「之」字安用?』普對曰:『語助。』太祖笑曰:『之乎者也,助得甚事?』」

| 例句 | ●●●

魯迅《孔乙己》:「他對人說話,總是滿口之乎者也,叫人半懂不懂。」

紙上談兵

 靠書本上的知識談論用兵打仗。比喻不切實際的空談。

　　趙括,是戰國時趙國名將趙奢的兒子。他自幼熟讀兵書,談論起來頭頭是道,有時連他的父親都說不過他。他的母親非常高興,認為將門出虎子,大有出息。知子莫若父,趙奢卻認為他只會談論兵書上的東西,不能上戰場打仗。

　　趙奢臨終時,關照兒子說:「你不是當大將的材料,千萬不要擔任將軍職務。」又關照他的妻子說:「以後要是趙王讓他當將軍,你一定要阻攔。如果他當了將軍,一定會使趙國軍隊覆滅,給趙國帶來災難。」

　　公元前259年,秦國軍隊攻打趙國,趙王派老將廉頗前去抵抗。廉頗根據當時的實際情況,修築工事,堅守不出。雙方僵持了幾個月,秦軍的供應跟不上。秦軍左右為難,進吧,廉頗堅守在那裏;退

吧，又怕趙軍跟蹤追擊。

廉頗在這裏守着，秦軍難以前進一步。秦國人想出一條反間計，派人混入趙都，四處散佈謠言，說甚麼廉頗老了，不中用了，不敢出去交戰，只能坐以待斃；還說甚麼秦軍哪個都不怕，只怕趙括接替廉頗擔任大將。

謠言傳到宮中，趙王信以為真。他不聽藺相如的苦苦勸說，不顧趙括母親的一再阻攔，把廉頗從前線召回，改派趙括擔任主將。

趙括上了前線，生搬硬套兵書上的理論，完全改變廉頗的作戰方針，主動向敵人出擊。秦軍為了引趙括上當，夜裏派出一支騎兵偷襲趙軍大營，隨後又假裝戰敗逃走。趙括認為機不可失，立即指揮軍隊出營追擊。趙軍進入秦軍的埋伏圈，秦軍把趙軍截為兩段，牢牢地包圍起來。

趙軍被包圍了四十多天，糧草斷絕，士兵們都餓壞了，連武器都提不起。趙括親自領兵突圍，結果被亂箭射死。趙軍見主將戰死，一下子全亂了，四十多萬趙軍無人指揮，最後全軍覆沒。從此以後，趙國一蹶不振。

| 出處 | ••

《史記·廉頗藺相如列傳》。

| 例句 | ••

張潔《如果你娶個作家》：「你婚前信誓旦旦，無數不打擾她創作的保證，以及種種對她體貼入微的計劃，諸如夏天打扇子，冬天暖手心撂下不談，連噓寒問暖也不過是紙上談兵。」

紙醉金迷

釋義 被屋子裏的金箔光芒陶醉。比喻使人沉迷的豪華奢侈生活。也作「金迷紙醉」。

唐朝末年，有個醫生名叫孟斧。他的醫術很高明，名氣也很大，富貴人家有人病了，都請他去看病。後來連宮中的人都知道了他的大名，皇上、妃子有甚麼不舒服，常常請他去診治。

黃巢起義爆發以後，孟斧逃到了四川。入川以後，他念念不忘以前的榮華富貴，尤其對宮中的景象記憶猶新。

他模仿宮中的室內擺設，裝飾自己的居室。其中有一間屋子，室內光線很好，他在所有的家具上，全都貼上了金箔，陽光照射進來，光彩四溢，坐在那間屋子裏，彷彿坐在金子造就的屋子裏一般。

有人進過這間屋子，出去以後對人說：「在那間屋子裏休息一回，就沉醉在滿屋子的金紙裏。」

| 出處 | •
宋·陶穀《清異錄·金迷紙醉》：「此室暫憩，令人『金迷紙醉』。」

| 例句 | •
清·曾樸《孽海花》第七回：「一同下船，見船上紮着無數五色的彩球，夾着各色的鮮花，陸離光怪，紙醉金迷，艙裏卻坐着裊裊婷婷花一樣的人兒，抱着琵琶彈哩。」

指鹿為馬

指着鹿，偏偏說牠是馬。比喻故意顛倒黑白，混淆是非。

鹿和馬明顯不同：鹿的頭上有角，馬的頭上沒有角，一眼就能辨得清。堂堂的秦國丞相趙高，卻偏偏把鹿說成馬，你說奇怪不奇怪？這究竟是怎麼一回事呢？

公元前210年，秦始皇在南巡返回的途中得了重病。他知道自己快要死了，要宦官趙高寫信給在外地的大兒子扶蘇，要他趕快返回首都咸陽，主持他的喪事。信還沒有送出，秦始皇就一命嗚呼。

趙高嚴密封鎖消息，照常辦理公事。他利用掌握皇帝大印的特殊地位，和秦始皇的小兒子胡亥密謀，先假傳秦始皇的命令，要扶蘇自殺，立胡亥為太子，然後才宣佈秦始皇死去，立胡亥為皇帝，他就是秦二世。不久，趙高當上了丞相。

當時，胡亥年紀還小，不大懂事，一切都聽趙高的，秦二世不過是個傀儡皇帝。趙高的野心越來越大，總覺得做丞相不過癮，想要自己當皇帝。他又有顧慮，怕大臣們不服。究竟有多少人擁護自己，有多少人反對自己，他的心中也沒數。他想，一定要想個辦法弄清楚，究竟有多少人跟自己過不去。

有一天，趙高獻給秦二世一頭鹿，說：「皇上，這是我獻給您的千里馬。」秦二世笑了起來，說：「丞相說錯了，這是一頭鹿。」趙高一本正經地說：「這的確是匹馬。您要是不信，讓大臣們說說，究竟是鹿還是馬。」

他的死黨和趁機拍馬的傢伙紛紛說道：「這確實是馬。」好些人畏懼趙高，甚麼也沒說。一些正直的大臣說：「還是皇上說得對，這

是一頭鹿。」

趙高暗暗記下說真話的人，後來找藉口把他們一一殺了。

| 出處 | ●

《史記·秦始皇本紀》：「趙高欲為亂，恐羣臣不聽，乃先設驗，持鹿獻於二世，曰：『馬也。』二世笑曰：『丞相誤邪？謂鹿為馬。』」

| 例句 | ●

張平《天網》：「一個李榮才，一個賈仁貴，如此明明白白的事情，在他們手裏，就可以攪得是非不分，香臭不辨，以致顛倒黑白，指鹿為馬。」

中流擊楫

 釋義　中流：江心；擊：敲打；楫：船槳。在江心敲打起船槳發出誓言。比喻收復失地、恢復國土的雄心壯志。

西晉末年，北方的匈奴、羯、氐、鮮卑等民族興起，他們向南入侵，佔領了中原大片土地。公元 316 年，西晉首都長安被匈奴大軍攻破，晉愍帝被俘，西晉王朝滅亡。第二年，司馬睿在南渡貴族的支持下，在江南建立了東晉王朝。

祖逖是位愛國志士，看到東晉王朝統治者苟且偷生，過着醉生夢死的生活，根本沒有收復失地的打算，心裏十分焦急。他向朝廷慷慨陳詞：「淪陷區的百姓生活在水深火熱之中，我們不能坐視不救，必須進行北伐，收復中原失地。」

司馬睿本來就沒有北伐的決心，但又不好反對祖逖的愛國主張，於是封他為「奮威將軍」，讓他擔任豫州（今河南一帶）刺史這一虛職，給他一千人的糧餉和三千匹布，讓他自己去招兵買馬，製造武器。

祖逖毫不灰心，率領親友、部下渡江。船行駛到江心，他遙望着江北的壯麗河山，熱血沸騰，激動地敲打着船槳發出誓言：「不收復祖國的大好河山，決不返回。」

到了江北，他立即讓人砌爐煉鐵，打造武器，同時招募了兩千名士兵，進行軍事訓練，積極做好向北挺進的準備。

沒過多久，祖逖就率領軍隊向北進發。他與部下同甘共苦，官兵們都很愛戴他，他的部隊紀律嚴明，得到廣大人民的支持和擁護。

祖逖的部隊一下子就打敗了羯族後趙王石勒的部隊，所到之處敵人望風披靡，北伐軍很快就收復了黃河以南的廣大地區，逼得後趙王石勒求和。

誰知東晉王朝不支持他北伐，派戴淵做他的頂頭上司，處處對祖逖進行牽制。不久，祖逖便在憂憤中去世。

｜出處｜
《晉書·祖逖傳》：「中流擊楫而誓曰：『祖逖不能清中原而復濟者，有如大江。』」

｜例句｜
宋·文及翁《賀新郎·一勺西湖水》：「簇樂紅妝搖畫舫，問中流擊楫誰人是？」

終南捷徑

釋義

終南：終南山。把隱居終南山當作做官的便捷途徑。原比喻做官的方便途徑。後泛指達到目的的便捷途徑。

　　終南山是歷代隱士居住的地方。在這裏生活的隱士有好幾種：有的是真隱士，有的原本想做隱士，後來出去做了官，也有假隱士，如唐代的盧藏用。假隱士之所以看中這個地方，一是因為這裏名頭響，有前代許多真隱士給他們做招牌，二是因為這裏是距離京城最近的名山，名聲容易傳到皇上的耳朵裏去。於是，終南山也就成了假隱士的風水寶地。

　　唐代的盧藏用，一心想當官。為了金馬玉堂，他動足了腦筋。要是憑真本事去考進士，未必能考中，最好的辦法是憑自己些許雕蟲小技，到終南山去隱居。名聲傳入朝廷，官兒是少不了的。

　　他的這一招果然靈驗，隱居終南山不久，朝廷便徵召他做官。盧藏用心花怒放，自己的如意算盤終於如願以償。

　　茅山派道士司馬承禎奉詔進京，辦完事打算回終南山，盧藏用奉命前去相送。司馬承禎是當今皇上最尊敬的道士，連自己的親妹妹玉真公主都跟着他進山修行。將要進山時，盧藏用樂滋滋地指着終南山說：「這座山的確不錯。」司馬承禎一直看不起沽名釣譽的假隱士，冷冷地說道：「依我看來，這是做官最便捷的途徑。」

| 出處 | ●

《新唐書．盧藏用傳》：「藏用指終南曰：『此中大有嘉處。』承禎徐曰：『以僕視之，仕宦之捷徑耳。』」

| **例句** |••
馬南邨《從三到萬》：「學習文化知識能不能走終南捷徑呢？這是許多初學的同志時常提出的問題。」

壯士斷腕

釋義　壯士砍下被毒蛇咬傷的手腕，以免蛇毒蔓延全身。比喻做事當機立斷，犧牲局部顧全大局。

三國時，蜀國的姜維、夏侯霸率軍向魏國發起進攻，兵分三路向祁山（今甘肅禮縣東）、石營（今甘肅武山南）、金城（今甘肅蘭州西北）攻打過去。

魏國大將陳泰命令雍州（今甘肅武威一帶）刺史王經堅守狄道（今甘肅臨洮），待他率領大軍到達陳倉（今陝西寶雞東）後，再去夾擊進犯的蜀軍。

不料王經不等大軍前來，獨自領兵與蜀軍作戰，結果一敗再敗，士卒傷亡殆盡，只有一萬人逃回狄道城中。姜維指揮大軍乘勝追擊，將狄道層層包圍。

陳泰聞報王經獨自迎戰，料想會有變故，一面趕快報告朝廷，一面收編王經的殘部。朝廷得知邊境危急，立即派鄧艾領兵前往救援，與陳泰一起合力抗擊蜀軍。

到了前線，鄧艾對陳泰說：「姜維剛剛打了勝仗，氣勢不可阻擋。我軍落敗以後，將士缺乏鬥志。依我看來，狄道不妨先擱置一

旁，避開姜維的鋒芒。待他有所鬆懈，再去救援狄道。古人說得好：壯士砍下被毒蛇咬傷的手腕，以免蛇毒蔓延全身。孫子兵法上說：兵有所不擊，地有所不取。說的就是這個道理。」

陳泰聽了鄧艾紙上談兵的話，堅決不同意，說：「王經已被打敗，要是讓姜維領兵繼續向東，我們就太被動了。現在應以迅雷不及掩耳之勢，立即向蜀軍發起進攻。」

陳泰終於說服了鄧艾，夜間發起偷襲，蜀軍沒有防備，被打得大敗。姜維見魏國援軍已到，只得領兵退回。

| 出處 |
《三國志·魏書·陳泰傳》：「古人有言：蝮蛇螫手，壯士解其腕。」

| 例句 |
三毛《說朋道友》：「跳出那條污水河，比如壯士斷腕，起初可能麻煩，事後想想，幸虧下了決心，不然失足千古，是不得一再拖延的。」

捉襟見肘

釋義 襟：衣服的前幅。拉一拉衣襟，就露出了臂肘。本形容衣服破爛。後多比喻顧此失彼，窮於應付。

曾子，名參，是孔子的弟子之一。他從師三十餘年，頗得孔子思想的要旨。曾子繼承和發展了孔子的學說，對傳播孔子的思想起了重大的作用。他三十歲以後講學，弟子甚眾，子思便是其中之一；後

來子思又傳給了孟子，孟子將儒家思想進一步發展。曾子與顏子、子思、孟子，並稱「孔門四聖」。

曾子的思想核心是「孝」，認為「孝」是道德的根本；他的思想的另一個方面是「修身」，強調要按照儒家的道德思想自律。

曾子出身於沒落的貴族家庭，生活非常貧困。他住在衛國的時候，他的同學子貢曾經去看望他。曾子居住的屋子很小，而且破爛不堪。他已經十年沒有做新衣服了，見到同學來了，出於禮貌打算把衣服整理一下，結果拉一拉衣襟，就露出了臂肘；整理一下帽子，帽帶子就弄斷了；提一提鞋子，鞋子裂開露出了腳後跟。雖然他的服飾破爛，可是掩蓋不了他的高貴品質。

後世多將「捉襟見肘」用於引申義，本義反而不大用。如果形容衣着破爛，可以用「踵決肘見」。

| 出處 | ⋯⋯⋯⋯⋯⋯⋯⋯⋯⋯⋯⋯⋯⋯⋯⋯⋯⋯⋯⋯⋯⋯⋯⋯⋯⋯

《莊子·讓王》：「曾子居衞，⋯⋯三日不舉火，十年不製衣，正冠而纓絕，捉衿（襟）而肘見。」

| 例句 | ⋯⋯⋯⋯⋯⋯⋯⋯⋯⋯⋯⋯⋯⋯⋯⋯⋯⋯⋯⋯⋯⋯⋯⋯⋯⋯

唐·李商隱《上尚書范陽公第三啟》：「捉襟見肘，免類於前哲；裂裳裹踵，無取於昔人。」

走馬看花

釋義

走：跑。騎在奔跑的馬上看花。原形容考取進士後的愉快心情。後多比喻粗略地看一下。

唐朝詩人孟郊，出身貧寒。早年，他刻苦攻讀詩書，並與皎然、陸羽、韋應物等名人雅士交往，學識與日俱進。他兩次參加科舉考試，但每一次都鎩羽而歸。

四十六歲那年，孟郊又去參加科舉考試。兩次落第使他心灰意冷，沒對這次參考抱有多大的希望。沒料想這一年居然考中了，孟郊欣喜萬分，他覺得自己彷彿在夢中一般，一下子從苦海裏跳了出來。

發榜之時，正值春季。春風輕拂、春花爛漫之際，新進士騎馬到城東南曲江參加喜慶宴會，宴會後還要齊聚慈恩塔下題名，這是何等風光、何等榮耀！長安城裏人潮如湧，爭先觀望新科進士。

這種歡快心情，孟郊在《登科後》詩中如實地記錄下來。詩中寫道：「昔日齷齪不足誇，今朝放蕩思無涯。春風得意馬蹄疾，一日看盡長安花。」長安的鮮花美景一日如何看得盡？這裏不過是寫他的「得意」罷了。

| 出處 |

唐・孟郊《登科後》：「春風得意馬蹄疾，一日看盡長安花。」

| 例句 |

清・夏敬渠《野叟曝言》第四十七回：「李姓道：『吾兄用意甚深，走馬看花，未能領略，望勿介意！』」

坐懷不亂

釋義 讓年輕女子坐在懷裏而心神不亂。形容男子與女子相處時作風正派。

春秋時的柳下惠，原本姓展，名獲，字禽，由於他的封地在柳下，諡號為「惠」，後人稱他柳下惠。孟子把他和伯夷、伊尹、孔子並稱，稱讚他是「聖之和者」，所以後世又稱他為「和聖」。

柳下惠是魯國大夫，曾經擔任「士師（掌管刑獄的官）」一職。在職時他任勞任怨，恪盡職守，深得魯國百姓的稱頌。他在魯國為官，曾經多次被罷免，別人勸他到其他的國家去做官，都被他拒絕。他說：「我只願意按照直道行事，為甚麼要離開父母之邦到別的國家尋求富貴！」

有一天，柳下惠外出回來晚了，城門已經關閉，只得住在城門洞裏。有一個年輕女子來不及進城回家，也只得在城門洞裏避寒。

那時候正是寒冬臘月，年輕女子凍得「瑟瑟」發抖，柳下惠怕她凍壞了，把她攬入懷中。兩個人就這麼坐了一夜，沒有發生任何不正當的行為。由於柳下惠的作風正派，沒有任何人懷疑他的行為有所越軌。

│出處│•••••••••••••••••••••••••••••••••••••••
《荀子·大略》：「柳下惠與後門者同衣而不見疑。」

|例句| •

李漁《蜃中樓傳奇・抗姻》：「說起俺夫家姓字香，不在梅傍在柳傍，他是那坐懷不亂的宗風偈。」

責任編輯	劉萄諾
封面設計	鄧佩儀
版式設計	龐雅美
排　版	時　潔
印　務	劉漢舉

中國經典系列叢書

中國成語

徐尚衡 / 編著

出版 / 中華教育

香港北角英皇道499號北角工業大廈1樓B室

電話：（852）2137 2338　　傳真：（852）2713 8202

電子郵件：info@chunghwabook.com.hk

網址：https://www.chunghwabook.com.hk

發行 / 香港聯合書刊物流有限公司

香港新界荃灣德士古道220-248號荃灣工業中心16樓

電話：（852）2150 2100　　傳真：（852）2407 3062

電子郵件：info@suplogistics.com.hk

印刷 / 美雅印刷製本有限公司

香港觀塘榮業街6號海濱工業大廈4樓A室

版次 / 2022年10月第1版第1次印刷

©2022 中華教育

規格 / 16開（240mm x 170mm）

ISBN / 978-988-8808-71-7